Peter Wark

MACHEN-SCHAFTEN

Inhalt

„Stadtrat und Unternehmer fällt Mord zum Opfer" – lautet die Überschrift, die die Ruhe des in die schwäbische Provinz abgetauchten und Bike-begeisterten Journalisten Jörg Malthaner mit einem Schlag beendet.
Tief verwickelt scheint der Kompagnon des toten Software-Unternehmers – und gleichzeitig enger Freund Malthaners –, der seit der Tat spurlos verschwunden ist. Journalistische Neugier und persönliches Interesse treiben Malthaner an, in die Vorgeschichte des Falles einzusteigen.
Doch je näher er der Lösung kommt, desto gefährlicher werden plötzlich seine über alles geliebten Bike-Touren über die Schwäbische Alb ...

Schwabenkrimis im Armin Gmeiner Verlag: die mit dem besonderen Pfiff!

Peter Wark, 1961 auf der Schwäbischen Alb geboren, lebt heute bei Stuttgart.
Nach 5 Semestern ungeliebten BWL-Studiums wechselte er ins Journalistendasein, wo er seit 15 Jahren bei verschiedenen Tageszeitungen als Redakteur tätig ist. Für seine Arbeit wurde er mit zwei Journalistenpreisen ausgezeichnet. Die anhaltende Verbundenheit mit der Schwäbischen Alb, seine Leidenschaft fürs Mountainbiking und sein Interesse an Kriminalliteratur animierten ihn nach dem Buch »Albtraum« zu seinem nun vorliegenden zweiten Krimi.

Peter Wark

MACHEN-SCHAFTEN

Kriminalroman

SCHWABENKRIMIS
IM GMEINER VERLAG

Die Deutsche Bibliothek – CIP-Einheitsaufnahme
Wark, Peter:
Machenschaften / P. Wark. -
Meßkirch : Gmeiner, 2002
(Reihe Schwabenkrimi)
ISBN 3-926633-54-9

http://www.gmeiner-verlag.de
eMail: info@gmeiner-verlag.de

1. Auflage 2002
Lektorat: Isabell Michelberger, Meßkirch
Umschlaggestaltung: Frank Heine, Stuttgart
Gesetzt aus der 10/14 Punkt Stempel Garamond
Druck: Elsnerdruck GmbH, 10722 Berlin
Printed in Germany
ISBN 3-926633-54-9

Für Sandra, die mich vor manchem Fehler bewahrt hat.
Mein Dank gilt Kutti und Goyo für den Rat in ihren jeweiligen Fachgebieten. Fiktion und Realität gehen, wie in jedem Roman, Hand in Hand. Dennoch sei aufs Schärfste darauf hingewiesen, dass Handlung und Personen in diesem Buch lediglich der kriminellen Fantasie des Autors entstammen. Selbstverstänlich ist jede Ähnlichkeit mit lebenden oder bereits verstorbenen Personen nicht beabsichtigt und wäre daher rein zufällig.
Die Schauplätze sind real, wenn auch teilweise verfremdet. In den Fällen, in denen dies geschah, gab es gute Gründe dafür.

Kapitel I

Malthaner schlug den Kragen seiner alten Lederjacke hoch. Ein kühler Wind war aufgekommen und deutete das baldige Ende dieses schönen Herbstnachmittags an. Nach einem weitgehend verregneten Sommer zeigte sich der Oktober bisher von seiner Schokoladenseite. Viele Tage, an denen man im Straßencafé sitzen konnte, würde es dennoch in diesem Jahr nicht mehr geben. Zwei, drei Wochen noch, höchstens, dann würde sich der beginnende Winter des Landes und des Gemüts der Menschen bemächtigen. Nicht umsonst sagt der Volksmund, dass die Winter auf der Schwäbischen Alb vier Wochen früher anfangen und dafür einen Monat länger dauern als im Unterland. Genüsslich schlürfte Jörg Malthaner seinen Cappuccino, zu dem er sich wie immer ein Mineralwasser bestellt hatte. An fast allen der um einen kleinen Brunnen gruppierten Tische im Freien saßen Gäste – fest entschlossen, die letzten Sonnenstrahlen zu genießen. Ein dünnes Lächeln stahl sich auf Malthaners Gesicht, als sich für einen Moment Bilder einer viele Jahre zurückliegenden Reise in den kalten skandinavischen Sommer in sein Bewusstsein drängten. In Oslo hatten sich die Menschen dick vermummt in lange Mäntel mit Schals und Mützen in den Straßencafés und Parks vergnügt. Trotz erbärmlicher Temperaturen war es ungeheuer schwierig, irgendwo einen freien Platz zu erhaschen, und kein Einheimischer schien sich an der Kälte zu stören.

Malthaner beobachtete das Treiben um sich herum. An diesem Freitag Nachmittag pulsierte tatsächlich das Leben im sonst eher verschlafenen Städtchen Albstadt. Die kleine Fußgängerzone hatte in den vergangenen Jahren eine gewisse Aufwertung erfahren, was weniger mit städtebaulichem Geschick zu tun hatte als vielmehr mit der Tatsache, dass einige neue Läden und das immer gut frequentierte Café aufgemacht hatten. Diese Entwicklungen in seiner Heimatstadt hatte Jörg Malthaner mehr oder minder interessiert aus der Ferne verfolgt. Bei seinen seltenen Heimatbesuchen hatte er immer wieder kleine Veränderungen registriert, die den hier lebenden Freunden kaum aufgefallen waren.

Seit einigen Monaten wohnte Malthaner, zumindest teilweise, wieder in Albstadt. Er war bei Brigitte eingezogen, hatte aber seine Stuttgarter Stadtwohnung behalten, und pendelte mehrmals wöchentlich zwischen der Schwäbischen Alb und der knapp 100 Kilometer entfernten Landeshauptstadt, wo er als freier Journalist bei der Landeszeitung arbeitete. Ein improvisiertes Leben, aber im Moment kamen er und Brigitte ganz gut damit zurecht, obwohl ihn die Fahrerei zunehmend nervte. Der Kilometerstand des alten Saab wuchs in dem Maße bedrohlich an, wie die Benzinpreise Malthaners Konto belasteten. Das gut gemeinte Vorhaben, regelmäßig mit der Bahn von Albstadt nach Stuttgart zu fahren, hatte er schon nach zwei Versuchen frustriert aufgegeben. Bis zum Stuttgarter Hauptbahnhof ging es ja noch, aber bis er seine Wohnung oder die Redaktion erreicht hatte, war er knapp drei Stunden unterwegs, doppelt so lange wie er mit dem Auto normalerweise trotz des täglichen Staus benötigte. Seine beruflichen Erfolge hatten Jörg Malthaner einen gewissen Freiraum verschafft, den ihm nicht jeder gönnte. Im Prinzip konnte er kommen und gehen, wann er wollte, solange er regelmäßig seine Artikel ablieferte. Malthaner arbeitete auch noch für andere überregionale Zeitungen und Zeitschriften, an die Landeszeitung war er durch einen entsprechenden Vertrag nur locker gebunden. Dass er auf der Alb immer wieder gute Geschichten ausgrub, die die Landeszeitung exklusiv erhielt, machte ihn ein Stück weit gegen Kollegenkritik unangreifbar. Erst vorgestern war ein Artikel von ihm im Blatt, der vom Chefredakteur bei der Blattkritik als »beste human-interest-Geschichte der letzten Wochen« gelobt worden war. Malthaner hatte über einen alten Mann berichtet, der vor Gericht stand, weil er mehrfach in Kindergärten eingebrochen war. Nach einigem Zögern hatte sich der Rentner bereit erklärt, mit dem Journalisten zu sprechen. Es war eine skurrile und Malthaner traurig stimmende Geschichte: Der alte Mann kam mit seiner kargen Rente von weniger als 800 Mark nicht über die Runden. In den Kindergärten stahl er Lebensmittel aus den Kühlschränken, um überhaupt etwas zu essen zu haben. Dabei stellte er sich so ungeschickt an, dass er schnell von der Polizei erwischt wurde.

»Das Wetter muss man ausnutzen!« Eine Stimme schreckte Jörg Malthaner aus seinen Gedanken. Sie gehörte Kurt, einem langjährigen Freund. Er und Kurt waren schon gemeinsam zur Schule gegangen, und der Kontakt war auch in all den Jahren, die Malthaner auswärts verbracht hatte, nie völlig abgerissen. Kurt ließ seine auf knapp 1,90 Meter Körpergröße verteilten 95 Kilo Lebendgewicht geräuschvoll in den gegenüber stehenden Stuhl fallen. Er trug einen schwarzen Motorrad-Kombi und hatte einen Sturzhelm dabei, den er auf das Bistro-Tischchen legte. Bekannt war Kurts Vorliebe für schnelle Fahrzeuge auf zwei und vier Rädern.

»Ich habe heute Nachmittag frei genommen, um eine Runde drehen zu können«, sagte Kurt, nachdem sie sich begrüßt hatten, und winkte die extrem junge Bedienung heran, bei der er einen Cortado bestellte. »War ein heißer Ritt«, schwärmte Kurt. »Bodensee. Überlingen. Mal eben ein Eis essen. Und ordentlich am Gashahn drehen natürlich.«

»Natürlich. Gibt's was Neues in deinem Fuhrpark, was ich noch nicht kenne?«, wollte Malthaner wissen und stellte damit eine Frage, die bei Kurt immer angebracht war.

»Noch nicht, aber ich habe mir heute eine V-max ausgeliehen. Absolute Übermaschine, sage ich Dir. Geht wie der Teufel.«

»Wenn du noch immer so fährst wie früher, wirst du ihn über kurz oder lang persönlich kennen lernen«, stellte Malthaner fest.

»Man muss seine Grenzen kennen, dann passiert auch nichts. Ich glaube, ich werde mir die Max zulegen. Muss mal mit meinem Händler sprechen. Wollte die alte Trude schon länger durch was Flotteres ersetzen.«

Kurt deutete Malthaners fragenden Blick richtig: »Trude ist mein Kosenamen für die Suzuki Introuder, die ich in der Garage habe.«

»Ich erinnere mich an das alte Mädchen. Hat mir immer gefallen.«

»Wenn du sie haben willst, können wir über einen guten Preis reden.«

»Manchmal würde ich schon gerne wieder mit dem Motorradfahren anfangen, aber dann ist es mir doch ein zu großer finanzieller Aufwand.«

»Papperlapapp. Du bist doch ein Spitzenverdiener.« Malthaner bedachte den Kumpel mit einem schrägen Blick. Kurt arbeitete in der EDV-Branche und war wirklich ein Spitzenverdiener. Musste er auch sein, bei seinem Auto- und Motorradfimmel.

»Nee, lass mal. Wenn ich mir in absehbarer Zeit ein neues Gefährt zulege, dann ist es ein Auto. Der gute alte Saab hat jetzt 200.000 Kilometer runter, ich weiß nicht, wie lange er es noch macht.«

»Dann solltest dudir mal was anschaffen, was wirklich Dampf unter der Haube hat«, begeisterte sich Kurt. »Also meinen BMW habe ich ja jetzt schon fast ein Jahr, den wollte ich eigentlich bei Gelegenheit verkaufen. Wäre ein echtes Schnäppchen, hat noch keine 20.000 Kilometer drauf, Sechszylinder, 248 PS ...«, Kurt grinste, »... und gut eingefahren.«

»Danke, kein Interesse.«

»Kann man nichts machen«, bedauerte Kurt und schlürfte vernehmlich am Cortado.

»Anderes Thema«, sagte Malthaner, »wir sollten mal wieder gemeinsam biken, bevor es Winter wird. Ich meine biken mit Muskelkraft.«

Beide waren begeisterte Mountainbiker und hatten in der Vergangenheit bei Malthaners Heimatbesuchen hin und wieder gemeinsame Touren unternommen. Seit Malthaner den Großteil seiner Freizeit wieder auf der Alb verbrachte, hatte sich noch nie die Gelegenheit ergeben, mit Kurt in die Pedale zu treten. »Gute Idee«, pflichtete der bei, »ich habe da neulich einen wunderbaren Singletrail entdeckt, oben am Albtrauf bei Onstmettingen. Gibt dir die notwendigen Adrenalinstöße, weil du da direkt am Abgrund entlang radelst.«

Als wäre der gemeinsame Ausritt schon beschlossene Sache, grinste Kurt in diebischer Vorfreude. »Ach ja, und über oberschenkeldicke Baumwurzeln muss man dort auch biken, damit es nicht zu einfach wird.«

»Ich kenne die Strecke«, antwortete Malthaner. Die Wurzeln machten die Sache wirklich spannend. Im vergangenen Jahr war er auf diesem Trail einmal gestürzt und konnte sich gerade noch vor einem zweifellos tödlich verlaufenden Absturz an der glatten Felswand retten. Seither war er die Strecke nicht mehr gefahren. Ihm war, als würde selbst bei der Erinnerung daran sein Herz heftiger schlagen.

»Nachher muss ich noch kurz in die Praxis«, stellte Brigitte beim Frühstück fest. Vor einiger Zeit hatte Malthaners Freundin die Hausarztpraxis von ihrem Vater übernommen und konnte sich vor Patienten inzwischen kaum retten. Trotzdem versuchte sie, sich wenigstens die Wochenenden einigermaßen frei zu halten, an denen sie keinen Bereitschaftsdienst hatte. Das klappte immer seltener. Brigitte stammte aus Albstadt. Nach vielen auswärtigen Jahren und ihrer Scheidung war sie hierher zurückgekommen und hatte sich in die Praxis ihres Vaters eingearbeitet. Der war mittlerweile ein äußerst aktiver Ruheständler.

Sie waren gegen neun aufgestanden und Malthaner hatte frische Brötchen geholt, während der Kaffee durchlief. Sie aßen an einem ausladendem Tisch im Wohn- und Esszimmer von Brigittes beeindruckender Penthousewohnung, durch deren riesige Glasfront sie auf einen beachtlichen Teil der Stadt hinunter blicken konnten. Die Wohnung war ihr von ihrem Vater geschenkt worden – eine wirklich großzügige Geste.

»Solange du in der Praxis bist, gehe ich auf den Markt und kaufe ein«, kündigte Malthaner an.

»Lass uns getrennt fahren, ich weiß noch nicht genau, wie lange ich am Schreibtisch sitzen werde«, sagte Brigitte mit einem Unterton, der die Entschuldigung bereits in sich barg. Er verdrehte die Augen. »Also sehen wir uns nicht vor heute Abend, befürchte ich.«

»Nein, Jörg, spätestens gegen eins will ich zurück sein«, sagte sie energisch und stand auf. Sie drückte ihm einen flüchtigen Kuss auf die Wange und rauschte hinaus.

Malthaner seufzte, als er das Albblatt aufschlug, die örtliche Tageszeitung. Wie immer blätterte er sich zuerst durch den Lokalteil. Die Aufmachergeschichte schrie geradezu danach, gelesen, ach was, verschlungen zu werden.

Stadtrat und Unternehmer fällt Mord zum Opfer lautete die Überschrift über einem von einem Kasten eingerahmten Vierspalter. Ein Foto zeigte die Außenansicht eines Bürogebäudes, das Malthaner sehr bekannt vorkam, auch wenn er nicht gleich wusste, woher. Die Überschrift entfaltete genau die beabsichtigte Wirkung. Sie zwang Malthaner zum Weiterlesen, so wie sie an diesem Samstagvormittag schätzungsweise knapp 30.000 weitere Abonnenten zum Lesen animierte. Wie immer man es dreht und wendet, ein Mord weckt den Voyeur in jedem Leser. Wer wusste das besser als Malthaner, der zu Beginn seiner journalistischen Karriere als Polizeireporter in Stuttgart unterwegs war. Ein Mord, das war schon eine Klasse für sich, da konnte so ein gewöhnlicher Unfall mit zwei Todesopfern einfach nicht mithalten. Den Artikel im Albblatt hatte Volker Vogt geschrieben, ein junger Redakteur, den Malthaner vor einiger Zeit kennen gelernt hatte. Gierig fraß sich Malthaner durch den Text:

Der bekannte Albstädter Unternehmer Henry Ellwanger (39) ist tot. Offensichtlich wurde er Opfer eines Verbrechens. Er wurde gestern von Mitarbeitern seiner Firma SoftData im Büro tot aufgefunden. Wie Theo Reiher, der Sprecher der Polizeidirektion, auf Albblatt-Anfrage sagte, steht »mit großer Sicherheit« fest, dass es sich um ein Tötungsdelikt handelt.

Schlagartig war Malthaner klar geworden, welches Bürogebäude in der Zeitung abgebildet war. Heilige Scheiße! Ellwangers Firma. Ellwangers Firma war auch Reinhards Firma. Henry Ellwanger und Malthaners guter Freund Reinhard Mössner hatten sich während des Studiums an der Uni in Konstanz kennen gelernt und später gemeinsam das Unternehmen gegründet. Die anfänglich kleine Zwei-Mann-Klitsche war rasend schnell gewachsen, wie so viele Software-Firmen. Reinhard hatte Malthaner einmal erzählt, wie die Arbeitsteilung funktioniert: Er, Reinhard, war der Software-Entwickler, das Computer-Genie, und Ellwanger der kaufmännische Boss.

Elektrisiert las Malthaner weiter:

Die Kriminalaußenstelle Albstadt hat die Ermittlungen aufgenommen. Ein Mitarbeiter von Ellwangers Firma fand den tödlich verletzten Geschäftsführer bei Dienstantritt gegen 8 Uhr in seinem Büro vor. Offensichtlich handelt es sich nicht um einen Raubmord, da der Getötete seine Geldbörse mit etwa 500 Euro Bargeld sowie mehreren Kreditkarten noch bei sich trug. Die Limousine von Henry Ellwanger stand auf dem Firmenparkplatz. Über die weiteren Umstände der Auffindesituation wollte Polizeisprecher Reiher mit dem Hinweis auf »ermittlungstaktische Gründe« nichts sagen. Er deutete jedoch an, dass Ellwanger vermutlich schon längere Zeit tot war, als seine Leiche gefunden wurde. Die Beschäftigten von Soft-Data zeigten sich schockiert über das Geschehen. »Wir können es alle nicht fassen«, sagte stellvertretend für die

Belegschaft die Sekretärin Nadele Grüninger dem Albblatt. Die Firma SoftData hat zwei Geschäftsführer. Neben Henry Ellwanger ist Reinhard Mössner für die Geschäftsleitung zuständig. Er befindet sich zurzeit auf Geschäftsreise und konnte noch nicht über die grausige Tat informiert werden. Henry Ellwanger stammt aus Schömberg im Schwarzwald. Er hinterlässt seine aus Albstadt stammende Ehefrau. Seit fünf Jahren sitzt er für die CDU-Fraktion im Gemeinderat. Er hat zahlreiche Ehrenämter und Funktionen in Vereinen inne. Vor zehn Jahren hat Ellwanger das Unternehmen SoftData gemeinsam mit Reinhard Mössner gegründet. Die Firma erlebte einen stürmischen Aufschwung und hat heute etwa 50 Mitarbeiter, die am Firmensitz in Albstadt und bundesweit im Außendienst tätig sind. SoftData entwickelt und vertreibt vor allem Buchhaltungssoftware für mittelständische Unternehmen und hat sich in der Branche durch innovative Entwicklungen einen Namen gemacht.

Durch den offenen Mund zog Malthaner Luft ein. Zwei Dinge waren ihm beim ersten Überfliegen des Textes sofort aufgefallen. Erstens: In der Überschrift wurde kein Zweifel daran gelassen, dass es sich um Mord handelt, obwohl der Polizeisprecher sich ein Hintertürchen offen ließ. Beim Fachblatt für Volksverdummung war so etwas zwar an der Tagesordnung, aber für eine Lokalzeitung lehnte sich das Albblatt da doch sehr weit aus dem Fenster. Da fiel es geradezu nicht mehr ins Gewicht, dass die Zeitung aus einem Tötungsdelikt gleich einen

Mord machte. Diese Vereinfachung war andererseits durchaus üblich. Zweitens: Redakteur Vogt war so sensibel, dass er von Henry Ellwanger noch nicht in der Vergangenheitsform schrieb.

Es war noch gar nicht lange her, dass er sich mit Reinhard getroffen hatte, erinnerte sich Jörg Malthaner. Berufliche Dinge besprachen sie meistens nur am Rande. Trotzdem erinnerte er sich, dass Reinhard in jüngerer Zeit mehrfach angedeutet hatte, dass sich das einst freundschaftliche Verhältnis zu Ellwanger ziemlich abgekühlt hatte. Armer Reinhard! Auf ihn würde Stress in vielfältiger Form zukommen. Dabei hatte er davon als Unternehmer mehr als genug. Stress sei sein zweiter Vorname, hatte er neulich einmal im Spaß gesagt.

Es war schon komisch, doch irgendwo spürte Malthaner dieses Kribbeln, das sich immer einstellte, wenn er eine Story witterte. Einmal hatte er versucht, Brigitte gegenüber dieses Gefühl in Worte zu fassen, doch es war ihm nicht sonderlich überzeugend gelungen. Nicht gerade ein Ruhmesblatt für jemanden, der mehrfach mit Journalistenpreisen ausgezeichnet worden war.

Der Mord an Ellwanger, das konnte vielleicht wirklich eine Story sein. Ohne sich dessen vollständig bewusst zu sein, tippte Malthaner mehrfach mit dem Zeigefinger seiner rechten Hand auf die vor ihm liegende Zeitung. Reinhard war auf Geschäftsreise, hieß es in Vogts Artikel. Die Entscheidung war insgeheim schon gefallen, auch wenn Malthaner sich das noch nicht eingestehen wollte, er würde sich an die Sache hängen. Neben dem beruflichen war ein persönliches Interesse nicht zu leugnen. Wie lange Reinhard »auf Geschäftsreise« sein würde, hatte Vogt nicht geschrieben.

Er überlegte, dann wählte er auf gut Glück Reinhards Privatnummer an. Nach dem dritten Klingeln sprang der Anrufbeantworter an, doch Malthaner hatte wenig Interesse, sich mit einer seelenlosen Maschine zu unterhalten. Er legte auf, ohne eine Nachricht zu hinterlassen. Genau genommen wusste er nicht einmal, was er hätte sagen sollen. Was hätte man in dieser Situation schon zu Reinhard sagen können, was sich nicht in irgendeiner Form nach Leichenfledderei anhören würde?

Mit den Gedanken war Malthaner nicht ganz bei der Sache, als er den Frühstückstisch abräumte. Auch später, beim Gang über den Wochenmarkt, konnte er die dunklen Ahnungen nicht abschütteln, die sich seiner bemächtigten. Böse Gedanken konnte man genauso wenig ignorieren wie Zahnschmerzen, egal wie sehr man sich bemühte.

Der späte Samstagvormittag auf dem Wochenmarkt war immer ein guter Zeitpunkt, um bekannte Gesichter zu sehen. Es dauerte nicht lange, da lief ihm Roland Tück mitsamt seiner kleinen Tochter über den Weg. Für das übliche Geplänkel war kein Platz, da sich etwas Unerhörtes ereignet hatte.

»Hast du heute die Zeitung gelesen?«, wollte ein aufgeregter Roland wissen. Roland und Jörg Malthaner kannten sich seit über 20 Jahren. Reinhard hatte sie seinerzeit miteinander bekannt gemacht.

»Nur einen einzigen Artikel. Darin waren genug Neuigkeiten für einen einfachen Samstag Morgen enthalten.«

»Das kann man wohl sagen«, meinte Roland. »Hast du diesen Ellwanger gekannt?«

»Kaum. Eigentlich nur aus Reinhards Erzählungen und aus der Zeitung. Im Albblatt tauchte er ja ungefähr jeden zweiten Tag auf.«

»Manchmal auch zweimal am Tag«, sagte Roland. »Die Quote wird er in Zukunft nicht mehr halten können, nehme ich an.« Mit dieser Aussage hatte Roland seinen Jahresvorrat an schwarzem Humor vermutlich verbraucht, denn er galt nicht gerade als Meister zynischer Bemerkungen.

»Ich hatte verschiedentlich das zweifelhafte Vergnügen mit Ellwanger zusammen zu treffen«, fuhr Roland fort, dessen Tochter Marga verstohlen zu Malthaner aufblickte und fest die Hand ihres Vaters drückte. »Auch wenn man über Tote nichts Schlechtes sagen soll, ich konnte den Typen nie leiden. Zu der Zeit, als er mit Reinhard die SoftData gegründet hatte, war er manchmal in der Kneipe mit dabei. Schon damals war er mir ziemlich unsympathisch. Für meinen Geschmack hatte er immer eine etwas zu große Klappe. Als ich ihm dann im letzten Wahlkampf mehrfach begegnet bin, war mir klar, dass er nie zu meinen engeren Freunden zählen wird.« Damit spielte Roland auf die Zeit vor der letzten Gemeinderatswahl an. Nach heftigem Drängen seitens einiger seiner engeren Bekannten hatte Roland auf der

SPD-Liste kandidiert, aber knapp den Einzug ins Stadtparlament verfehlt. »Wenn du mich fragst, ist, ... äh, ... war dieser Ellwanger ein ziemlich verschlagener Taktiker. Ich weiß, dass er sich auch in seiner eigenen Fraktion nicht nur Freunde gemacht hat, denn er gilt nicht bei jedem als Musterbeispiel eines anständigen Menschen.«

»Komisch«, sinnierte Malthaner, »dass es so einer so lange mit Reinhard ausgehalten hat.«

»Und anders herum.«

Was die kleine Marga wohl von dem Gespräch mitbekam, fragte sich Malthaner und lächelte dem Mädchen zu. Mit dem Erfolg, dass sie sich noch krampfhafter an Roland festklammerte und zu weinen begann. Sofort wurde Roland zum Krisenmanager. »Jetzt müssen wir weiter, sonst hört sie nicht mehr so schnell mit Weinen auf«, sagte er entschuldigend und versuchte seine Tochter zu beschwichtigen. Ein schnelles Ende des Gesprächs kam Malthaner nicht unrecht, der sich in Gegenwart heulender Kinder ausgesprochen fehl am Platz vorkam.

»Wenn du was hörst, halte mich auf dem Laufenden«, sagte er zu Roland.

»Gleichfalls. Grüß Brigitte von mir.«

»Mach ich, Gruß auch an Petra.«

Nach dem Besuch auf dem Markt machte Malthaner einen kurzen Abstecher in seine Lieblings-Buchhandlung, wo er die Samstags-Ausgabe der Landeszeitung, *seiner* Landeszeitung, kaufte. Sein Abo lief nach wie vor unter der Stuttgarter Adresse, aber er wollte das Blatt auch in Albstadt stets aktuell lesen. Da sich das gute Wetter von gestern ins beginnende Wochenende hinübergerettet hatte, beschloss Malthaner, sich in einem Straßencafé einen Cappuccino samt Wasser zu gönnen. Er blätterte in der Landeszeitung. Der Mord an Ellwanger kam als Agenturmeldung auf der Landesseite. Malthaners Gedanken schweiften ab. Der Mord beschäftigte ihn mehr, als ihm lieb war. Mit dem Handy versuchte er erneut, Reinhard anzurufen. Wieder ohne Erfolg. Wieder unterließ er es, aufs Band zu sprechen. Er versuchte es telefonisch bei einigen anderen Bekannten, die gut mit Reinhard befreundet waren, aber niemand wusste, wo Reinhard sich aufhielt. Geeint wurden alle durch das ungläubige Staunen über den Todesfall.

Der Cappuccino schmeckte bitter.

Kapitel II

Brigitte war noch nicht zurück, als er nach Hause kam. Er verstaute die Einkäufe im Kühlschrank, legte das Alb-blatt mit dem Artikel über den Mord so auf den Küchentisch, dass Brigitte ihn nicht übersehen konnte und ging ins Bad. Dort zog er sich eines seiner Fahrrad-Trikots über, nachdem er den Brustgurt des Herzfrequenzmessers angelegt hatte. Er entschied sich für ein kurzärmeliges Shirt und eine kurze Hose; nein, er würde heute nicht frieren. In den Bike-Rucksack stopfte er dennoch einen Windstopper, rein aus Gewohnheit; so wie er gewohnheitsmäßig die Luftpumpe, einen Ersatzschlauch, Reifenheber, sein Multifunktionswerkzeug und die Trinkflasche mit sich führte. Der Blick in den großen Badezimmer-Spiegel stellte Malthaner halbwegs zufrieden. Für einen Enddreißiger hatte er sich ganz gut gehalten. Kein Bauchansatz war unter dem Trikot zu sehen. Seine knapp 80 Kilo Gewicht verteilten sich vorteilhaft auf 1,86 Meter Körpergröße. Die ersten grauen Spuren in den dunkelblonden, fast braunen Haaren – geschenkt! Ein wenig blass kam er sich vor, kein Wunder bei dem, was ihn seit dem Morgen gedanklich beschäftigte.

Zehn Minuten lang schraubte er sich mit dem Mountainbike die Straße hinauf bis zum Wanderparkplatz, auf dem ein Dutzend Autos abgestellt waren. Kurz darauf verschwand er mit dem vollgefederten No Pogo auf einem breiten Waldweg im Forst. Hier oben gab es ein Netz von Wegen, die alle ihren eigenen Reiz hatten. Je weiter er sich mit hoher Trittfrequenz vom Parkplatz entfernte, desto weniger Spaziergänger begegneten ihm. Er machte ein hohes Tempo und fuhr in einem weiten Bogen zurück in Richtung Wanderparkplatz. Durch das schöne Wetter der vergangenen Tage herrschten ideale Bedingungen. Fast bedauerte er es ein wenig, dass sich ihm keine Wasserpfützen und glitschigen Passagen boten, auf denen er die Technik ausspielen konnte, die er sich in einigen Jahren intensiven Bikens angeeignet hatte. Trotzdem genoss Malthaner die Fahrt, wie eigentlich immer. Selten fühlte er sich so sehr im Einklang mit sich selbst wie im Sattel des Pogo. Die Sache mit dem gesunden Geist im gesunden Körper bekam hier einen ganz greifbaren Sinn. Er lauschte auf seine innere Stimme, horchte in sich hinein, und was er fühlte, gefiel ihm.

Frei, das war es, er fühlte sich frei in diesen Momenten. Der Puls bewegte sich genau in dem Rahmen, in dem er sich bewegen sollte. Malthaner lächelte vor sich hin, er funktionierte so gut wie sein tipptopp gepflegtes Mountainbike. Ohne das Tempo zu drosseln, fuhr er vom Weg ab in die Wiese, so sauber, als würde er auf Schienen gezogen. Natürlich – streng genommen gab es da die Zwei-Meter-Regel, die besagt, dass man nur auf Wegen biken darf, die mindestens zwei Meter breit sind. Aber Malthaner handhabte diese unsinnige Vorschrift eher als Empfehlung, an die man sich halten konnte oder eben auch nicht. Meist entschied er sich so wie jetzt für nicht. Von gelegentlichen Ausnahmen abgesehen hatte er die Erfahrung gemacht, dass Spaziergänger und manchmal selbst die Forstleute hier auf den Höhen der Alb ein angenehm entspanntes Verhältnis zu Mountainbikern hatten. Er dankte es ihnen mit Freundlichkeit und Rücksichtnahme. Der neue Vorderreifen, den er vor einigen Wochen montiert hatte, tat seine Arbeit perfekt. Das weit offene Profil des IRC Mythos bot auch bei harten Bremsmanövern maximale Traktion. Immer wieder experimentierte Malthaner mit neuen Reifen, doch der Mythos war einer seiner Lieblinge. Durch ein kleines Wäldchen ging es bergauf, auf einem Pfad, der vor Jahrzehnten einmal ausgetreten worden war. Spielerisch wuchtete er das Pogo bergan, ließ sich auch von vereinzelten kleinen Baumwurzeln und glattem Stein nicht aus dem Tritt bringen. Als er den Anstieg bewältigt hatte, musste Malthaner kaum heftiger atmen als an dessen Beginn. Oben bot sich ein Panorama, das einen Dichter zu einer Ode hätte inspirieren können. Sanfte Hügel wölbten sich bis an den Rand der Wälder, die den Blick in alle Richtungen begrenzten. Ganz und gar nicht karg und abweisend – wie die Alblandschaft oft beschrieben wurde – präsentierte sich die Natur hier. Einladend und warm war ihre Wirkung, einem von Architektenhand angelegten Landschaftsgarten gleich. So oft er hierher kam, spürte Malthaner ein Gefühl der Friedfertigkeit in sich aufsteigen, dessen er nie überdrüssig wurde. Jetzt ließ er es langsamer angehen, nahm diese Eindrücke in sich auf wie so oft zuvor.

Die Gedanken an den toten Ellwanger und an Reinhard hatten sich von dem Moment an verdrängen lassen, da er aufs Rad gesessen war, schoben sich aber plötzlich wieder in seinen Sinn.

Er wollte so bald wie möglich mit Reinhard sprechen, das war klar– nicht nur, weil er die Story wollte, sondern auch aus schlichtem persönlichen Interesse. Man hätte es auch Neugierde nennen können. Auf seinem Rückweg wollte er mit dem Bike bei Reinhards Firma vorbeifahren, vielleicht war der Freund ja dort.

Malthaner löste sich von dem berauschenden Landschaftsanblick. Von seinem Hügel fuhr er hinab auf einen Forstweg und trieb das Pogo in den Wald. In weniger als 30 Minuten war er am Zellerhorn, einem der spektakulärsten Aussichtspunkte auf der Südwestalb. Zum Greifen nahe hockte die Burg Hohenzollern majestätisch drüben auf ihrem Bergkegel und zog jeden Betrachter in ihren Bann. Glücklich ließ Malthaner das Auge schweifen. Es war eine großartige Aussicht, die dieser schöne Herbsttag ermöglichte, bis hinein in den Schwarzwald. Malthaner fokussierte den Blick auf die näher liegenden Orte drunten im Tal, über denen die Burg thronte. Zu seiner Rechten sah er auf Hechingen hinab, auf Boll und Stetten und wie die Ortschaften alle hießen. Hier oben wäre ein perfekter Platz zum Sinnieren, ohne all die Spaziergänger und Wanderer, die an einem schönen Tag in Scharen herkamen. Seufzend riss er sich von dem eindrucksvollen Blick los und schlug den Rückweg ein. Langsam fuhr er auf dem Feldweg, den Fußgängern ausweichend, bis zum Zollersteighof, einem an Wochenenden gut frequentierten Ausflugslokal. Von dort aus führte ihn seine Fahrt vorbei am kleinen Onstmettinger Skilift bis zum sogenannten Stichwirtshaus, ein Stück die Straße hinauf auf die Höhen des Lichtenbol und wieder hinab in die Stadt. Der Autoverkehr hielt sich an diesem Samstagnachmittag in Grenzen. Malthaner lenkte das Rad hinüber ins Industriegebiet. Das Gebäude der SoftData hob sich von seinem Umfeld deutlich ab. Es war ein modernes Bürogebäude mit viel Glas, das inmitten der wenig attraktiven Zweckbauten aus den Achtzigern fremd wirkte. Im Obergeschoss waren zwei Wohnungen untergebracht. Drei Mittelklasseautos und ein weißer Lieferwagen standen vor dem Haus, Reinhards schwarzer Lexus war nirgends zu sehen. Niemand schien sich im Firmengebäude aufzuhalten, es wirkte ausgestorben. Wobei sich Malthaner selbst dafür tadelte, dass ihm angesichts der aktuellen Ereignisse das Wort »ausgestorben« in den Sinn kam. Langsam radelte er an dem Glaspalast vorbei, den Ellwanger und Reinhard vor einigen Jahren gebaut hatten, nachdem ihre alten Büroräume wieder einmal zu klein geworden waren. Seit der Gründung der SoftData waren sie mehrfach umgezogen. Das anhaltende Wachstum hatte die Firma immer wieder schnell an die Grenzen ihrer räumlichen Kapazitäten gebracht.

Kein Stück klüger als zuvor fuhr er nach Hause, in Brigittes Zuhause genaugenommen. Sie erwartete ihn mit einem fragenden Blick, also hatte sie den Artikel über den Mord bereits gelesen. »Mehr als in der Zeitung steht, weiß ich auch nicht«, sagte er, bevor Brigitte etwas geäußert hatte.

»Eine schreckliche Sache. Und das hier bei uns in der Provinz.« Brigittes Betroffenheit war spürbar.

»Die Welt ist schlecht.«

»Deinen Sarkasmus kannst du dir für deine Leser aufsparen, mir gegenüber ist er nicht angebracht«, knurrte sie ihn an.

Entschuldigend hob er die Achseln. »Ich soll dich übrigens von Roland Tück grüßen, habe ihn auf dem Markt getroffen.«

»Ja. Danke. Was sagt er zu der Angelegenheit?«

»Er ist auch nicht klüger als jeder Zeitungsleser in Albstadt. Allerdings hat er nicht damit hinterm Berg gehalten, dass er Ellwanger auf der Liste seiner Lieblinge nicht gerade besonders weit oben führt.«

»Das wundert mich nicht«, sagte sie und fügte hinzu: »Als SPD-Mann.«

»Die Abneigung liegt wohl eher im persönlichen Bereich«, vermutete Malthaner. »Die Umstände von Ellwangers Dahinscheiden sprechen dafür, dass er bei mindestens einer weiteren Person nicht besonders beliebt war.« Für diese Bemerkung erntete er einen schrägen Blick von Brigitte, die heute aber auch sehr sensibel auf jedes vermeintlich falsche Wort reagierte. Um jedem Ansatz von Streit aus dem Weg zu gehen, verzog er sich ins Bad.

Nachdem er geduscht hatte, versuchte er nochmals, Reinhard anzurufen, der wieder nicht abnahm. Diesmal hinterließ Malthaner auf dem Band eine kurze Nachricht, in der er das Wort »Beileid« vermied, und bat um Rückruf.

Kurt war zuhause. Er nahm nach dem zweiten Klingeln ab.

»Heute nicht auf irgendeiner heißen Maschine unterwegs?«, wollte Malthaner wissen.

»Ich war mit der Trude im Donautal, aber gegen Abend wird es auf dem Motorrad doch schon einigermaßen kalt«, antwortete Kurt. »Außerdem habe ich in meinem trauten Heim noch einiges zu erledigen. Du weißt ja, dass man als Single im steten Kampf mit den Tücken des Haushalts steht.« Zurzeit war Kurt mal wieder solo. Die Halbwertszeit seiner Beziehungen schien mit fortschreitendem Alter dramatisch zu sinken. Müsste Malthaner als Kandidat eines Fernsehquiz' die Namen von Kurts Verflossenen in die richtige chronologische Reihenfolge bringen, hätte er nie eine reelle Chance auf den Millionengewinn. Das war ihm alles zu unübersichtlich geworden. Kurt lebte einfach schneller als andere.

»Was sagst du zu der Sache mit Ellwanger?«, fragte Malthaner.

»Dumm gelaufen, vor allem aus Ellwangers Sicht«, antwortete Kurt. Was war nur los? Alle Welt, einschließlich seiner selbst, schien im Zusammenhang mit dem Mord eine plötzliche Vorliebe für morbiden Humor entwickelt zu haben, wunderte sich Jörg Malthaner. Vielleicht war das der Versuch der Menschen, mit grauenvollen Ereignissen umzugehen. Schließlich gab es auch unter Journalisten einen Zynismus, der häufig die Schmerzgrenze überschritt.

»Kanntest du ihn?«, wollte Malthaner von seinem Kumpel wissen, »Immerhin seid ihr in derselben Branche.«

»Kennen ist der falsche Ausdruck. Ich habe so dies und das über ihn gehört und bin ihm zwei-, dreimal über den Weg gelaufen. Aber dein Kumpel Reinhard kennt ihn bestimmt besser.«

»Der ist nicht erreichbar.«

»Du scheinst dich wirklich mächtig für die Sache zu interessieren. Treibt dich die Neugier, die in uns allen steckt, oder hat das etwa mit beruflichem Ehrgeiz zu tun?«

»Du hast mich durchschaut.«

»Der Journalist Jörg Malthaner will die Story. Ist es das?«

»Auch. Man muss ja irgendwie seine Brötchen verdienen. Also, was spricht man denn so über den Ellwanger?«

»The Good, the Bad and the Ugly.«

»Hä? Veranstalten wir jetzt fröhliches Filmeraten? The Good, the Bad and the Ugly ist ein Spaghettiwestern von Sergio Leone, deutscher Titel war ›Zwei glorreiche Halunken‹. In den Hauptrollen spielten Clint Eastwood, Eli Wallach und Lee van Cleef. Zufrieden?«

»Bravo! Wollte nur mal testen, obdudeine Begeisterung fürs Kino ins hohe Alter retten konntest. Ganz im Ernst: The God, the Bad and the Ugly ist der Branchenspott für die SoftData.«

Kurt machte eine Pause, bevor er fortfuhr: »Der Gute ist dein Freund Reinhard. Er gilt als netter Kerl, sagenhaft guter Software-Entwickler und beliebter Chef. Der Böse ist Henry Ellwanger, der den kaufmännischen Bereich der SoftData schmeißt und sich offenbar als echter Kotzbrocken aufführt. Ich weiß das von Kollegen, die früher bei der SoftData gearbeitet und dann wegen Ellwanger gekündigt haben. Ellwanger ist ein Choleriker, heißt es. Die hohe Personalfluktuation bei der SoftData hat vor allem mit seiner Person zu tun. Bei uns arbeiten inzwischen schon drei Programmierer, die früher bei SoftData waren.«

»Hmm. Dann fehlt uns noch The Ugly. Wer ist das?«

Kurt lachte. »Der Hässliche. Das ist ein kleiner gemeiner Scherz unter EDV-Brüdern. Der Hässliche ist so eine Art Faktotum. Josef Drapalla ist sein Name. Er ist als Hausmeister bei der SoftData angestellt und übernimmt auch Botengänge und alles, was sonst so anfällt. So hässlich ist er gar nicht, aber seine überdimensionale Nase hat ihm wohl den Beinamen eingebracht.«

»Ihr Softies scheint wirklich böse Menschen zu sein.«

»Ja, da unterscheiden wir uns in nichts von Journalisten.«

»Wie wäre es, wenn wir das Geplänkel heute Abend im Village fortsetzen?«, schlug Malthaner vor.

»Wenn ich bis dahin mit der Wäsche fertig bin, gerne.«

Das Village war eine Kneipe, in die man eigentlich immer gehen konnte. Seit vielen Jahren hatte sich dort nichts geändert, weder am Interieur noch an der Zusammensetzung der Stammgäste. Der Schuppen war die verkörperte Kontinuität. Ein Fels in der Brandung des jeweils aktuellen Zeitgeistes. Vermutlich deshalb zählte man in Malthaners und Kurts Alter dort nicht zu den Senioren.

Brigitte war sofort angetan von dem Vorschlag, das Village aufzusuchen. Sie trafen sich gegen neun mit Kurt, der sie schon erwartete. Er saß an der Theke und redete vehement auf eine hübsche Blondine ein, die gut und gerne als seine Tochter hätte durchgehen können. Einige bekannte Gesichter waren in dem Lokal zu sehen. Malthaner grüßte Toni, den Besitzer. Das blonde Mädchen schien froh zu sein, dass sie sich mit dem Erscheinen von Brigitte und Jörg aus Kurts verbalem Würgegriff befreien konnte. Lächelnd ließ sie einen seligen Kurt zurück und schlenderte an einen Tisch weiter hinten im Raum, an dem drei junge Frauen saßen, die nicht weniger attraktiv waren als sie selbst.

»Haben wir dir die Tour vermasselt?«, fragte Malthaner grinsend.

»Von dir habe ich mir die Tour noch nie vermasseln lassen«, gab Kurt zurück.

»Das Mädel ist nicht gerade dein Jahrgang«, frozzelte Malthaner.

»Man ist eben so jung wie man sich fühlt«, gab Kurt zurück. Brigitte entschied sich für einen Chardonnay, Malthaner tat es Kurt gleich und bestellte ein Hefeweizen. Natürlich war der Fall Ellwanger sofort das Gesprächsthema.

»Was machen deine Recherchen?«, wollte Kurt wissen.

Malthaner gab zurück: »Ich recherchiere nicht in erster Linie, sondern ich bin vor allem daran interessiert, wie es Reinhard geht. Er ist schließlich ein guter Freund.«

»So, so.« Kurt schien nicht überzeugt. »Dafür wolltest du aber vorhin am Telefon verdammt viel über Ellwanger wissen.«

»Man kann nie genügend Informationen haben.«

»Erzähl mir nichts. Der Artikel nimmt in deinem Hinterkopf doch schon konkrete Formen an.«

»So ganz falsch liegst du mit dieser Vermutung nicht. Ist dir noch etwas über Ellwanger eingefallen, was mich interessieren könnte?«

»Nee«, sagte Kurt und dehnte das Wort mehr als notwendig.

»Seit unserem Telefonat muss ich immer an The Good, the Bad and the Ugly denken. Irgendwie äußert sich der Unterschied zwischen Reinhard und Henry Ellwanger ja auch schon in den Klamotten. Reinhard immer leger in Jeans und Pullovern, und dieser Ellwanger grinst immer im schicken Anzug aus den Zeitungsspalten.«

»Italienische Schuhe, extravagante Uhren und so weiter«, listete Kurt auf, um fast entschuldigend anzufügen: »Hab' ich so gehört.«

Brigitte schien es zu dumm zu werden, sie schaltete sich ein. »Lasst uns heute Abend doch noch von was anderem reden als von diesem furchtbaren Mord.« Sie schickte ein nachdrückliches »Bitte« hinterher.

»Ganz meiner Meinung, Gnädigste«, bekam sie von Kurt zu hören, der dabei ziemlich perfekt einen österreichischen Akzent imitierte. Malthaner verdrehte die Augen.

Kapitel III

Auch der Sonntag war geeignet, ins Bilderbuch *Schöner Herbst* aufgenommen zu werden. Die Sonne schien strahlend von einem azurblauen Himmel herab, als Brigitte und Jörg aufstanden. Die Nacht im Village hatte lange gedauert. Kurz vor drei Uhr früh hatte Toni, der Wirt, sie freundlich, aber bestimmt gebeten, zu gehen. Besonders sicher war Malthaner zu diesem Zeitpunkt nicht mehr auf den Beinen gewesen. Kurt war ordentlich in Fahrt geraten, doch Brigitte war es zu verdanken, dass der Abend nicht aus dem Ruder gelaufen war. Wenn Kurt zu viel getrunken hatte, konnte er verdammt überzeugend werden und eine einschüchternde Autorität an den Tag legen. Sein Meisterstück hatte er vor vielen Jahren abgeliefert, als er im Verlauf eines heftigen Gelages einen harmlosen Kneipengast verhaftet hatte. Die Sache war nur durch viel gutes Zureden der anderen Beteiligten wieder aus der Welt zu schaffen gewesen. Natürlich hatten sich Kurt und Malthaner vergangene Nacht lautstark an jene legendäre Episode erinnert.

Die Uhrzeit marschierte stramm auf zwölf Uhr mittags, als Brigitte und Malthaner aus den Federn krochen. Kurz überlegte Brigitte, ob sie auf dem geräumigen Balkon brunchen sollten, entschied sich dann aber doch für das Wohnzimmer. Der Brunch zog sich hin. Trotz des tollen Wetters verspürte Malthaner nicht den bekannten Zwang, sich auf das Mountainbike zu schwingen. Der innere Schweinehund hatte eine starke Position an diesem Sonntag.

Gerade, als Brigitte vorgeschlagen hatte, einen kleinen Spaziergang zu machen, meldete sich Malthaners Handy. Hauser war dran, altgedienter Redakteur bei der Landeszeitung und so etwas wie der Mentor von Jörg Malthaner. An diesem Wochenende hatte Hauser Dienst und musste vermutlich eine Seite für die Montag-Ausgabe zusammenschustern. Wie in Öl gemalt sah Malthaner den Kollegen vor sich: Das Telefon zwischen den massigen Kopf und die Schulter geklemmt, in der Hand eine unglaublich große Tasse, in der schwarzer Kaffee dampfte.

»In deinem Albkaff geht es offensichtlich zu wie in Dodge City«, knurrte Hauser ins Telefon. Die Missachtung, die der vermeintlichen Alb-Provinz in Stuttgart im Allgemeinen und in seinem Büro im Besonderen entgegenschlug, ärgerte Malthaner schon lange nicht mehr. In vielen Jahren hatte er sich daran gewöhnt. Sie wussten' s halt nicht besser, die Hochwohlgeborenen in der Landeshauptstadt. Hauser würde sich eher die Zunge abbeißen, als zuzugeben, dass es auf der Alb sehr schön sein kann. Ohne Malthaner die Gelegenheit zu einer Erwiderung zu geben, polterte Hauser weiter: »Erst werden harmlose Geschäftsleute umgenietet, und dann setzen sich die Cowboys aufs Pferd und machen sich aus dem Staub.«

»Du redest von dem Mord an einem gewissen Henry Ellwanger?«, fragte Malthaner den fast 20 Jahre älteren Kollegen.

»Genau. M.O.R.D. In dem Nest in Schwäbisch Sibirien, in dem du in dieser Sekunde hockst.«

»Es ist das Gesprächsthema schlechthin in der Stadt.«

»Dann sorge doch mal dafür, dass es landesweit ein Gesprächsthema wird. Tu was für das viele Geld, das Dir der Verlag der Landeszeitung hinterher wirft. Ich hätte gerne einen Zweispalter, etwa 50 Zeilen, bis 18 Uhr.« Die Miene von Brigitte sprach Bände. Sie ahnte wohl, dass aus einem gemütlichen Spaziergang nichts werden würde. Jörg zog die Augenbrauen entschuldigend zusammen und zuckte mit den Achseln in ihre Richtung, als er zu Hauser sagte: »Du hast wirklich eine liebenswerte Art, einem Kollegen den wunderschönen Sonntagnachmittag zu versauen. Wie darf ich die Bemerkung mit dem Cowboy verstehen, der sich aufs Pferd gesetzt hat?«

»Die Polizei fahndet nach einem Tatverdächtigen, das kam eben über die Agentur rein. Da dachte ich mir, wir haben einmal im Leben wirklich was davon, dass du da oben in der Einöde deine Zeit verschwendest. Also, liefere mir eine gute Geschichte, und liefere sie mir schnell.«

»Das mit dem Tatverdächtigen ist mir neu. Nach wem sucht die Polizei, gibt die Agenturmeldung auch darüber Auskunft?«

»Nach einem Geschäftspartner, einem gewissen Reinhard Mössner. Er steht in dringendem Tatverdacht.«

Malthaner glaubte, nicht richtig gehört zu haben.

Der Sonntag war endgültig hin und an eine Fortsetzung des Brunchs war nicht mehr zu denken. Zu sehr hatte ihm Hausers letzter Satz auf den Magen geschlagen. Reinhard des Mordes verdächtig. Das war einfach zu absurd. Malthaner schien es auf einmal, als beobachte er sich aus der Ferne selbst; als sehe er sich durch die große Glasfront am Tisch sitzen und stumpf auf das Telefon glotzen, aus dem ihm Hauser diese vollkommen irrsinnige Nachricht entgegen geschleudert hatte. Nicht weniger als er selbst war Brigitte vor den Kopf gestoßen. Ungläubiges Schweigen füllte den Raum aus. Wie gut konnte man einen Freund kennen? Was wusste er tatsächlich über Reinhards Innenleben, fragte sich Malthaner, als er sich mühsam wie ein alter Mann aus seinem Stuhl hoch stemmte. Mit Bewegungen, die etwas Roboterhaftes an sich hatten, kämpfte er sich die drei Meter zur großen Fensterfront vor und starrte auf die Stadt hinab. Wenn er den Hals reckte, konnte er ganz links in seinem Blickfeld – vielleicht einen Kilometer Luftlinie entfernt – einen Teil der Straße sehen, in der Reinhard vor wenigen Jahren sein Haus gebaut hatte. Reinhard. Wie lange kannten sie sich eigentlich schon? Ewigkeiten. Und doch schien ihm jetzt, dass er noch nicht einmal eine vage Ahnung hatte von dem, was in Reinhard vorgehen mochte. Dem guten Freund, der sein Leben bestens im Griff zu haben schien. Selbst seine Scheidung nach einer sehr kurzen Ehe hatte Reinhards Frohnatur damals nichts anhaben können. Im Leben eines jeden gab es wahrscheinlich etwas, das ihn aus der Bahn werfen könnte, sinnierte Malthaner. Wenn er zurückdachte, hatte er in der Vergangenheit selbst einige Male kurz vor diesem Punkt gestanden. Mehrmals schüttelte er heftig den Kopf, gerade so, als ließe sich dadurch der Alpdruck abschütteln, der seit dem Telefonat mit Hauser auf ihm lastete. Das Gesicht in den Händen vergraben presste die genauso schockierte Brigitte ein »Was jetzt?« hervor.

Tonlos entgegnete er: »Jetzt muss ich die Story liefern.«

Prüfend sah ihn seine Lebensgefährtin an: »Du kannst dir genauso wenig wie ich vorstellen, dass Reinhard jemand umgebracht hat.« Es war eine Feststellung, keine Frage. Malthaner antwortete nicht darauf. Brigitte verließ den Raum.

Er rief auf gut Glück im Büro von Theo Reiher, dem Pressesprecher der Polizeidirektion, an. Die Nummer fand er in seinem kleinen Notizbuch, das er schnell zur Hand hatte. Gut möglich, dass der Mord Theo Reiher um sein freies Wochenende gebracht hatte. Die Aasgeier von der Presse würden ihn kaum in Ruhe lassen. Reiher war ein sympathischer älterer Polizeibeamter, der seiner baldigen Pensionierung entgegensah. Den Job als Pressesprecher, im Polizeijargon »Ö« genannt, machte er schon seit Urzeiten. Bei den wenigen Gelegenheiten, bei denen Malthaner mit ihm zu tun hatte, waren beide gut miteinander klar gekommen. Tatsächlich, der Pressesprecher war im Dienst. »Kann mir kaum vorstellen, was sie von mir wollen«, begrüßte er Malthaner am Telefon. »Sie sind ja auch der Allererste, der heute hier anruft.«

»Das glaube ich gerne«, gab Malthaner zurück, der so professionell wie möglich wirken wollte.

Reiher stöhnte müde: »Das Albblatt, vier Radiosender aus der Region, der SWR, Bild natürlich, dpa, und jetzt auch noch der Malthaner von der Landeszeitung. Das ist für einen Sonntag, an dem ich mit meiner Frau in den Schwarzwald fahren wollte, ein bisschen viel.«

»Mein Sonntag ist auch versaut.« Wie sehr das doch stimmte! »Ich habe gehört, sie haben eine konkrete Personenfahndung am Laufen.«

»Ja, das stimmt. Reinhard Mössner, 39 Jahre, Diplom-Ingenieur, wohnhaft in Albstadt, Geschäftsführer der Firma SoftData und als solcher Partner des Getöteten. Er ist dringend tatverdächtig. Fährt einen schwarzen Lexus und ist seit Auffinden des Opfers verschwunden.«

»Auf der Flucht?«

»Das können wir nicht mit Bestimmtheit sagen, aber wenn unsere Führungsetage sich für eine derart offensive Fahndung mit Namensnennung entscheidet, dann hat sie für gewöhnlich Hieb- und Stichfestes in der Hand. Es wäre ihnen zu peinlich, wenn sie später einen Rückzieher machen müssten.« Der Polizeisprecher legte eine kurze Pause ein, und sagte dann in verschwörerischem Ton zu Malthaner: »Den letzten Satz habe ich ihnen natürlich nicht gesagt.«

Malthaner ging auf diese Bemerkung nicht ein. »Hat der Gerichtsmediziner den Toten schon unterm Messer gehabt?«

»Die Leiche wurde gestern in Tübingen obduziert. Es steht demnach zweifelsfrei fest, dass Henry Ellwanger ermordet wurde. Gewalteinwirkung durch einen stumpfen Gegenstand.« Wieder legte Reiher eine kurze Pause ein, um dann fortzufahren: »Deutlicher ausgedrückt: Vermutlich wurde ihm der Schädel eingeschlagen. Was sie auch noch interessieren dürfte, der Fundort der Leiche war mit großer Wahrscheinlichkeit auch der Tatort. Die Todeszeit dürfte in den späten Abendstunden des Donnerstag oder in den ersten Stunden des Freitagmorgen liegen, irgendwann zwischen 22 Uhr und 2 Uhr.«

»Was macht die Polizei so sicher, dass Reinhard Mössner der Täter ist?«

»Es gibt Dinge, die ich im Moment noch nicht an die Öffentlichkeit geben kann. Ermittlungstaktische Gründe und so.«

»Was sagen Mössners Angehörige? Ich nehme an, ihre Kollegen haben sie schon in die Mangel genommen.«

»Besonders viele Angehörige gibt es da nicht«, gab Reiher Auskunft. Dass er das selbst wusste, musste Malthaner ihm ja nicht unbedingt auf die Nase binden. »Eine geschiedene Frau, eine betagte Mutter und eine Schwester. Sie wissen allesamt angeblich nicht, wo er sich aufhält.«

»Fahnden sie bundesweit nach Mössner?«

»Wir fahnden international, Interpol hat diesen Mössner ebenfalls auf der Liste.«

»Andere Verdächtige gibt es wohl nicht, so wie ihre Kollegen sich reinhängen, Mössner in die Finger zu bekommen?«

»Nicht dass ich wüsste.«

Wie immer man es drehte und wendete, Reinhard hatte in jedem Fall verdammt schlechte Karten, egal, wo er sich in diesem Moment befinden mochte. Nur Luschen auf der Hand.

»Haben sie die Tatwaffe?«

»Tut mir Leid. Darüber Auskunft zu geben, bin ich nicht befugt.«

»Können sie mir sagen, wer die Leiche von Ellwanger gefunden hat?«, bohrte Malthaner weiter.

»Ein Mitarbeiter von Ellwanger.«

»Das weiß ich auch. Ich dachte bei meiner Frage eigentlich an einen Namen.«

Jetzt lächelte Reiher, dessen war sich der Journalist am anderen Ende der Telefonleitung sicher. »Ganz schwacher Versuch, Herr Malthaner. Sie wissen doch, dass ich ihnen den Namen nicht nennen könnte, selbst wenn ich ihn kennen würde, was nicht der Fall ist.«

»Versuchen kann man es ja mal.« Malthaner probierte es mit der gemeinen Tour. »Sie wissen doch, dass ich den Namen sowieso rausbekomme. Sie würden mir lediglich die Arbeit ein wenig erleichtern.«

Reiher lachte jetzt vernehmlich. »Ihr Journalisten macht mir doch immer das Leben schwer, warum sollte ich da so entgegenkommend sein?«

»Weil es ihr Job ist!«

»Erklären sie mir mal nicht, wie ich meine Arbeit machen muss. Schließlich kritisiere ich auch nie, was ihr so über uns schreibt und sendet. Da gäbe es auch viel zu sagen.«

»Schreiben sie nach ihrer Pensionierung ein Buch darüber«, riet Malthaner.

»Sie werden lachen, darüber habe ich schon mehr als einmal ernsthaft nachgedacht.«

»Okay. Sagen sie mir noch etwas über die Umstände des Mordes, soweit sie können.«

»Viel gibt es nicht, was ich ihnen noch sagen könnte. Einbruchsspuren haben wir nicht gefunden. Also können wir wohl davon ausgehen, dass der Täter einen Schlüssel hatte.«

»Oder schon im Raum war.«

»Oder das. Genau. So viel kann ich ihnen sagen: Die Spurenlage ist ziemlich dünn. Entweder hat der Täter keine Spuren hinterlassen, oder er hat sie penibel beseitigt.«

»Was beides eher gegen einen Mord im Affekt spricht.«

»Das kann man so sehen. Zumindest als Laie.« Reiher hatte wieder Oberwasser.

Der Polizeisprecher würde nicht mehr sehr ergiebig sein, und mit Malthaners Esprit war es auch nicht weit her. Er verabschiedete sich von Reiher.

Widerstrebend hackte Malthaner auf der Tastatur seines Laptops, den er auf dem Wohnzimmertisch aufgebaut hatte, einen Artikel zusammen. Er kam nicht umhin zu schreiben, dass Reinhard gesucht wurde. Alles zur Person Reinhards brachte er in zwei Sätzen unter. Als er sie schrieb, fühlte Malthaner Scham in sich hochsteigen. Gerade so, als würde er den Freund verraten und verkaufen. Die reinen Fakten über den Fall reicherte er mit einem Schuss Lokalkolorit an. Eine Stadt ist schockiert und tief betroffen, so etwas in der Art. Nicht gerade stolz auf sich, schickte er den Text per E-Mail an Hauser. Sollte der damit machen, was er wollte.

»Willst du noch immer einen Spaziergang machen?«, kam die Frage von Brigitte. Sie hatte das Zimmer wieder betreten, ohne dass Malthaner etwas davon gemerkt hatte.

»Ja«, erwiderte er matt. »Tut uns beiden sicher ganz gut.«

Sie steuerten den Weg bergauf in Richtung Waldrand an. Das war ein weiterer Vorteil von Brigittes Wohnung: Zu Fuß und mit dem Rad war man in Nullkommanix im Wald. Ein paar Minuten Fußmarsch und schon endete die Wohnbebauung und dichter Forst begann. Malthaner stapfte missmutig vorwärts, die Hände in den Taschen der alten Lederjacke vergraben, die ihn seit Jahren begleitete und dabei ein wenig aus der Mode gekommen war. »Du hast vorhin nichts gesagt. Aber ich kenne dich so gut, dass ich mir sicher bin, du glaubst fest an Reinhards Unschuld.« Brigitte hakte sich bei Jörg unter.

Der murmelte nur ein »Mmh«.

»Oder etwa nicht?« Sie ließ nicht locker.

»Ich würde gerne daran glauben. Aber kann ich es? Die Polizei ist so felsenfest davon überzeugt, dass er Ellwanger umgebracht hat, dass sie die Personenfahndung öffentlich macht. Glaube mir, die riskieren nicht einfach so eine mögliche Klage wegen Rufschädigung und was-weiß-ich-nicht noch allem. Reinhard ist ja nicht irgendwer, er ist angesehener Bürger dieser Stadt, leitet eine prosperierende Firma und hat Geld im Überfluss. Mit so jemandem legt sich in der Provinz für gewöhnlich kein Leitender Polizeidirektor an.«

»Das war es nicht, was ich gemeint habe. Ich will wissen, was du denkst.«

»Natürlich kann ich mir Reinhard nicht als Mörder vorstellen. In dem steckt so viel kriminelle Energie wie in Mutter Teresa. Noch nicht einmal eine anständige Steuerhinterziehung traue ich ihm zu. Aber er scheint auf der Flucht zu sein. Es spricht wirklich eine ganze Menge gegen ihn.«

»Gerade das meine ich ja. Niemand macht sich die Mühe nach etwas zu suchen, das für ihn sprechen könnte.« Sie schloss ihren Arm fester um den seinen.

»Das, befürchte ich, wird Sache seines Rechtsanwalts sein.«

»Jörg, wir beide wissen, dass Reinhard diesen Ellwanger nicht umgebracht hat!«

»Nein, wir wissen es nicht! Wir glauben nur, dass nicht sein kann, was nicht sein darf.«

Abrupt blieb Brigitte stehen und brachte ihr Gesicht ganz nahe an seines heran. »Du willst nicht verstehen, was ich meine, oder?«

»Oh, ich ahne ganz genau, worauf es hinausläuft. Ich soll meine journalistischen Fähigkeiten ausnahmsweise einmal sinnvoll einsetzen und Fakten aufspüren, die zu Reinhards Entlastung beitragen können. Detektivarbeit leisten, sozusagen. Das ist es doch, was du meinst.«

Zu sagen, Brigitte hätte gestrahlt, wäre eine deutliche Übertreibung. Immerhin umspielte ein Lächeln ihre Lippen. »Wie ich sehe, kennen wir uns doch ganz gut.«

»Dann wird es dich nicht wundern, wenn ich dir sage, dass ich genau darüber schon die ganze Zeit nachdenke. Ich werde morgen nicht nach Stuttgart fahren, sondern mich hier ein bisschen umhören.«

Nach einer Stunde kamen sie von ihrem Spaziergang zurück. Malthaner rief noch mal bei Hauser an, um ihm mitzuteilen, dass morgen nicht mit ihm zu rechnen sei. Überraschenderweise hatte Hauser nichts dagegen. Zum Ende des kurzen Gesprächs fragte Hauser: »Hat sich Zorro eigentlich mal bei dir gemeldet? Der hätte am Wochenende wieder zum Dienst antreten müssen, ist aber nicht erschienen. Telefonisch habe ich ihn auch nicht erreichen können, obwohl ich es immer wieder versucht habe. Die Kollegen sind ganz schön sauer auf Zorro.«

Malthaner hatte nichts von Zorro gehört, zumindest nicht in den vergangenen Tagen.

Zorro war der Spitzname eines Fotografen der Landeszeitung. Mit seinem bürgerlichen Namen war er so unglücklich, dass er sich lieber nach dem schwarzen Rächer benennen ließ. Kein Wunder, er hieß Zoltan Mückelgrün. In Zorros Leben war in den vergangenen Jahren vieles durcheinander geraten. Die dritte Scheidung, Alkoholprobleme, finanzielle Engpässe und seit einiger Zeit war er gesundheitlich ernsthaft angeschlagen. Die Nieren drohten ihren Dienst zu versagen. Er musste regelmäßig zur Dialyse in eine Spezialklinik nach Heidelberg.

Als wäre das alles nicht genug, hatte sich sein 18-jähriger Sohn eines Tages auf Nimmerwiedersehen verabschiedet. Zorro tat Malthaner Leid. In seinen Anfängen bei der Landeszeitung hatte er ihn als sehr professionellen und kreativen Fotografen und angenehmen Menschen kennen gelernt. Doch inzwischen wuchsen Zorro die Dinge verständlicherweise erheblich über den Kopf, worunter die Arbeit ebenso litt wie das Klima in der Redaktion. Mehrfach hatte Zoltan Mückelgrün Kollegen angepumpt und die versprochenen Rückzahlungen immer wieder hinausgezögert. Auch bei Malthaner war er mit einer netten Summe in der Kreide. Wenn man Zorro darauf ansprach, konnte er sehr ungehalten reagieren. Vor einiger Zeit war Zorro umgezogen, und zwar in eine ziemlich heruntergekommene Wohnung, wenn man den anderen Fotografen der Landeszeitung glauben durfte. Auf Hausers Vorschlag hatten sich vor einem halben Jahr einige Kollegen zusammengesetzt, um zu beratschlagen, wie man Zorro helfen könnte, herausgekommen war dabei nichts. Malthaner wusste, dass der Fotograf freie Tage abfeierte, hatte aber auch auf dem Dienstplan gesehen, dass er am Wochenende wieder hätte arbeiten sollen.

»Noch einer, der spurlos verschwunden ist«, sagte er nachdenklich zu Brigitte. »Wird schon wieder auftauchen, der Zorro.«

Was er dann tat, machte ihm keinen Spaß. Im Telefonbuch suchte er die Nummer von Reinhards Mutter heraus. Sie wohnte mit ihrer Tochter, Reinhards Schwester, zusammen. Die Schwester war Malthaner als eine matronenhafte Person in Erinnerung. Sie musste ein Jahr älter sein als ihr Bruder. Er hatte glücklicherweise nie näher mit ihr zu tun gehabt und wusste nicht einmal ihren Vornamen. Man kannte sich halt vom Sehen, wenn man aus Albstadt und ungefähr im selben Alter war. Dreimal klingelte es, dann ein schneidendes »Ja.« Nicht die Stimme einer Frau, die bald 80 ist; es musste die Schwester sein. Malthaner stellte sich als Freund Reinhards vor, kam aber nicht weit. »Du bist doch der Schreiber aus Stuttgart«, schleuderte sie ihm entgegen. »Wir sagen nichts mehr zur Presse. Lass uns in Ruhe.« Das war's. Sie hatte nicht nur einfach so aufgelegt. Sie hatte den Hörer aufgeknallt, so als sei er ein heißes Stück Metall, an dem man sich die Finger verbrennt, wenn man es auch nur eine Zehntelsekunde zu lang in der Hand hielt. Die Übellaunigkeit war ihr nicht zu verdenken. Vermutlich hatten schon etliche Journalisten bei ihr und ihrer Mutter angerufen, und nicht alle in diesem Beruf hatten die Sensibilität eines Jörg Malthaner. Seufzend tippte er Kurts Nummer ein. Der war nicht zu zuhause, also sprach er ihm auf das Band: Ob er, Kurt, nicht vielleicht als so eine Art Türöffner bei seinen Kollegen fungieren würde, die früher bei SoftData gearbeitet hatten. Ein Gespräch mit ihnen über Reinhard und über Ellwanger würde ja nichts schaden.

»Kommst du mit?«, fragte er Brigitte. »Ich fahr mal bei Reinhard zuhause vorbei.«

»Was willst du dort? Reinhard ist weg. Das bringt doch nichts.«

»Wahrscheinlich hast du Recht. Nein, ganz sicher hast du Recht. Aber ich muss mir selbst das Gefühl geben, wenigstens irgend etwas zu machen.«

»Tu, was du nicht lassen kannst. Ich bleibe hier«, entgegnete Brigitte und hauchte ihm einen Kuss auf die stoppelige Wange.

Er schob ein Eric-Clapton-Band in den Kassettenschacht. Wie in vielen anderen Dingen, so hinkte Malthaner auch bei der Musikanlage in seinem Auto den aktuellen Entwicklungen ein gutes Stück hinterher. Der nächste Wagen würde einen CD-Wechsler haben, das hatte er sich fest vorgenommen. Malthaner drehte den Schlüssel in der Mittelkonsole – eine Saab-Spezialität – und ließ den betagten Motor anspringen. Mister Slowhand hatte den Blues, und Malthaner auch. Der strahlende Sonnenschein war diffusem Vorabendlicht gewichen. Malthaner und der Saab hatten es nicht eilig und drehten erst eine Runde durch die Innenstadt. Ein paar vereinzelte Spaziergänger lustwandelten an den Schaufenstern entlang, bevor es sie in die Wärme ihrer Wohnstuben zur Sportschau ziehen würde. Der alte Schwede hatte die Straßen fast für sich, es herrschte wenig Verkehr. Ziellos fuhr Malthaner einige Minuten umher, steuerte dann in das Wohngebiet, in dem Reinhard sich seinen Eigenheim-Traum erfüllt hatte. Die Straße teilte die Wohnhäuser in zwei Sorten: Neue, sehr große und teure Gebäude, die oberhalb der Straße am Hang standen, und vergleichsweise bescheidene Gebäude aus den 80er Jahren auf der anderen Straßenseite. Reinhards Haus war so etwas wie der Superstar unter Stars. Der Architekt hatte sich austoben dürfen. Herausgekommen war ein durchaus individuell zu nennendes Einfamilienhaus, das von einem großzügigen Garten umgeben wurde. An allen vier Seiten des rechteckigen Gebäudes waren Erker angebaut. Das mit blauen Ziegeln eingedeckte Dach stand bei Sonnenschein in beeindruckendem Kontrast zum schneeweißen Gemäuer. Ein riesiger Balkon zog sich über die gesamte Vorderfront des Hauses hin. Im gleichen Blau wie das Dach waren die Balkonumrandungen gehalten. Farblich abgestimmt auch die Markise – blau. Ein beeindruckender Anblick. Nicht weniger beeindruckend war das Haus von innen, wie Malthaner wusste. Reinhard versuchte stets den Eindruck zu vermitteln, als würde er sich aus Geld nichts machen, genoss aber alle Vorzüge eines wirklich dicken Bankkontos. Dabei war er, anders als andere, immer er selbst geblieben, der gleich spontane Turnschuhtyp. Als er gebaut hatte, war er noch mit Diana verheiratet. Die kinderlose Ehe ging kurz darauf in die Brüche. Seither lebte er alleine auf einer Wohnfläche von fast 250 Quadratmetern.

Es war zwar unsinnig, aber trotzdem stieg Malthaner aus dem Auto. Er drückte den Zeigefinger auf die Türklingel, die in einer weißen Gartenmauer eingelassen war, die den dahinter liegenden Wohlstand vor unbefugtem Betreten sichern sollte. Natürlich gab es keine Reaktion. In die Gartenmauer integriert war eine großzügige Doppelgarage. Zwei kleine Fenster in der Garage waren schräg gestellt. Malthaner versuchte in das näher zur Straße befindliche Fenster zu linsen. Der rote Jeep stand drin. Reinhard hatte sich vergangenes Jahr einen Cherokee gekauft – einfach so. Der Platz des Lexus war leer. Natürlich.

»Sie. Was machen sie da?« Ein kleiner Mann, er mochte siebzig oder darüber sein, hatte sich lautlos genähert. Die ganze Erscheinung deutete auf eine unerfreuliche Begegnung hin. Der Mann trug eine braune Wollhose und die dazu gehörende braune Wolljacke, darunter eine karierte Strickweste. Auf der Nase hatte er ein eckiges Brillengestell aus Horn sitzen. Hinter den Gläsern musterten Glubschaugen Malthaner mit einer durch nichts verborgenen Neugierde. Genau der Typ, der über die korrekte Ausführung der Kehrwoche bei Mietern und Nachbarn wacht. Und damit genau der Typ, den Malthaner zum Kotzen fand.

»Sie sind aus Stuttgart, gell?«, wollte der Alte wissen, ohne eine Antwort auf seine erste Frage zu erwarten. Der Saab hatte noch immer das S-Kennzeichen, obwohl Malthaner wieder ein echter Albstädter geworden war, und würde es bis zu seinem vermutlich nicht mehr so weit entfernten Ende sicher behalten.

»Bestimmt sind sie einer von der Presse, gell?« Der Alte legte seinen Kopf schief. »Vielleicht von der Bildzeitung?« Dann schüttelte er den Kopf in plötzlicher Erkenntnis. »Das kann ja nicht sein, da war ja schon heute Mittag ein anderer Herr da.«

»Von Bild?« Jetzt war es an Malthaner, eine dumme Frage zu stellen.

»Hat er gesagt, gell. Er wollte wissen, ob ich ihm etwas über den Herr Mössner sagen kann ...«, sein Zeigefinger vollführte eine Bewegung in die ungefähre Richtung von Reinhards Villa, »... der hier wohnt.«

»Und? Haben sie ihm etwas über Herrn Mössner sagen können?«

»Viel weiß ich ja nicht, gell. Der Herr Mössner ist ja so selten zuhause. Wissen sie, als Chef von so einer Computerfirma hat er ja viel zu tun. Außerdem ist da ja keine Frau, die abends auf ihn wartet. Der hat mal eine Frau gehabt, aber die ist ihm davongelaufen, gell. Was der sich für eine Villa leisten kann, so jung wie der ist.« Wieder setzte sein Zeigefinger zu einer Art Flug ins Nichts an und deutete auf einen unbestimmten Punkt in unbestimmter Entfernung. »Da unten, da unten wohn' ich. Nicht hier oben bei den reichen Leut'. Die kenn' ich aber alle. Wissen sie, ich bin Rentner und gehe viel spazieren. Hier komme ich oft vorbei und schwätz' mit den Leut'. Anständige Leut', des kann ich ihnen sagen. Seit der Herr Mössner gestern in der Zeitung gestanden ist, bin ich schon ein paar Mal hier hoch gelaufen, gell. Man weiß ja nicht, was da noch alles kommt.« Verschwörerisch senkte er die Stimme und winkte mit seinem krummen Zeigefinger Malthaner näher zu sich heran. »Also, ich will ja nichts sagen, gell. Aber ich hab' den Herr Mössner am Donnerstagabend noch gesehen. Und am Samstag steht er in der Zeitung. Und jetzt hör' ich heut' im Radio, dass sie ihn suchen. Ha, da weiß man ja gar nicht mehr, was man glauben soll, gell. Ich mag es ja nicht glauben, dass der Herr Mössner einen totgeschlagen haben soll. Auch wenn das jetzt alle sagen.« Er machte eine Pause. »Vielleicht ist er ja nur verreist. Er reist viel, gell.«

In Malthaners Denkanstalt passierte etwas, er wusste nur nicht so recht, was. Ein vager Gedanke machte sich bemerkbar, aber nicht deutlich genug. Als käme eine Schaltung nicht zustande.

»Sie haben Herrn Mössner am Donnerstag gesehen?«

»Ha ja. So um acht, glaub' ich. Da bin ich gerade vom Stammtisch gekommen. Wissen sie, ich treffe mich immer am Donnerstag mit den Kollegen von früher am Stammtisch. 47 Jahre lang hab' ich beim Hartmann geschafft, 47 Jahre.«

Der Hartmann. Das hatte hier so etwa den Klang wie der Daimler in Stuttgart. Die Hartmann AG war der größte Arbeitgeber weit und breit.

»Am Donnerstag gegen 20 Uhr haben sie Herrn Mössner gesehen. Hier vor seinem Haus?«

»Also, er ist gerade mit seinem großen Auto aus der Garage gefahren, gell. Mit dem schwarzen.« Was der Lexus gewesen sein musste.

Wieder fuchtelte der Rentner mit seinem Zeigefinger herum. »Ob es genau acht Uhr war, kann ich ihnen auch nicht sagen. Wissen sie, wir von der alten Garde vom Hartmann vertragen noch was. Wenn wir am Stammtisch sitzen, da trink' ich dann halt so meine Viertele, gell. Also, ich guck' da nicht so genau auf die Uhr, wann ich nach Hause komm'. Vielleicht war's auch schon neun.« Plötzlich drängte sich Malthaner der Eindruck auf, dass der Alte nicht nur donnerstags am Stammtisch den Viertele zusprach. »Haben sie am Donnerstag mit dem Herrn Mössner gesprochen?«, fragte er.

»Ha nein. Als ich da oben runter gekommen bin, habe ich ihn gesehen, wie er vor der Garage gestanden ist und einen Koffer ins Auto geladen hat. Ich war noch ein paar Schritte weg. Es war zwar schon dunkel, aber ich kenne den Herrn Mössner ja. Ich habe ihm gewunken, er hat zurück gewunken und ist dann weggefahren, gell. Noch bevor wir miteinander schwätzen konnten.« Mit einem innerlichen Grinsen stellte sich Malthaner vor, wie Reinhard den Alten gesehen und sich beeilt hatte, ins Auto zu kommen.

»Das Garagentor geht automatisch zu. Das ist bei alle denen reichen Leut', die hier wohnen, so. Sagen sie mal, glauben sie, dass der Herr Mössner einen totgeschlagen hat?«

»Lesen sie es morgen in der Bild-Zeitung nach.« Malthaners Bedürfnis zu verschwinden wurde immer größer. Er schaute auf die Uhr, sagte »Jetzt muss ich dringend weg«, und ging mit Riesenschritten auf den Saab zu. Der Alte sagte noch etwas. Das einzige Wort, dass Malthaner zu verstehen glaubte, bevor er sich in den Autositz fallen ließ, war »Gell.«

Kapitel IV

Der Montagmorgen wartete mit einer bösen Überraschung auf. Der Herbst hatte beschlossen, sich von seiner unangenehmen Seite zu zeigen. Keine Spur mehr von dem herrlichen Wetter der vergangenen Tage. Es nieselte. Alles wirkte trostlos, passend zu Malthaners Gemütsverfassung. Brigitte war schon sehr früh aufgestanden und in ihre Praxis gefahren. Er wartete auf einen Anruf von Kurt, den er gestern Abend gebeten hatte, seine Kollegen zu befragen, die früher bei der SoftData gearbeitet hatten. Sie müssten doch leicht herausbekommen, welcher Mitarbeiter die Leiche Ellwangers gefunden hatte. Möglicherweise wäre der ja zu einem Gespräch bereit. Das aufgeschlagene Albblatt lag auf dem Tisch. Natürlich war der Fall Ellwanger auch in der Montagausgabe den Aufmacher wert. Die Suche nach Reinhard nahm breiten Raum ein. Dass ein halbspaltiges Portraitfoto von Reinhard in den Text eingeklinkt war, machte alles nicht angenehmer. Das Wort von der Vorverurteilung kam Malthaner in den Sinn. Angenommen, es würde sich herausstellen, dass Reinhard Mössner vollkommen unschuldig am Ableben seines Geschäftspartners ist, wie sollte er hier in der Provinz jemals seinen Ruf wiederherstellen? Für die meisten Leute würde das berühmt-berüchtigte Gschmäckle zurückbleiben. Mit der Kaffeetasse in der Hand schleppte sich Malthaner zur großen Fensterfläche im Wohnzimmer. Die Stadt lag wie betäubt zu seinen Füßen. So als drücke etwas Schweres auf sie, etwas, das schwerer wog als die im Talkessel gefangenen dichten Wolken. Er starrte auf die Gebäude, auf die Straßen hinab. Minutenlang. Dann ging er wieder zum Tisch zurück und blätterte das Albblatt durch, ohne wirklich am Inhalt interessiert zu sein. Selbst die Bundesliga-Berichterstattung war ihm vollkommen gleichgültig. In zahlreichen Todesanzeigen wurde das Dahinscheiden von Henry Ellwanger bedauert. Es gab eine Anzeige, die von Ellwangers Frau, Eltern und Schwiegereltern unterzeichnet war. Die Stadtverwaltung und der Oberbürgermeister verwiesen in neutralen Worten auf das mehrjährige Engagement Ellwangers im Gemeinderat. Drei örtliche Vereine zeigten sich bestürzt über das Ableben eines Gönners. Größer als alle anderen Anzeigen war die der CDU-Gemeinderatsfraktion, die Ellwanger vermutlich unsterblich machen wollte. Sein unermüdlicher Einsatz für die Allgemeinheit wurde gewürdigt, sein soziales Engagement, sein großes Herz für die Vereine, seine Arbeit als Unternehmer, die Tätigkeit in verschiedenen Wirtschaftsverbänden und nicht zuletzt im CDU-Stadtverband. Von wegen The Good, the Bad and the Ugly. Wenn man das hier so las, musste Ellwanger ein Mensch von außergewöhnlicher Güte gewesen sein. Sein Tag hatte vermutlich mindestens 40 Stunden gehabt, um all die Aufgaben zu erledigen, denen er sich verschrieben hatte. Kopfschüttelnd erinnerte sich Malthaner an das Gespräch mit Roland Tück auf dem Wochenmarkt. Roland, der durchaus über tiefere Einblicke ins Albstädter Kommunalgeschehen verfügte, hatte davon gesprochen, dass Ellwanger in seiner eigenen Fraktion nicht nur Freunde hatte.

25 Minuten später meldete sich Kurt von seinem Arbeitsplatz. Ein Programmierer namens Uwe Schlegel habe den toten Ellwanger am Freitagmorgen im Büro aufgefunden. Besagter Schlegel sei leider nicht scharf darauf, mit der Presse zu sprechen. Er, Malthaner, solle sich aber doch mal mit seinem, Kurts, Kollegen Jürgen Weith treffen, der früher bei SoftData gearbeitet habe und gerne mit der Presse sprechen würde. Ohne einen Mucks von Malthaner abzuwarten, verband Kurt ihn mit diesem Weith. Der redete nicht um den heißen Brei herum, sondern schlug Malthaner vor, sich in der Mittagspause mit ihm zu treffen. Kurt hatte ganze Arbeit geleistet.

Als Treffpunkt vereinbarten sie das Café Weiß in der Stadtmitte.

Jürgen Weith stellte sich als offener, umgänglicher Typ um die vierzig heraus. Er trug ein modisches Sakko über der schwarzen Jeans und hatte eine randlose dünne Brille auf einer spitzen Nase sitzen. Insgesamt machte er einen sportlichen Eindruck, was das gebräunte Gesicht unterstrich. Erste graue Schläfen zogen sich durch dichtes, kurz geschnittenes braunes Haar. Zu gerne wäre Kurt bei dem Gespräch dabei gewesen, erzählte Weith lachend. Ein auswärtiger Termin habe ihm das aber unmöglich gemacht. Weith bestellte einen Geflügelsalat und einen Orangensaft, Malthaner einen Cappuccino und ein Wasser. Sein Gesprächspartner gehörte nicht zu der Sorte

Mensch, die sich lange bitten ließ. Frei von der Leber weg, so Malthaners Eindruck, erzählte Weith über seine Zeit bei der SoftData. Dabei nahm er wenig Rücksicht auf den noch nicht einmal beerdigten Ellwanger. Ihn schilderte er als einen Tyrannen. »Wissen sie, Herr Malthaner, ich war ja fast so etwas wie ein Mann der ersten Stunde bei der SoftData. Also kannte ich Henry Ellwanger schon ziemlich lange. Leider hat er sich sehr zu seinem Nachteil verändert. Als er und Reinhard Mössner die Firma gründeten, waren sie noch die besten Freunde. Ellwanger hatte zwar früher schon einen gewissen Hang zum Snobismus, aber der hielt sich noch in Grenzen. Je größer das Unternehmen wurde, desto großkotziger wurde auch Ellwanger. Ihm stieg der berufliche Erfolg zu Kopf. Reinhard Mössner hat immer versucht, das ausgleichende Element zu sein, aber gegen den immer mehr dominierenden Ellwanger konnte er sich einfach nicht durchsetzten. Die SoftData hat in der Branche als Arbeitgeber einen ziemlich ramponierten Ruf, was einzig und alleine an Ellwanger liegt. Er hat einen bösartigen Umgangston am Leib und mobbt seine Mitarbeiter. Wer die Firma verlassen kann, der tut das. Die SoftData hat eine ungeheuer hohe Personalfluktuation. Mich hat er damals auch hinausgeekelt.«

Eine Bedienung brachte den Salat. Jürgen Weith schob sich eine Gabel voll Grünzeug in den Mund und redete weiter. »Die SoftData ist durchaus erfolgreich. Aber, was glauben sie, wie erfolgreich die Firma mit wirklich motivierten Mitarbeitern erst sein könnte? Die Aufgabe dort ist für EDV-Fachleute sehr reizvoll, aber das Klima ist schlicht unerträglich. Wissen sie, in unserer Branche herrscht im Allgemeinen eine sehr legere Atmosphäre. Das ist einfach wichtig, um unter teilweise extremem Stress kreativ arbeiten zu können. Leider war das bei SoftData nicht möglich, und das lag einzig an der Person Ellwangers.«

Mit einem Zug leerte er sein Saftglas zur Hälfte. »Wahrscheinlich fragen sie sich, warum ich ihnen das alles so offen und freimütig erzähle, obwohl wir uns überhaupt nicht kennen.« Malthaner brummte etwas, das alles oder nichts bedeuten konnte. Weith fuhr fort: »Da muss ich ein bisschen ausholen. Sehen sie, ich habe Ellwanger nicht nur als despotischen Chef erlebt, sondern überhaupt als rücksichtslos im Umgang mit anderen Menschen. Wie gesagt, der berufliche Erfolg hat aus ihm einen sehr unangenehmen Menschen gemacht.« So etwas kam viel zu oft vor, wie auch Malthaner schon am eigenen Leib erfahren musste. Jetzt hatte Weith sich richtig in Form geredet: »Ich stamme ursprünglich aus Balingen, war aber schon als Jugendlicher im Albstädter Sportverein, weil der mir als gutem Leichtathleten damals die besseren Möglichkeiten geboten hat. Wie es halt so ist in einem Verein, hatte ich eines Tages plötzlich das Amt des Schriftführers. Später wurde ich Kassier, dann Jugendleiter, und bevor ich mich versah, war ich Zweiter Vorsitzender. Der Verein ist mir in all den Jahren sehr ans Herz gewachsen. Eines Tages, als Ellwanger schon seine politische Karriere im Sinn hatte, wurde er Mitglied im Sportverein, so wie übrigens auch in mehreren anderen Vereinen, die viele Mitglieder zählen. Er spielte sich recht schnell als Gönner auf und nahm nach kurzer Zeit immer mehr Einfluss.«

Weith konnte gleichzeitig reden und Salat essen, ohne dass es peinlich wurde, und verfügte damit über ein Talent, das nicht vielen Menschen gegeben war.

»Sehen sie«, sagte er und deutete kurz mit der Gabel auf den Journalisten, »seit 25 Jahren bin ich in diesem Verein und opfere viel Freizeit. Ich mache das gerne, denn der Verein ist ein wichtiger Bestandteil meines Lebens. Dann kommt da plötzlich dieser Ellwanger daher, öffnet den Geldbeutel und schon rennen ihm einige im Vorstand hinterher wie die Lemminge. Die haben überhaupt nicht kapiert, dass er sich einen Dreck um den Verein oder den Sport schert, sondern nur seinen eigenen Vorteil suchte. Er schwafelt etwas von Umstrukturierung und professioneller Vereinsführung und die Leute hängen ihm an den Lippen. Dann gibt er sich noch gerne als einflussreicher Stadtrat aus, und schon schaltet mancher das Gehirn ab und denkt sich, dass dieser Ellwanger schon weiß, was er tut.« In die kurze Kunstpause, die Weith sich gönnte, um dem Rest des Orangensaftes den Garaus zu machen, sagte Malthaner nichts. Er wollte nicht, dass der Redefluss des EDV-Menschen ins Stocken geriet. »Glauben sie mir«, nahm der den Faden schnell wieder auf. »Er weiß wirklich, was er tut.«

»Letzten Donnerstagabend beziehungsweise in der Nacht zum Freitag wusste er es offenbar nicht. Sonst hätte er, was immer er getan hat, nicht getan. Vor allem hätte er sich zum fraglichen Zeitpunkt nicht in seinem Büro aufgehalten.«

Ein Lächeln stahl sich auf das offene und neugierige Gesicht von Weith. »Sind sie ein Zyniker?«, fragte er Malthaner.

»Manche Leute behaupten, alle Journalisten seien Zyniker.«

»Sind sie's?«

»Bisweilen, ja. Ansonsten halte ich es mit dem Spruch, dass Zynismus Gift und Ironie ein feines Elixier ist.« Milchschaum hatte sich auf dem Boden der Cappuccino-Tasse angesammelt. »Aber ich wollte sie nicht unterbrechen«, zog Malthaner zurück.

»Keine Sorge, ich sage ihnen schon noch mehr über Ellwanger. Auch wenn ich Gefahr laufe, von ihnen als Waschweib eingeschätzt zu werden.«

»In meinem Job lernt man Waschweiber zu schätzen. Woher sollten wir sonst nur alle unsere Informationen bekommen?« Nun war es an Jörg Malthaner zu grinsen, während Weith mit der Gabel das letzte Geflügelstück aus seinem Salatteller pickte. Der Computer-Experte hatte tatsächlich noch einiges zu erzählen. »Wenn man aus dem Landkreis stammt und hier verwurzelt ist, bewegt man sich in einem ziemlich begrenzten Kosmos – egal, wie viele Länder man beruflich oder privat im Lauf eines Jahres bereist. Es bleibt nicht aus, dass man die einzelnen Karriereschritte eines Henry Ellwanger lückenlos verfolgt, ob man will oder nicht. Da sind die immer gleichen

Kollegen und Bekannten, die einem dies und das erzählen. Manchmal kommt es mir vor, als würden wir uns alle um unsere eigene Achse drehen. Außerdem sorgt unsere geschätzte Lokalzeitung dafür, dass einer wie Ellwanger immer im besten Licht erscheint.«

Mit einer Handbewegung winkte Weith die Bedienung herbei und bestellte einen Kaffee. Schwarz, mit ohne alles, wie er sich ausdrückte. »Sehen Sie« – eine Formulierung, die Weith schon mehrfach benutzt hatte, wie Malthaner beiläufig registrierte – »es ist nicht nur so, dass ich diesen Ellwanger nicht gemocht habe, ich habe ihn geradezu gehasst. Und ich bin sicher, vielen anderen ist es genauso gegangen. Pietät hin oder her, wer immer ihm den Schädel eingeschlagen hat, sollte mildernde Umstände bekommen. Wenn nicht gar einen Orden.«

Die Bedienung brachte den Kaffee. Sie hatte die letzten Bemerkungen gehört und bedachte Jürgen Weith mit einem missbilligenden Blick. Darum scherte er sich nicht. »Wenn Reinhard Mössner die Sicherungen durchgebrannt sind, habe ich volles Verständnis dafür. Stellen sie sich das doch mal vor: Sie sind ein Software-Genie, und Reinhard Mössner ist ganz gewiss eines, leiten ein florierendes Unternehmen und sind locker drauf. Dann vergrault ihnen ihr gleichgestellter Partner all die Leute und sorgt für eine beschissene Stimmung in dem Laden. Also, mir würde da auch der Kragen platzen.«

»Zwischen einem platzenden Kragen und einem Mord liegt noch ein großes Stück Niemandsland«, wandte Malthaner ein.

»Nicht, wenn man es mit einem Ellwanger zu tun hat, glauben sie mir. Übrigens kommt für mich jeder als potenzieller Mörder Ellwangers in Frage, der längere Zeit mit ihm zusammen arbeiten musste.«

»Wie würden sie das Verhältnis zwischen Mössner und Ellwanger beschreiben?«

»Da bin ich nicht der richtige Ansprechpartner, ich bin schließlich schon lange aus der SoftData raus. Aber ich hatte damals bereits mitbekommen, dass sich die Freundschaft zwischen den beiden erheblich abgekühlt hatte. Eine offene Auseinandersetzung habe ich allerdings nie erlebt. Wie man so hört, sollen sie sich in jüngerer Zeit regelmäßig gestritten haben. Da soll es wohl auch um die Zukunft der Firma gegangen sein. Aber bitte ...« er hob abwehrend die Hände, »... das sind Dinge, die ich aus zweiter und dritter Hand weiß. Ein offenes Geheimnis ist dagegen, dass sich Frauen offenbar von diesem schmierigen Großkotz magisch angezogen fühlten.«

»Klatsch, nehme ich an.« In diesem Gespräch fühlte Malthaner sich nur wie der Stichwortgeber, doch genau solche Gespräche waren manchmal die ergiebigsten.

»Mehr als das. Es gab da diverse Verhältnisse, die er nie groß zu vertuschen versuchte. Ich nehme an, jede Eroberung hat seinem Ego geschmeichelt. Er fühlte sich einfach wohl in der Rolle des Weiberhelden.« Dunkel glaubte Malthaner sich zu erinnern, dass Reinhard so etwas in der Richtung mehrfach angedeutet hatte.

»Er war doch verheiratet. Wusste seine Frau davon?«

Weith lachte. »Und ob. Wenn sie mich fragen, würde ich die Dame zum erweiterten Kreis der Verdächtigen zählen. Grund genug, ihn umzubringen, hat er ihr über die Jahre jedenfalls geliefert. Es war bestimmt nicht gerade die Vorzeige-Ehe, die die beiden geführt haben. Und das ist definitiv kein Klatsch.«

»So wie sie Ellwanger schildern, der ja immerhin vor wenigen Tagen Opfer eines Mordes geworden ist, war er nicht gerade besonders beliebt. Da frage ich mich, wie er es geschafft hat, zweimal in den Gemeinderat gewählt zu werden – mit einer ziemlich hohen Stimmenzahl, wenn ich mich recht erinnere.«

Die Kaffeetasse von Jürgen Weith war mittlerweile so leer wie Malthaners Cappuccinotasse und sein Wasserglas. Er lachte laut auf. »Das ist wohl die Macht der Medien.« Bei Malthaner löste dieser Satz eine übermäßige Produktion von Stresshormonen aus. Es war leider so, *die Medien* konnten immer von allen für alles verantwortlich gemacht werden. Da gab es keinen Unterschied zwischen dem Bundeskanzler, einem minderbegabten Dorfschultes und Lieschen Müller. Das undifferenzierte Wehklagen fiel stets auf fruchtbaren Boden und erzielte immer den gewünschten Applaus. »Ich halte ihnen zugute, dass die Bemerkung ironisch gemeint war«, fauchte er Weith eine Spur zu heftig an. Der hob – wie vorhin – abwehrend die Hände und grinste breit. »Da fühlt sich jemand in der Berufsehre gekränkt. Das gefällt mir.«

»Friede«, rief Malthaner ihm ebenfalls grinsend zu.

»Friede«, bekräftigte Weith. »Ellwanger konnte sehr überzeugend auftreten. Die politische Karriere war schon das richtige für ihn. Dann führte er, wie gesagt, in mehreren Vereinen das große Wort. Wie ich ihnen schon erzählt habe, hatte er außerdem Schlag bei den Frauen.«

»Das alles zusammengezählt reicht sicher für einige Stimmen. Wenn man dann noch die üblichen Mechanismen berücksichtigt ...«

»Was meinen sie damit?«

»Ein vorderer Listenplatz bei der CDU ist in dieser Stadt schon immer die Garantie für den Einzug in den Gemeinderat gewesen.«

»Allerdings«, murmelte Weith und schaute auf seine Armbanduhr. »So langsam sollte ich mich wieder im Büro sehen lassen«, bemerkte er und machte der Bedienung mit Zeigefinger und Daumen das international bekannte Zeichen.

»Danke für ihre offenen Worte«, meinte Malthaner.

»Das muss auf sie wie eine lange aufgeschobene Abrechnung mit Ellwanger gewirkt haben«, gab Jürgen Weith zur Antwort. »Mag sein, dass es das für mich auch ist.«

»Nach diesem Gespräch habe ich ein etwas anderes Bild von dem Mordopfer.« Malthaner übernahm die Rechnung, wogegen Weith der Höflichkeit halber kurz protestierte. Man schüttelte sich die Hände und ging auseinander. Draußen war der Niesel in heftigen Regen übergegangen. Bis Malthaner den um die Ecke geparkten Saab erreicht hatte, war er durchnässt.

Auf dem Nachhauseweg hatte er am Kiosk die Landeszeitung und die Bild gekauft. Sein Zweispalter war auf der Landesseite unten platziert. Bild hatte die Sache in bewährter Form aufgearbeitet und witterte eine Eifersuchtsaffäre. Weil er es für eine Selbstverständlichkeit hielt, rief Malthaner bei Hauser an. Er wollte sich nur kurz melden. Das Wichtigste, was er dabei erfuhr, war, dass Zorro noch immer nicht aufgetaucht war. Ein Kollege hatte sich von Zorros Vermieter die Wohnungstüre öffnen lassen. Zwar hatte Hauser es nicht ausgesprochen, aber es war klar, dass man sich in der Redaktion wegen Zorros Gesundheitszustand große Sorgen machte. Die gute Nachricht bestand darin, dass Zorro nicht hilflos in seiner Wohnung lag. Die schlechte, dass er überhaupt nicht in seiner Wohnung war und auch sonst nirgends zu sein schien.

Malthaners nächster Routineanruf galt Theo Reiher. Der Polizeisprecher überraschte Malthaner mit einer Neuigkeit. Man hatte Reinhards Auto gefunden. Der Lexus war in einem Parkhaus beim Stuttgarter Flughafen abgestellt. Noch war die Kripo dabei zu prüfen, wohin Reinhard geflogen war. Leider wusste die Polizei nicht, wann der Wagen abgestellt worden war. Offenbar hatte Reinhard sein Parkticket nicht im Auto zurückgelassen.

Rüdiger »Rudi« Rehberg kam Malthaner in den Sinn, Dezernatsleiter Mord in Stuttgart und aus Albstadt stammender Freund. Vielleicht konnte er ihn anrufen, wenn er Informationen über das Auto oder über Reinhards

Reiseziel benötigte. Auch wenn der Fall nicht in Rudis Zuständigkeit fiel, konnte er doch ganz bestimmt problemlos an die Fakten herankommen. Ob er sie allerdings weitergeben würde, war noch eine ganz andere Frage. So sehr sie sich gegenseitig schätzten und respektierten, wenn es um ihre Berufe ging, funkten sie nicht immer auf einer Wellenlänge. Beide waren sie stolz darauf, Profis zu sein. Aber naturgemäß standen sie manchmal auf unterschiedlichen Seiten des Schreibtisches.

Unbewusst kratzte Malthaner sich am Kopf. Der Lexus war also am Flughafen abgestellt worden. Auf einer Geschäftsreise befand sich Reinhard wohl kaum. Das hatte die Polizei sicher abgeklopft. Also doch wieder etwas, was für eine Flucht sprach. Wohin würde Reinhard Mössner reisen, wenn er sich absetzen wollte? Darauf fiel Malthaner keine befriedigende Antwort ein. Sicher, Reinhard reiste viel und gerne. Das war schon zu Studienzeiten so. Einmal hatte er für eine sechsmonatige Weltreise ein Urlaubssemester eingelegt. Seit er sich richtig teure Urlaube leisten konnte, war er allerdings nie länger als vier Wochen am Stück unterwegs gewesen. Das ließ sein Engagement für die SoftData einfach nicht zu. Mal eben ein Kurzurlaub in Asien oder den USA, das war bei Reinhard aber immer drin. Er hatte alle Kontinente mehrfach besucht und gehörte zu denen, die die Welt aus eigener Anschauung kannten. Auf Dauer konnte Malthaner sich für den Freund aber keinen anderen Aufenthaltsort als die Schwäbische Alb vorstellen, denn er war ganz sicher kein Aussteigertyp. Dazu war er viel zu sehr in

Albstadt verwurzelt. Wie auch immer, für die Ermittler dürfte es kein Problem sein festzustellen, mit welchem Flugzeug Reinhard wohin geflogen war. Bei genauer Überlegung wunderte sich Malthaner aber schon ein wenig, dass es ihnen bisher offenbar noch nicht gelungen war. Eigentlich müsste das doch mit ein paar simplen Nachforschungen ganz schnell herauszufinden sein.

Um sich nicht das Gefühl zu geben, er sitze nutzlos herum, rief Malthaner auf gut Glück bei der Firma SoftData an. Die Dame am Telefon meldete sich routiniert und geschäftsmäßig. Für sie ging das Leben weiter, ganz im Gegensatz zu einem ihrer Chefs. Sie verband ihn ohne große Nachfrage mit Uwe Schlegel, ihrem Kollegen, der die Leiche von Henry Ellwanger gefunden hatte.

»Jörg Malthaner«, stellt er sich vor. »Ich arbeite für die Landeszeitung.« Eigentlich hatte er eine unfreundliche Antwort erwartet, aber Schlegel am anderen Ende der Leitung sagte erst einmal gar nichts. Also sprach Malthaner weiter. »Ich bin nicht nur Journalist, ich bin auch ein guter Freund von Herrn Mössner«, beeilte er sich zu sagen, bevor Schlegel es sich überlegte und das Gespräch beendete, noch bevor es angefangen hatte. Die Antwort überraschte Malthaner nicht wenig: »Ich weiß. Wir kennen uns.«

»Wir kennen uns?«, echote er verblüfft.

»Ja, sicher. Neulich haben wir uns im Alba gesehen.« Das Alba war ein Pub im Ortszentrum, in dem Malthaner sich regelmäßig mit Reinhard und anderen Bekannten traf. »Sie waren mit Reinhard, ich meine mit

Herrn Mössner, dort.« Dumm, dass Malthaner sich nicht an die Begegnung erinnern konnte. »An diesem Abend waren sie beide, na ja, ziemlich betrunken«, versuchte Schlegel ihm auf die Sprünge zu helfen. In Malthaners Kopf klickten ein paar Schaltungen. Vier oder fünf Wochen lag dieser Abend zurück. Ein Gitarrenduo hatte in der Kneipe gespielt, es herrschte eine Riesenstimmung, von der er und Reinhard sich hatten anstecken lassen. Sie hatten heftig gebechert, jeder so etwa ein halbes Dutzend Guinness und genau so viele Whiskeys. An den folgenden Morgen erinnerte er sich nur höchst ungern, er hatte sich nämlich die Seele aus dem Leib gereihert.

»Mir schwant da so was«, entgegnete er entschuldigend. »Leider kann ich mich an sie überhaupt nicht mehr erinnern.«

»Das wundert mich nicht. Reinhard, also Herr Mössner, kam am nächsten Tag auch erst am späten Nachmittag ins Büro. Sie beide waren, wenn ich mich so ausdrücken darf, voll bis Oberlippe Unterkante.« Schlegel klang amüsiert. Das Eis zwischen ihnen schien gebrochen.

»Das ist mir jetzt ein bisschen peinlich«, lautete die wahrheitsgemäße Antwort von Jörg Malthaner.

»Muss es nicht, solche Situationen kennen wir doch alle.«

»Eigentlich wollte ich mit ihnen über Herrn Mössner reden. Aber ich habe gehört, dass sie nicht mit der Presse sprechen wollen. Deshalb sage ich ihnen gleich, dass ich in erster Linie nicht als Zeitungsmann, sondern als Bekannter von Herrn Mössner anrufe.«

»Hören sie, da wir beide mit Reinhard per du sind, würde ich vorschlagen, wir nennen ihn beim Vornamen. Eines sage ich ihnen gleich: Von mir werden sie nichts Negatives über Reinhard hören.«

»Das freut mich. Zumal das zurzeit nicht allzu viele Leute sagen.«

»Der arme Kerl steckt in einer ziemlich beschissenen Situation, befürchte ich. Die Polizei hält ihn für einen Mörder, was vollkommen absurd ist. Wir arbeiten seit Jahren zusammen, ich schätze ihn als Chef mindestens ebenso sehr wie als Software-Experten. Es ist einfach undenkbar, dass er jemanden umgebracht haben soll.« Schlegel hatte sich in Rage geredet. »Egal, wie sehr er sich über diese Person geärgert haben mag«, fügte er hinzu. Dieser Halbsatz elektrisierte Malthaner geradezu. »Wie darf ich das verstehen?«, wollte er wissen.

»Darüber möchte ich mich in diesem Umfeld nicht unterhalten«, gab Schlegel zur Antwort.

»Können wir uns treffen?«, fragte Malthaner.

»Gerne. Von mir aus in der nächsten halben Stunde. An normale Arbeit ist bei uns im Augenblick sowieso schwer zu denken.«

»Können sie denn einfach so aus dem Büro weg?«

»Es ist niemand im Haus, der es mir verbieten würde.«

»Machen sie einen Vorschlag, wo wir uns treffen können«, forderte Malthaner Schlegel auf.

»Wenn ihnen das Mistwetter nichts ausmacht, würde ich den Parkplatz vom *badkap* vorschlagen. Dann können wir uns bei einem kleinen Spaziergang unterhalten. Ich habe das Gefühl, dass ich ganz dringend frische Luft brauche.«

»Ich bringe einen Schirm mit.«

Nur wenige Autos standen auf dem Parkplatz des Freizeitbades *badkap*, der an einem regnerischen Werktag viel zu groß wirkte. Aus Erfahrung wusste Malthaner, dass das nicht immer so aussah. An einem Sommerwochenende reichten die Parkflächen hinten und vorne nicht, um dem Ansturm der Baderatten gerecht zu werden. Das *badkap* war die Attraktion in der Stadt. Nicht ganz billig und nicht mehr ganz neu, aber sehr beliebt.

Schlegel fuhr einen uralten weißen Peugeot-Kombi, wie ihn Malthaner seit mindestens zehn Jahren nicht mehr gesehen hatte. Bei näherer Betrachtung war der Rostfraß unübersehbar. Es war eine unkonventionelle Erscheinung, die sich aus dem Peugeot schälte. Offenbar scherte Uwe Schlegel sich nicht übermäßig um sein Aussehen. Halblange ungebändigte Lockenhaare quollen unter einem karierten Käppi hervor und ein zotteliger Bart rahmte ein rundes Gesicht ein. Schlegel trug einen grauen Woll-Janker über einem karierten Hemd. Seine Jeans mochten zu ihren besseren Zeiten einmal dunkelblau gewesen sein. Die Turnschuhe, die er trug, machten dagegen einen neuen und teuren Eindruck. Schlegel war wohl um die fünfzig. Vermutlich hatte er gut zwanzig Kilo zu viel auf den Rippen. Sein Händedruck fiel angenehm aus, nachdem Malthaner aufgrund von Schlegels Erscheinungsbild eher eine Begegnung mit einem Schraubstock erwartet hatte.

»Gehen wir ein Stück«, schlug Malthaner vor, nachdem sie sich vorgestellt und ein paar mehr oder weniger geistreiche Bemerkungen über das Wetter ausgetauscht hatten.

»Deshalb habe ich diesen Treffpunkt vorgeschlagen«, erwiderte der EDV-Experte und klopfte sich mit der rechten Hand auf den Bauch. Er lachte herzhaft. »Ich mausere mich auf meine alten Tage noch zum Bewegungsfanatiker. Hat mir mein Arzt vor einiger Zeit dringend geraten.« Das Angebot, unter Malthaners Schirm Schutz vor dem Regen zu suchen, lehnte Schlegel freundlich ab. Sie gingen einen geteerten Fußweg entlang, der parallel zur Straße verlief. Schlegel schien es überhaupt nicht eilig zu haben, den Themenkomplex Henry Ellwanger/ Reinhard Mössner anzusprechen. Um zur Sache zu kommen, machte Malthaner den ersten Schritt. »Wie sie mir gesagt haben wissen sie, dass ich mit Reinhard befreundet bin ...«

»... ansonsten hätte ich mich nicht mit ihnen getroffen.«

»Wir wünschen uns beide, dass sich der Verdacht gegen Reinhard nicht bestätigt. Gehe ich recht in der Annahme?«

»Was mich angeht, auf jeden Fall! Wenngleich wir möglicherweise unterschiedliche Gründe dafür haben.«

»Was sind denn ihre Gründe?«, fragte Malthaner.

»Abgesehen davon, dass mich mit Reinhard eine gegenseitige Sympathie verbindet, bin ich ihm dafür dankbar, dass ich noch einen Job habe.« Ohne etwas zu sagen, schaute Malthaner Schlegel fragend von der Seite an. »Was haben sie wohl gedacht, als ich eben aus meiner alten Rostlaube ausgestiegen bin?«, stellte Schlegel eine Frage, auf die er keine Antwort erwartete. Denn die lieferte er selbst. »Natürlich habe ich nicht so recht in das Bild gepasst, dass sie sich von einem Systemingenieur machen.« Recht hatte er. »Mein Problem über die letzten Jahre war, dass ich auch nicht in das Bild gepasst habe, dass Henry Ellwanger sich von einem Systemingenieur gemacht hat. Und das hat er mich spüren lassen, jeden Tag. Nun bin ich nicht der Typ, der so schnell vor jemandem in die Knie geht. Das hat ihn umso mehr geärgert und gegen mich aufgebracht. Er hat in letzter Zeit immer unverhohlener versucht, mich aus der Firma zu mobben. Reinhard hat mir aber immer die Stange gehalten. Ich tue meine Arbeit und ich glaube, ich tue sie gut. Aber das ist es dann auch. Im Gegensatz zu jüngeren Kollegen habe ich keinerlei weiterführende Ambitionen. Mein geregelter Feierabend ist mir viel wert. Die Arbeit ist für mich Broterwerb und nicht mehr. Natürlich gibt es auch Tage, an denen der Broterwerb Spaß macht, aber es gibt so verdammt viel wichtigere Dinge im Leben. Um das zu lernen, muss man vielleicht ein gewisses Alter erreicht haben. Ich bin nicht besonders anspruchsvoll, was das Leben angeht. Den einzigen Luxus, den ich mir regelmäßig gönne, sind zwei oder drei Reisen jährlich nach Jamaika.« Mit der linken Hand fuhr er sich durch das Gestrüpp, das sein Gesicht einrahmte. »Eines Tages werde ich das alles hier hinwerfen und mir in Jamaika eine neue Existenz aufbauen.« Wie zur Bekräftigung seiner eigenen Worte nickte er. »Ellwanger erwartete eine gewisse Unterwürfigkeit von seinen, äh, Mitarbeitern. Und er erwartete auch, dass sie 15 Stunden am Tag im Büro sind, wenn er es verlangt. Nun, fachlich konnte Ellwanger mir nie irgendetwas vorwerfen, und genau das hat ihn vermutlich geärgert. Ich bin eben ein Typ, an dem man sich reiben kann. Widerspruch war Ellwanger nicht gerade gewöhnt. Ich habe eben einfach nicht so funktioniert, wie er es sich als Chef vorstellte. Reinhard hat das alles immer mit einem gewissen Vergnügen verfolgt, denn er war auch alles andere als glücklich darüber, wie sich sein Kompagnon in den letzten Jahren verändert hat.«

Schon der zweite Gesprächspartner innerhalb von zwei Stunden, der unverblümt wenig Schmeichelhaftes über den toten Ellwanger erzählte. Mittlerweile hatten sie den geteerten Fußweg verlassen und gingen auf einem breiten geschotterten Feldweg, der in den Wald hinein führte. Zu ihrer Linken lag der Ortsteil Margrethausen, eingebettet in das Tal. Bei gutem Wetter ein Postkartenmotiv. An diesem Tag Grau in Grau. Der Weg wurde zunehmend unangenehmer zu begehen. Zumindest empfand Malthaner das so, während Schlegel sich bei diesem Spaziergang nicht unwohl zu fühlen schien.

»Sie haben nicht gerade eine hohe Meinung von ihrem ermordeten Chef«, gab Malthaner seinen Eindruck klar wieder.

»Um es ohne Umschweife zu sagen: Fast alle Mitarbeiter unserer Firma werden aufatmen. Die wenigsten würden ihnen das in dieser Deutlichkeit sagen, aber Ellwanger war einfach ein Scheusal. Ich hoffe nur, dass sich dieser unsinnige Verdacht gegen Reinhard möglichst bald in Luft auflöst und es mit der Firma weitergeht.« Schlegel schien es regelrecht wütend zu machen, dass Reinhard unter Mordverdacht stand. Das war gut so, fand Malthaner.

»Haben sie der Polizei gegenüber auch so offene Worte gefunden?«, fragte er.

»Das dürfen sie annehmen«, knurrte der beleibte Mann neben ihm. »Damit habe ich mich wohl selbst auf die Liste der Tatverdächtigen gesetzt. Dabei hätte fast jeder in der Firma einen mehr oder weniger triftigen Grund gehabt, Ellwanger den Schädel einzuschlagen.« Schlegel zog seine Mütze tiefer ins Gesicht. Nein, er machte aus seinem Herzen wirklich keine Mördergrube.

»Hätte jemand einen ganz besonders guten Grund haben können?« Auf diese Frage lachte Uwe Schlegel verächtlich. »Alle. Mehr oder weniger. Möglicherweise mit Ausnahme einiger der Frauen in der Firma.«

»Wie darf ich das verstehen?«

»Oh, Ellwanger konnte ein echter Schleimer sein. Frauen nennen es vielleicht eher Charmeur. Bis sie eine Überdosis von seinem Charme zu spüren bekommen.«

»So ganz verstehe ich das nicht«, sagte Malthaner.

»Um es in Worten zu sagen, die an Deutlichkeit nichts zu wünschen übrig lassen: Ellwanger war hinter jedem Rock her, und das mit großem Erfolg. Wenn ihm eine Frau gefallen hat, dann musste er sie einfach haben. Und es schien ihm nicht schwer zu fallen, immer wieder neue Eroberungen zu machen, er war ein Weiberheld. So schnell, wie er sie erobert hatte, ließ er sie auch wieder fallen. Das galt übrigens auch für mehrere Kolleginnen.«

»Er war verheiratet«, wandte Malthaner ein und erntete dafür ein herzhaftes Lachen.

»Das bedeutet nur, dass neben den Leuten in der Firma auch seine Ehefrau jede Menge Grund gehabt hätte, ihn umzubringen.« Schlegel lachte noch immer.

»Und wer war es, ihrer Meinung nach?«

Das Lachen verstummte. »Reinhard ganz bestimmt nicht. Was aber gegen ihn spricht, das muss ich zugeben, ist der heftige Streit, den er noch am Donnerstag mit Ellwanger hatte.«

Das ließ Malthaner aufhorchen. »Ein Streit? Davon höre ich zum ersten Mal.«

»Das behält die Polizei offensichtlich für sich. Jeder Kollege, der am frühen Donnerstagabend noch im Büro war, musste sich diese heftige Auseinandersetzung anhören.«

»Worüber haben sie gestritten?«

»Es war nicht die erste Auseinandersetzung dieser Art, aber die heftigste, die ich zu Ohren bekommen habe. Dabei ging es um nicht weniger als die Zukunft der Firma. Ellwanger wollte die SoftData zu einer Aktiengesellschaft umwandeln. Ihm schwebte der Gang an die Börse vor, das ganz große Geld, das die Anleger in die Kassen spülen würden. Er wollte mit der SoftData an den Neuen Markt.«

»Und Reinhard wollte das nicht?«

»Genau. Er war der Meinung, dass sich das Unternehmen in den vergangenen Jahren sowieso viel zu schnell entwickelt hatte. Lieber ein kleines, solides Wachstum als die ungebremste Expansion. Das war es, was er sich vorstellte, während Ellwanger das ganz große Rad drehen wollte. Ein Thema, über das es zwischen den beiden immer häufiger Streit gab. Aber der Donnerstag stellte in dieser Hinsicht alles bisher Dagewesene in den Schatten. Dass die beiden sich nicht geprügelt haben, war alles. Sie haben sich angeschrien, und es schien wirklich auf eine Schlägerei hinauszulaufen, bis Reinhard plötzlich aus dem Büro gestürmt und weggefahren ist. Es war wirklich eine peinliche Szene, und ich gehöre nicht zu denjenigen, denen schnell etwas peinlich ist.«

Jetzt konnte Malthaner verstehen, warum die Polizei so intensiv nach Reinhard suchte. Er hat eine böse Auseinandersetzung mit seinem Partner, der wird ein paar Stunden später tot aufgefunden, und Reinhard ist wie vom Erdboden verschluckt.

Als könne Schlegel seine Gedanken lesen, sagte der: »Man muss zugeben, dass die Sache auf Außenstehende wohl ziemlich eindeutig wirkt.«

»Leider ist das wahr«, knurrte Malthaner und umklammerte den Griff seines Regenschirms fester als notwendig. Durch die Bäume prasselte nicht mehr so viel Regen auf die beiden Fußgänger nieder. Trotzdem spürte Malthaner, dass seine Halbschuhe eindeutig nicht für einen Spaziergang durch aufgeweichtes Gelände gemacht waren. Seit Minuten hatte er feuchte Füße, durch Schuhsohlen und Socken drückte Nässe. Ein unangenehmes Gefühl.

»Reinhard wird schon wieder auftauchen. Es ist nicht das erste Mal, dass er plötzlich für einige Tage verschwindet.«

»So?«

»Das ist nichts Ungewöhnliches bei ihm. Ich nehme an, er braucht das, um auszuspannen. Er kann ja schon manchmal ein spontaner Mensch sein. Es kommt immer mal wieder vor, dass Reinhard abends plötzlich ankündigt, eine Auszeit zu nehmen. Dann fährt oder fliegt er einfach ein paar Tage weg. Sie können sich vorstellen, wie Ellwanger darüber dachte.«

Malthaner musste zustimmen. Es kam hin und wieder vor, dass er von Reinhard eine Postkarte aus irgendeinem schönen Winkel dieser Erdkugel erhielt, ohne dass der zuvor etwas von einem bevorstehenden Urlaub gesagt hätte. Was kurzfristige Reisen anging, war er wirklich von außergewöhnlicher Spontaneität.

»Können sie mir die Situation beschreiben, in der sie am Freitag Morgen den toten Ellwanger aufgefunden haben, Herr Schlegel?«

»Und ob. Wahrscheinlich werde ich den Anblick für den Rest meiner Tage nicht mehr vergessen. Es war ziemlich scheußlich.« Bei der Erinnerung schüttelte er sich. Schütteln hätte sich auch Malthaner können, denn seine Füße fühlten sich immer mehr an, als würde er barfuß auf einen Gletscher steigen. Sein Schuhwerk war hier fehl am Platz und er beneidete Reinhards Mitarbeiter um dessen Turnschuhe, die anscheinend keinerlei Nässe durchließen. Fast schien es Malthaner, als hätte Schlegel eine Art Gore-Tex-Schutz auch auf seinem Gesicht, denn sein kariertes Käppi konnte höchstens das zottelige Haupthaar trocken halten. Vielleicht war Schlegel gegen Regen resistent. »Ellwanger«, fuhr er fort, »lag mit dem Gesicht nach unten auf dem Boden in unserem großen Büro. Wir nennen es intern den Blauen Salon. Im Gebäude der SoftData gibt es mehrere Büros. Eines davon ist so eine Art Großraumbüro, das wir mit flexiblen Stellwänden schnell in der Größe und im Zuschnitt verändern können, wenn es sein muss. Da lag er. Dummerweise direkt neben meinem Schreibtisch. Um seinen Kopf herum war überall Blut. Das Blut war schon getrocknet und vom Teppichboden regelrecht aufgesaugt worden. Ich sah eine große Wunde an seinem Hinterkopf. Ehrlich, so genau wollte ich da gar nicht hinschauen.« Sein Blick war bei der Erinnerung an seinen toten Chef starr auf den Waldboden geheftet, gerade so als wäre dort die Lösung für alles zu finden. Vielleicht achtete er seit dem Leichenfund auch nur genauer darauf als andere, wo er hintrat. Fast schien es, als hätte sich Schlegels Hautfarbe in den letzten Sekunden von ihrem ungesunden Standard-Rot in ein ziemlich käsiges und noch viel ungesünder wirkendes Weiß verwandelt. Der bisher so redselige Schlegel verstummte.

»Wollen wir umkehren?«, fragte Malthaner betont sanft. Der Weg hatte sich im Wald immer mehr verengt und war jetzt nur noch ein Trampelpfad, auf dem man kaum noch zu zweit nebeneinander gehen konnte. »Aber sicher«, antwortete Schlegel, der gedanklich noch immer weit weg schien. »Als sie Ellwanger gefunden haben, da war außer ihnen niemand im Büro?«, versuchte Malthaner wieder zum Kern der Sache zurückzukehren.

Hörbar atmete Schlegel ein. Es schien ihm zu helfen, die bösen Geister zu vertreiben. »Nein, um acht Uhr morgens bin ich meist der Einzige.« Er zog laut eine Ladung Rotz durch die Nase und spuckte die unschöne Masse auf den Boden. »Entschuldigung, mir war danach. Tja, wie ich ihnen schon gesagt habe, ich lege Wert auf einen halbwegs pünktlichen Feierabend. Deshalb fange ich meist schon früh an. Nur wenige Kollegen kommen vor neun, halb zehn. Die arbeiten dafür am Abend entsprechend lange.«

»Flexible Arbeitszeiten. Das hätte ich Ellwanger gar nicht zugetraut, so wie sie ihn geschildert haben.«

»Flexibel bedeutet aus Ellwangers Sicht, dass seine Mitarbeiter früher kommen und später gehen dürfen«, lachte Schlegel freudlos. » Nein, ganz im Ernst: Reinhard ist ein Verfechter flexibler Arbeitszeiten. In dieser Branche kann man nicht mit der Stechuhr schaffen und dem will er Rechnung tragen. Er selbst kommt oft erst um zehn oder noch später und sitzt dann bis in die Nacht an seinem Rechner.«

Das war typisch Reinhard. Man konnte sich mit ihm verabreden und er erschien nicht. Am selben Abend oder am nächsten Tag meldete er sich dann mit der Entschuldigung, dass er über einem Software-Problem völlig die Zeit vergessen habe. Schon häufiger hatte Malthaner vergebens in einer der vier oder fünf Kneipen in Albstadt, in die man guten Gewissens gehen konnte, auf seinen Kumpel gewartet. Ein fast unmerkliches Lächeln hatte sich auf Malthaners Gesicht gezaubert. Zehn Schritte weiter war es mit dem Lächeln vorbei, denn er trat in eine Pfütze. Damit war sein rechter Fuß nun wirklich patschnass. Durchweicht geradezu. »Scheiße« fluchte er, was Schlegel mit einem Achselzucken quittierte.

»Am Telefon haben sie mir gesagt, dass an normales Arbeiten bei SoftData zurzeit nicht zu denken sei.«

»Ist doch klar. Ein Geschäftsführer tot, ermordet, und der andere unter Tatverdacht und verschwunden. Das würde den Aktienkurs bestimmt nicht beflügeln, wenn wir tatsächlich zu einer AG umfunktioniert worden wären.« Damit lieferte Schlegel ein Stichwort.

»Wie ernst waren diese Pläne?«

»Ellwanger waren sie verdammt ernst. Aber mit Reinhard wäre das wohl nicht, oder noch nicht zu machen gewesen.«

»Eine AG«, brabbelte Malthaner mehr zu sich selbst.

»Das würde für die Inhaber der Firma doch bedeuten, den eigenen Einfluss auf das Unternehmen deutlich zurückzunehmen. Sie wären auskunftspflichtig, müssten auf einen Aufsichtsrat Rücksicht nehmen und so weiter.«

»Finanziell hätte die Firma damit aber in ganz neue Dimensionen vorstoßen können. Und bei Geld gab es für Ellwanger kein Halten mehr. Da war er eine Art Dagobert Duck. Reinhard geht es immer auch um die Sache, er ist von seiner Mission beseelt, immer bessere und schnellere Programme zu entwickeln. Ellwanger dagegen hätte auch Gebrauchtwagen verkaufen können oder sonst was. Hauptsache, das Geschäft läuft.« Sie gingen eine Weile schweigend nebeneinander her, bis Malthaner erzählte, dass die Polizei Reinhards Wagen am Flughafen gefunden hatte. Schlegel hätte es sowieso spätestens morgen aus dem Albblatt erfahren. Er reagierte mit buddhistischer Gelassenheit auf diese Neuigkeit. Das heißt, er reagierte überhaupt nicht.

Sein klammer Fuß in einem unter Wasser stehenden Schuh und einem durchnässten Strumpf verringerten merklich Malthaners Wohlbefinden. Vergebens versuchte er, das Marschtempo so zu erhöhen, dass Schlegel es nicht wahrnahm. Keine Chance. »Zieht es sie ins warme Auto zurück?«, fragte ihn sein Nebenmann.

»Und wie.«

»Ehrlich, mich auch. Aber ins Büro zieht es mich heute nicht mehr. Den Rest des Tages werde ich mir wohl frei nehmen. Schließlich ist niemand da, der es mir verbieten könnte.«

Mit zusammengekniffenen Augen starrte Malthaner in die Luft. Der Himmel lastete bleischwer auf den Baumwipfeln. Auf dem Bike hätte ihn der Regen nicht gestört – egal, wie verdreckt er nach einer Tour nach Hause kommen würde. Bis sie wieder den *badkap*-Parkplatz ins Gesichtsfeld bekamen, sprachen sie nicht mehr viel. Alle Worte waren aufgebraucht.

Kapitel V

Zuhause gönnte sich Malthaner eine Dusche. Eine heiße, ausgiebige Dusche. Seinen durchweichten Socken und dessen Pendant hatte er zuvor wütend in eine Ecke des Badezimmers gefeuert. Ob seine teuren Halbschuhe das Abenteuer des Spaziergangs ohne bleibende Schäden überstehen würden, müsste sich erst noch zeigen. Ohne rechtes Engagement machte Malthaner sich daran, einen Artikel über Museen auf der Schwäbischen Alb zu überarbeiten, den er für eines der bekannten Hochglanz-Reisemagazine schrieb. Die Geschichte sollte in der Februar-Ausgabe erscheinen, ließ ihm also viel Zeit für die Recherche. Seit zwei Jahren schrieb er regelmäßig für diese Redaktion, die mit dem Honorar wirklich nicht kleinlich war. Den Neuseeland-Urlaub, den er sich vor knapp einem Jahr gegönnt hatte, konnte er anschließend gut vermarkten, ohne dass er vorher einen entsprechenden Auftrag erhalten hätte. Die Arbeit für das Magazin gehörte zweifellos zu den angenehmeren Seiten seines Jobs.

Unkonzentriert redigierte er in seinem Text herum. Tausend Gedanken schwirrten ihm durch den Kopf. Die Gespräche mit Weith und Schlegel bestätigten, was Kurt schon angedeutet hatte. Dieser Ellwanger schien über ein ausgeprägtes Talent verfügt zu haben, sich Feinde zu machen. Jemand, der ihn gut leiden konnte, hatte Malthaner bisher nicht getroffen. Wie dem auch sei, die Kernfrage blieb: Wo war Reinhard? Für einen Moment spielte

Malthaner mit dem Gedanken, selbst am Stuttgarter Flughafen zu recherchieren. Es musste doch herauszubekommen sein, wann Reinhard mit welcher Maschine wohin geflogen war. Mochte sein, dass die Polizei das ganz genau wusste, aber nichts rausließ. Seufzend schaltete er das Notebook wieder aus und griff zum Telefon, wo er eine 0711-Nummer in die Tasten tippte. Nach einmaligem Klingeln nahm Rüdiger Rehberg ab. Rudi, wie Malthaner ihn seit der gemeinsam verlebten Jugend nannte, klang müde. Chef der Mordkommission zu sein, war nicht gerade eine vergnügungssteuerpflichtige Aufgabe. Sie begrüßten sich freundschaftlich. In letzter Zeit war es nicht sehr häufig vorgekommen, dass sie sich in Stuttgart auf ein Bier trafen. Jeder hatte mit seinem eigenen Leben vollauf zu tun. Rudis Ehe schien langsam, aber sicher auf Grund zu laufen, woran sein Job einen überproportionalen Anteil hatte. Rudis Frau Cordula stammte aus Mannheim und arbeitete seit einigen Jahren im Finanzministerium in Stuttgart.

Unverbindliches Geplänkel war zwischen Rudi Rehberg und Jörg Malthaner nicht nötig. Sofort kam Malthaner zum Punkt. Er wollte wissen, ob Rudi etwas von der Ellwanger-Sache mitbekommen hatte. Reinhard und Rudi kannten sich flüchtig von früher. Sie waren beide gleich alt, aber Rudi lebte seit über 20 Jahren nicht mehr in Albstadt, und seine Besuche bei seinen Eltern auf der Alb waren eher selten.

»Na, hör mal«, sagte Rudi. »Auch wenn meine Kontakte nach Hause nicht mehr sehr intensiv sind, interessiert mich ein Mord in Albstadt allemal. Ich habedeine Geschichte heute in der Landeszeitung gelesen. Dieser Reinhard Mössner, der gesucht wird, das ist doch ein Freund von dir?«

»Kann man so sagen.«

»Das ist wohl genau der Grund, warum du anrufst.« Rudi hatte sofort Lunte gerochen.

»Ja. Kannst du mir einen Gefallen tun?« Auf Malthaners Frage kam ein deutlich vernehmbares Stöhnen aus dem Hörer. »Frag doch mal bei deinen Kollegen nach, was es mit dem Lexus auf sich hat, der am Flughafen gefunden wurde.«

»Ist nicht mein Ressort«, gab Rudi zurück. »Aber ich dachte schon, dass du dich meldest. Habe vorher mit dem zuständigen Sachbearbeiter telefoniert. Nicht, weil ich dich mit Informationen füttern will, sondern weil mich die Sache interessiert. Mehr als das, was unser Ö heute sowieso mit dem täglichen Pressebericht rausgibt, kann ich dir nicht sagen.«

»Komm schon«, insistierte Malthaner.

»Viel mehr weiß ich nicht, schließlich muss ich mich in erster Linie um meine Arbeit kümmern. Die Spurensicherung hat den Wagen am Fundort unter die Lupe genommen. Ein Kollege von der Kripo aus Albstadt war dabei. Etwas Außergewöhnliches wurde nicht gefunden, sonst hätte ich das gehört.«

»Also keine Blutspuren, die darauf hinweisen, dass Reinhard jemanden erschlagen hat, bevor er sich ins Auto gesetzt hat.«

»Nichts dergleichen. Wie immer bei unseren netten kleinen Plaudereien weise ich dich darauf hin, dass du von mir überhaupt nichts gehört hast, klar? Lass dir alles von unserem Pressesprecher bestätigen.«

»Wo«, fragte Malthaner, »steht Reinhards Auto jetzt?«

»Das weiß ich nun wirklich nicht. Frag den Ö, der wird's Dir schon sagen.«

»War nur so'ne Frage, ist ja eigentlich auch egal.« Sie plauderten noch eine Weile, vor allem über Privates, und verabredeten sich auf einen nicht näher vereinbarten Abend. Einen Gruß an Cordula gab Malthaner nicht auf. Man wusste in letzter Zeit nie so genau, wie Rudi darauf reagieren würde.

Nicht nur wegen Rudis Hinweis, sondern vor allem aus journalistischer Routine rief Malthaner noch beim Pressesprecher der Landesdirektion an, der gerade in den Feierabend gehen wollte. Substanziell Neues erfuhr Malthaner in dem Gespräch nicht. Reinhards Auto war in die Polizeiwerkstatt geschleppt worden. Dort würde der Lexus erst einmal bleiben, bis Reinhard wieder auftauchte. Wenn er je wieder auftauchen würde. Wohin Reinhard geflogen sein konnte – in dieser Frage war die Polizei so schlau wie bisher. Sagte der Pressesprecher. Der Datenschutz verkompliziere die Sache. Noch immer wollte es Malthaner nur schwer in den Kopf, dass das nicht problemlos anhand der Passagierlisten nachzuprüfen sein sollte.

Ein Gedanke der sich heute oder bereits gestern – Malthaner wusste es nicht mehr genau – Geltung verschaffen wollte, kam ihm wieder in den Sinn. Ausgelöst worden war er von Rudis Bemerkung über die Spurensicherung, die offensichtlich nichts Außergewöhnliches in oder an Reinhards Auto entdecken konnte. Endlich mal ein Punkt, der für Reinhard sprach. Oder zumindest nicht gleich gegen ihn. Malthaner dachte angestrengt nach.

Da war ein Stück in dem Puzzle, das nicht passen wollte.

So sehr er sich bemühte, er bekam den Gedanken nicht richtig zu fassen. So war das schon vorhin oder gestern: Es gab da eine Sache, die von großer Bedeutung war. Dessen war Malthaner sich jetzt ganz sicher. Er fühlte es. In seinem Gehirn waberte etwas, was am ehesten noch als Ahnung zu beschreiben war. So als fordere sein Geist ihn heraus, gab er Malthaner ein Stück dieser vagen Ahnung preis und verspottete ihn immer dann, wenn er nach dem ganzen Zusammenhang greifen wollte. Malthaner kam nicht drauf. Er versuchte, sich den ganzen verdammten Fall in chronologischer Reihenfolge ins Gedächtnis zu rufen. Für ihn hatte alles am Samstag Morgen beim Blick ins Albblatt begonnen. Die Meldung über den Mord. Der mehrfache Versuch, Reinhard zu erreichen. Der Abend im Village, an dem er sich mit Brigitte und Kurt über Ellwanger unterhalten hatte. Dann am Sonntag das Telefonat mit Hauser und die Nachricht, dass Reinhard gesucht wurde. Heute, am Montag, die Gespräche mit Weith und Schlegel. Was noch? Die unangenehme Begegnung gestern mit diesem Rentner vor Reinhards Villa ...

Verdammt! Plötzliche Erkenntnis durchflutete Malthaner. Das war es! Natürlich, der Rentner!

Kapitel VI

Wie im Fieber riss Malthaner ein Blatt Papier aus dem Din-A4-Schreibblock, der immer in einer Schublade der großen Schrankwand lag. Die rechte Hand mit dem Kugelschreiber schmierte in irrsinnigem Tempo Stichworte auf das Papier. Der Rentner! Der Kehrwochen-Typ! Der ihn mit seinem »Gell« genervt hatte, als er gestern am frühen Abend vor Reinhards Grundstück stand. Die Schaltung, die in Malthaners Kopf nicht zustande kommen wollte. Menschenskinder! Er hätte gestern schon draufkommen können. Ausgerechnet dieser alte Schwätzer könnte Hoffnung für Reinhard bedeuten. Er könnte den Schlüssel zur Entlastung von Reinhard Mössner in der Hand halten. Gestern war er Malthaner nur auf die Nerven gegangen, heute ärgerte er sich, dass er ihn nicht nach seinem Namen gefragt hatte. Er musste unbedingt mit dem Alten in Kontakt kommen! Hätte er ihm gestern doch nur mehr Aufmerksamkeit geschenkt, genauer zugehört und vielleicht etwas schärfer nachgefragt. Es war natürlich nicht viel mehr als ein extrem dünner Hoffnungsfaden, den Malthaner in der Hand hielt. Das musste er sich eingestehen, womit seine kurze Euphorie schon wieder zerstoben war.

Was hatte der Mann gesagt? Er hat Reinhard am Donnerstagabend in seinem Lexus wegfahren sehen. Mit einem Koffer. Einen Koffer nimmt man mit, um zu verreisen, und nicht, um jemandem das Licht auszupusten.

Zu welcher Uhrzeit war das? Er hatte dem Geschwätz

des Mannes so wenig Bedeutung beigemessen, dass er es nicht in sein Gedächtnis aufnahm. Mit leicht zitternden Händen schnappte Malthaner seinen Autoschlüssel. Er spurtete aus dem Haus und ließ sich in den Sitz des Saab plumpsen. So schnell, wie es der Feierabendverkehr zuließ, fuhr er zu Reinhards Haus. Mit quietschenden Reifen kam das Auto vor der großen weißen Garage am Straßenrand zum Stehen. Schwungvoll stieß Malthaner die Fahrertüre auf und stieg aus. Wenn er tatsächlich erwartet hatte, den Alten genau jetzt und genau hier zu treffen, wurde er enttäuscht. Hätte er vorher nachgedacht, wären ihm die geringen Erfolgsaussichten seines Vorhabens bewusst geworden. Ratlos stand er vor der großen weißen Mauer im Regen und fühlte sich wie der sprichwörtliche begossene Pudel. Weil er nichts anderes zu tun hatte, drückte er auf den Klingelknopf und kam sich selbst albern dabei vor. Nichts rührte sich. Etwas anderes hatte er wirklich nicht erwartet. Wie schon gestern spickte er durch das eine Fenster in die Garage. Der Jeep Cherokee stand genauso da wie gestern. Sich umschauend rieb Malthaner unbewusst mit dem Daumen über den Nasenrücken, um überhaupt etwas zu tun. Eine Geste der Hilflosigkeit. Er war ein naiver Narr, das wurde ihm in diesem Moment wieder einmal bewusst. Etwas anderes, als sich wieder aus dem Staub zu machen, blieb ihm kaum übrig. Jetzt war er schon wieder durchnässt. Das Duschen hätte er sich vorhin sparen können. Als er die Fahrertür des Saab aufzog, hupte es neben ihm. Erschrocken drehte Malthaner den Kopf. Ein älterer Renault hatte direkt hinter dem Saab angehalten. Malthaner konnte es kaum glauben, es war tatsächlich der Alte. Der Mann mit der Hausmeister-Attitüde kurbelte das Fenster herunter und winkte Malthaner zu sich.

»Der Herr von der Presse, gell? Obwohl, so genau haben sie das ja nie gesagt.«

»So ein Zufall. Es freut mich, sie zu sehen«, sagte Malthaner, was ja in gewissem Maß durchaus der Wahrheit entsprach. Der Rentner trug heute einen Blauen Anton, was in Albstadt durchaus die übliche Uniform älterer Herren war, die über handwerkliches Geschick und viel zu viel Zeit verfügten.

»Zufall ist das keiner. Da unten sind sie gerade an mir vorbeigefahren, wie ich mich mit meiner Nachbarin, der Frau Lebherz, unterhalten habe, gell. Ich habe sie an ihrer Stuttgarter Nummer wiedererkannt. Da hab ich gedacht, der fährt bestimmt wieder zum Herrn Mössner und bin ihnen hinterher gefahren. Weil, mein Auto stelle ich erst abends in die Garage.« Nicht weniger auskunftsfreudig als gestern, dachte sich Malthaner. Der Motor des Renault lief noch immer, der Auspuff verbreitete unangenehme Düfte. »Vielleicht wissen sie ja was Neues vom Herrn Mössner, habe ich mir gedacht, gell.«

»Nein, nein. Ich sammle nur Informationen. Darf ich sie noch mal was fragen, wo sie gerade hier sind?«, biederte Malthaner sich an.

»Wenn ich helfen kann.« Der Alte sah erwartungsvoll aus. Er umklammerte sein Lenkrad und streckte den Kopf seitlich zum Fenster heraus. Weil er dabei einen langen

Hals machen musste, hatte er etwas Geierhaftes an sich. Dass er nass wurde, schien ihn nicht zu stören.

»Sie haben mir gestern erzählt, dass ihnen der Herr Mössner am Donnerstagabend begegnet ist, erinnern sie sich?«

»Ha ja. Da bin ich doch vom Stammtisch gekommen. Aber das habe ich ihnen schon erzählt.«

»Und der Herr Mössner hatte einen Koffer dabei?«

»Sein großes schwarzes Auto hat direkt hier vor seiner Garage geparkt, da wo jetzt ihr Auto steht. Den Koffer hat er aus der Garage geholt und in den Kofferraum von seinem Wagen gelegt.«

»Was war das für ein Koffer?«

»Ha, so einer, mit dem man verreist, gell. So blau war der. Mit Rollen unten. Den hat er nämlich auf den Rollen aus seiner Garage gezogen. Das habe ich gesehen, gell.«

»Können sie mir noch mal erzählen, zu welcher Uhrzeit das war?«

»So um acht, gell. Oder ein bißle später.«

»Bitte, es ist wichtig: Versuchen sie sich möglichst genau an die Uhrzeit zu erinnern!«

»Wieso wichtig?« Der Rentner war hellhörig geworden. »Plötzlich ist es wichtig, was ich zu sagen habe. Bisher hat sich doch auch niemand dafür interessiert.« Den Motor des Renault abzustellen, kam ihm nicht in den Sinn.

»Ich bin sehr daran interessiert«, versuchte Malthaner, ihm Honig ums Maul zu schmieren. »Es ist für uns von der Presse immer wichtig, möglichst viele Fakten zu kennen. Also, möglichst genau: Wann haben sie Herrn Mössner gesehen?«

»Schätzungsweise so um acht oder später. Das habe ich schon gesagt, gell.« So kamen sie nicht weiter.

»Können sie mir mit Sicherheit sagen, dass es nicht vor acht war?« Der Alte dachte angestrengt nach, was bei ihm zwei steile Stirnfalten verursachte. »Wenn ich es mir genau überlege, war es nach acht. Weil um acht haben wir am Stammtisch gerade gezahlt, das sind nämlich die Nachrichten gelaufen. Wissen sie, der Hermann, das ist unser Wirt, der hat immer den Fernseher laufen. Und wo wir bezahlt haben, da war gerade das Wetter.«

Um 20 Uhr, das musste die Tagesschau sein. Beim Wetterbericht war es dann schon fast 20.15 Uhr. Malthaner fragte: »Wie lange sind sie dann noch geblieben?«

»Ha, gar nicht mehr. Wenn wir zahlen, dann gehen wir immer gleich, gell.«

»Und wie lange brauchen sie von ihrem Lokal bis hierher zu Fuß?«

»Nicht einmal zehn Minuten. Das ist das Café, gleich da oben, gell.« Mit dem Finger fuchtelte er wieder in eine unbestimmte Richtung, das schien eine Manie bei ihm zu sein. Konnte man seinen Angaben halbwegs vertrauen, dann war Reinhard gegen halb neun hier weggefahren. Das könnte sich als bedeutend erweisen, redete Malthaner sich selbst Hoffnung ein.

»Haben sie das auch der Polizei gesagt?«, wollte Malthaner wissen. Es dauerte einige Sekunden, bis die Antwort kam. »Polizei? Ha, die haben mich doch gar nicht gefragt. Als sie am Freitag dem Herrn Mössner sein Haus auf den Kopf gestellt haben, da haben sich mich regelrecht weggescheucht. Dabei hätt' ich ihnen ja was über den Herrn Mössner sagen können. Aber die wollten gar nichts wissen, gell.«

»Dann sollten sie das der Polizei aber jetzt sagen, dass sie den Herrn Mössner am Donnerstag gesehen haben. Es könnte eine wichtige Information sein.«

»Meinen sie?.« Der Rentner überlegte. »Ha, wahrscheinlich haben sie Recht, gell. Aber sagen sie mal: Sind sie jetzt von der Bild-Zeitung oder nicht?«

»Ich bin vom Entenhausen-Kurier«, antwortete Malthaner. Der Rentner bedachte ihn mit einem leicht wirren Blick und hatte es plötzlich sehr eilig, wegzukommen. Mit zu viel Gas und zu wenig Gefühl fuhr er an, eine Abgaswolke hinter sich herziehend, die jedem TÜV-Prüfer als Daseinsberechtigung dienen konnte. Die Polizei hatte jetzt einen Zeugen. Denn Malthaner war sich ganz sicher, dass der Alte seine wichtige Information unter die Leute bringen würde.

Malthaner stieg in den Saab ein und atmete durch. Regenwasser war ihm in den Kragen gelaufen. Er dachte nach. Reinhard war also am Donnerstag gegen 20.30 Uhr mit dem Lexus weggefahren . Vielleicht hatte das etwas Gutes zu bedeuten, vielleicht auch nicht. Zum Flughafen nach Stuttgart brauchte Reinhard eine knappe Stunde. In kürzerer Zeit war es selbst bei wenig Verkehr und Reinhards für gewöhnlich sehr sportlichem Fahrstil kaum zu schaffen. Auf jeden Fall musste er rechtzeitig vor Abflugzeit am Flughafen sein, um noch einchecken zu können. Malthaner atmete heftiger. Lieber Gott, dachte er, lass Reinhard mit seinem Koffer zum Flughafen gefahren sein. Direkt und ohne Umweg. Wenn sich herausstellen sollte, dass er am Donnerstagabend abgeflogen war, wäre er aus dem Schneider. Nach Angaben der Polizei wurde Ellwanger zwischen Donnerstagabend 22 Uhr und Freitag früh 2 Uhr ermordet. Wenn Reinhard wirklich am Donnerstag gegen 20.30 Uhr von hier zum Flughafen gefahren war, dann konnte er kaum der Täter sein. Das war ein Punkt, an dem man ansetzen konnte. Viel war es wahrlich nicht, eine leise Hoffnung, mehr nicht. Andererseits: Reinhard konnte auch sonst wohin gefahren sein. Mittlerweile war Malthaner der Depression wieder deutlich näher als der Euphorie. Mit beschlagenen Scheiben fuhr er los und drehte die Heizung voll auf. Claptons Gitarre weinte.

Auf dem Heimweg fuhr er am SoftData-Gebäude vorbei. Ein Dutzend Autos standen auf dem Firmenhof, alles PKWs mit Ausnahme eines weißen Kastenwagens. Ohne genau zu wissen warum, drehte Malthaner um und rollte langsam auf den kleinen Parkplatz. Er stellte den Motor ab und wartete. Worauf? Er hatte keine Ahnung. Der Regen trommelte auf das Autodach. In der Glasfassade spiegelte sich der Saab. Ob hinter dem Glas gearbeitet wurde, ob Licht brannte – Malthaner hatte keine Ahnung. Zehn Minuten saß er einfach so da, beobachtete. Es tat sich nicht viel. Zwei junge Frauen in Business-

Klamotten verließen das Gebäude und fuhren in einem Fiat weg. Ansonsten herrschte Funkstille. Malthaner fühlte sich fehl am Platz und wollte gerade wieder abfahren, als eine schwarze Mercedes-Limousine auf den Hof glitt. Er nahm die Finger vom Zündschlüssel. Der Benz parkte direkt vor der Eingangstüre des Gebäudes, so als markiere ein Platzhirsch sein Revier. Eine attraktive Frau um die dreißig stieg aus dem S-Klasse-Mercedes. Sie trug ein pinkfarbenes Kostüm. ihre Erscheinung verriet auf den ersten Blick Selbstsicherheit bis hin zur Arroganz. Sie schüttelte ihre lockige dunkelblonde Mähne, als sie die Tür des Mercedes zuknallte, und stolzierte in das Bürogebäude, so als wäre sie nicht zum ersten Mal hier. Einer Eingebung folgend fummelte Malthaner das Handy aus der Jackentasche und rief die Auskunft an. Er hatte Glück: Es gab nur einen Uwe Schlegel. Ob er verbunden werden wolle, fragte die Stimme am anderen Ende. Er wollte. Wieder hatte er Glück, Schlegel war zuhause. Bereitwillig gab er Malthaner Auskunft. Auf dessen Frage beschrieb er die Witwe von Henry Ellwanger als Vamp mit langen dunkelblonden Lockenhaaren. Wie Malthaner geahnt hatte. Der Mercedes gehörte Ellwanger. Malthaner erfuhr, dass Ellwanger außerdem einen Pajero und ein BMW-Cabriolet in seinem Fuhrpark hatte. Keines der Autos würde Ellwanger in nächster Zeit benötigen, dachte Malthaner.

Das Auftreten von Frau Ellwanger irritierte ihn. Unter einer trauernden Witwe stellte er sich etwas anderes vor. Dumme Vorurteile, gewiss. Zeit, sich etwas differenziertere Gedanken über die Witwe zu machen, hatte Malthaner nicht. Ein Mann mit südländischem Äußeren bog um die Ecke des Hauses und schlurfte direkt auf den Saab zu, in dem Malthaner saß. Seine Größe schätzte Malthaner auf mindestens 1,90 Meter. Das erste, was an dem Typen neben seiner Größe auffiel, war eine gewaltige Nase. Vielleicht war er früher einmal Boxer. Wenn er allerdings schon von Kindesbeinen an mit diesem Riechkolben gesegnet gewesen sein sollte, dann hatte er bestimmt eine freudlose Jugend verbracht. Über der Jeans trug der Riese trotz des unangenehmen Regens nur ein schwarzes T-Shirt. Altersmäßig dürfte er im großen Niemandsland zwischen 40 und 50 liegen, schätzte Malthaner. Die dunklen Haare des Mannes begannen, sich mit Grau zu durchsetzen. Zurückhaltung war anscheinend nicht die Stärke des Riesen, denn ohne Vorwarnung riss er die Fahrertüre auf. Malthaner rutschte ein Stück tiefer in den Sitz. »Das hier ist privates Firmengelände«, raunzte der Mann. Mit einem leichten Akzent, der Malthaner sofort an den von der Geschichte hinweggefegten Ostblock denken ließ. Manieren hatte der Kerl. Immerhin kam er ohne Umschweife zur Sache. »Seit Minuten habe ich sie von drinnen beobachtet. Was wollen sie?«

»Jetzt halten sie den Ball aber mal schön flach«, gab sich Malthaner betont forsch. »Ich warte hier auf jemanden.«

»Ach was. Und auf wen?«

»Das geht sie ja nun wohl gar nichts an.«

»Verarschen sie mich nicht«, gab der Riese zurück.

»Sie warten hier auf niemanden. Ich habe sie noch nie gesehen. Außerdem hat das Auto eine Stuttgarter Nummer. Sie sind nicht von hier.«

»Scharf beobachtet, Kompliment«, versuchte Malthaner es mit ätzender Ironie.

Der Riese mit der eindrucksvollen Physiognomie ging nicht darauf ein. Aus der Nähe war zu sehen, dass er zwar gut gebaut war. Den Eindruck eines wirklich durchtrainierten Körpers verhinderte aber der deutlich sichtbare Bauchansatz. »Wir hatten seit Freitag schon mehrere Reporter hier. Es reicht uns. Wir wollen nicht schon wieder einen Bericht im Privatfernsehen, in dem Unsinn über unsere Firma und den Tod des Geschäftsführers verbreitet wird. Also gehen sie!« Ohne eine Antwort abzuwarten, drückte er die Autotüre zu und machte kehrt.

Malthaner atmete tief durch. Da hatte er wohl gerade eine Begegnung mit Hausmeister Drapalla gehabt, dem Hässlichen aus dem Trio The Good, the Bad and the Ugly. Er beschloss dem Rat des Hausmeisters zu folgen und machte sich vom Acker. Noch mehr Ärger wollte er sich nicht einhandeln. Immerhin konnte er sich jetzt ein Bild von Witwe Ellwanger und dem hässlichen Josef Drapalla machen, für den er »Der Nasenbär« als Spitznamen passender empfunden hätte. So hässlich war er ansonsten gar nicht.

Als er wieder zuhause war, hatte Malthaner eine Idee. Wie er aus Gesprächen mit Reinhard wusste, flog dieser am liebsten mit der Lufthansa. Als eifriger miles & more-Sammler bekam er regelmäßig Gratisflüge. Im Internet suchte Malthaner die Stuttgarter Lufthansa-Abflüge vom vergangenen Donnerstagabend heraus. Er beschränkte sich auf die Zeit nach 20 Uhr. Es gab nur europäische Ziele und Inlandsflüge, und davon nicht viel. Abends lag der Stuttgarter Airport in einem Dornröschenschlaf, wenngleich die Anwohner auf den Fildern das anders sehen mochten. Die Lufthansa war am Donnerstagabend nach Frankfurt, Paris und London gestartet. Frankfurt schloss Malthaner von vornherein aus, dort wäre Reinhard schneller mit dem eigenen Wagen hingekommen. Paris war eine Stadt, die Reinhard nicht besonders schätzte, was wohl daran lag, dass kein Franzose Reinhards Französisch verstehen konnte. Blieb noch London.

Obwohl Malthaner die Erfolgsaussichten seines Vorhabens nicht besonders hoch einschätzte, versuchte er sein Glück und rief bei der Lufthansa in Stuttgart an. Dazu borgte er sich den Namen von Uwe Schlegel aus. Der netten Frauenstimme am anderen Ende der Leitung erzählte er, dass sein Chef, ein gewisser Reinhard Mössner, am Donnerstag die Maschine nach London bestiegen habe. Seine Sekretärin habe dummerweise die Unterlagen versaubeutelt, man wisse jetzt also nicht genau, wann der Chef zurückkomme und wann man ihm ein Taxi schicken müsse. Malthaner zweifelte erheblich daran, dass die Lufthansa-Angestellte ihm seine Räuberpistole abnehmen würde, doch zu seiner allergrößten Überraschung half sie ihm tatsächlich weiter. Er konnte hören, wie sie auf eine Computertastatur einhämmerte. Ein Reinhard Mössner sei nie auf die Donnerstagsmaschine nach

London gebucht gewesen, sagte sie unverändert freundlich. Jetzt galt es, überzeugend zu improvisieren. »Was, London?«, fragte ein Irritation vortäuschender Malthaner. »Paris, er ist nach Paris geflogen. Habe ich sie etwa nach London gefragt? Verzeihung, da war ich wohl mit den Gedanken nicht so recht bei der Sache.« Die Stimme am anderen Ende der Leitung wurde honigsüß. Wirklich, man hätte fast Ironie vermuten können . »Nach Paris war auch kein Reinhard Mössner gebucht«, sagte die Dame und änderte erneut die Modulation ins schon fast Eisige. »Und bevor sie mich fragen, sage ich es ihnen gleich: Auch nach Frankfurt war er nicht gebucht.« Damit musste Malthaner keine Irritation mehr vortäuschen. Als er auflegte, war er irritiert.

Doch eines stand fest: Als Schauspieler würde ihm keine große Karriere offen stehen.

Kapitel VII

Die Scheibenwischer schaufelten das Wasser von der Windschutzscheibe des Saab. Dienstag früh. Sehr früh für Malthaners Verhältnisse. Er war schon um sechs aufgestanden, um nach Stuttgart in die Redaktion zu fahren. Am Abend wollte er wieder nach Albstadt zurückkehren, so zumindest hatte er es Brigitte versprochen. Der Regen war entgegen den Prophezeiungen des Wetterberichtes seit gestern eher noch stärker geworden. In der Qual vereint mit Hunderten anderer Autofahrer mühte er sich auf der Bundesstraße 27 in Richtung Tübingen. Von Balingen über Hechingen bis Bodelshausen: Auf dem vierspurig ausgebauten Teilstück ging es schnell voran. Vor Bad Sebastiansweiler wurde es einspurig, und von hier bis Tübingen zog sich der Verkehr quälend langsam dahin. Wie jeden Tag. Bis zum totalen Verkehrskollaps war es wahrscheinlich nur noch eine Frage der Zeit. Malthaner fühlte sich genervt. Nach dem Ortsausgang von Bad Sebastiansweiler wurde es noch ein kurzes Stück vierspurig. Hier konnte man das Phänomen beobachten, dass keiner – wirklich keiner – auf die rechte Spur wechselte. Jeder gottverdammte Idiot musste links fahren. Mit Malthaner gingen die Gäule durch und er scherte nach rechts aus und beschleunigte, was der Motor hergab. Auf der rechten Spur zog er an der Kolonne vorbei, um sich einige hundert Meter weiter wieder nach links zu zwängen. Der Blödmann, den er dabei ein wenig schnitt, hupte und führte sich in seiner Karre auf wie Rumpelstilzchen. In einer pubertären Geste zeigte Malthaner ihm den Mittelfinger. Es half. Sofort fühlte sich Malthaner besser und überstand den Rest der Fahrt einigermaßen im seelischen Gleichgewicht.

Vor neun war er in der Redaktion. Hauser hatte sich schon hinter seinen Schreibtisch gezwängt und blätterte in einem Stapel Zeitungen. Von Zorro, dem Fotografen, gab es noch immer kein Lebenszeichen. Nach und nach trafen die anderen Kollegen ein. Lautstark begrüßte ihn Gisela Straubinger, eine lebenslustige Kollegin, die durch ihr Auftreten immer mal wieder die Grenzen der Peinlichkeit neu definierte. Zurückhaltung war nicht ihre Stärke, aber sie konnte hartnäckig recherchieren, wenn es darauf ankam, und gut schreiben. Heute wollte sich Malthaner wieder einmal in der Redaktionskonferenz sehen lassen. Daraus wurde nichts, Hauser hatte andere Pläne mit ihm. Er wollte ihn später am Vormittag zur Pressekonferenz des Landwirtschaftsministeriums schicken. Ein neuer BSE-Schnelltest sollte vorgestellt werden, der angeblich schneller, zuverlässiger und kostengünstiger durchzuführen war als der bislang bekannte. Malthaner zuckte mit den Schultern. Landwirtschaft war nicht gerade sein Lieblingsthema, aber wenn Hauser ihn bat, den Termin wahrzunehmen, dann tat er es eben. Genaugenommen konnte Hauser ihn als Freien nicht mit solchen Aufträgen versehen, aber Malthaner wollte seinen Förderer und Kollegen nicht enttäuschen.

Spannendes gab es auf der Pressekonferenz nicht gerade zu hören. Immerhin dauerte sie nicht so lange, wie Malthaner befürchtet hatte. Routiniert klopfte er seinen Artikel in den Computer. Nachdem er ein paar Minuten mit seinen Ideen für die Überschrift gespielt hatte, entschied er sich für eine sehr sachliche Headline. Die kreativere Variante »Wissenschaftler verrückt vor Freude über neuen BSE-Test« hätte wirklich nicht so gut gepasst. Schade eigentlich.

»Das wird dich interessieren«, brummte Hauser, als Malthaner eben seinen Artikel abschloss, und winkte ihn zu sich. Auf seinem Bildschirm hatte Hauser die aktuellen Meldungen des Landesdienstes Südwest. Der Cursor blinkte bei der Überschrift »Mordverdächtiger geht Polizei ins Netz.« Der dazugehörige Text besagte, dass die Polizei in Stuttgart einen Verdächtigen verhaftet habe, der im Zusammenhang mit einem Mord in Albstadt/Zollernalbkreis gesucht wurde. Es handele sich um einen 39-jährigen Diplom-Ingenieur.

»Scheiße«, presste Malthaner hervor. Jetzt hatte Reinhard ein echtes Problem.

Malthaner klemmte sich hinters Telefon. Theo Reiher, der Sprecher der Polizeidirektion, bestätigte, dass Reinhard verhaftet worden war. Mehr könne er jedoch nicht sagen. Reiher verwies auf eine Pressekonferenz, die morgen um 10 Uhr in den Räumen der Polizeidirektion stattfinden sollte.

Rudi Rehberg wollte auch nicht allzu viel rauslassen. Er sagte aber immerhin, dass Reinhard am Abend zuvor festgenommen wurde, als er im Flughafen-Parkhaus seinen Lexus abholen wollte und der nicht mehr da war. Reinhard meldete sein Auto bei der Polizei als gestohlen. Malthaners Hinweis, dass das doch wohl eindeutig zeige, dass Reinhard von dem Mord an seinem Kompagnon überhaupt nichts wusste, wischte Rudi vom Tisch. Reinhard wäre nicht der erste Verdächtige, der sich für besonders schlau halte und entsprechend kaltblütig vorgehe, entgegnete der Hauptkommissar nur. Die Stuttgarter Polizei war offensichtlich nicht gewillt, sich zusätzliche Arbeit aufzuladen. Man leiste den Kollegen aus Albstadt lediglich Amtshilfe. Aus Rudis Angaben war zu entnehmen, dass Reinhard zunächst in Stuttgart verhört worden war und heute Morgen von Beamten aus Albstadt abgeholt und nach Hechingen ins Gefängnis gebracht worden sei. Der Untersuchungsrichter hatte sich noch gestern Abend mit ihm beschäftigt. Mehr war von Rüdiger Rehberg nicht zu erfahren. Blieb Malthaner wohl nichts anderes übrig, als morgen die Pressekonferenz auf der Alb zu verfolgen, so verschlossen wie sich seine Gesprächspartner gaben.

Als nächstes rief Malthaner in Brigittes Praxis an. Die Sprechstundenhilfe meinte, sie könne nicht stören, da gerade ein Patient in Behandlung sei. Malthaner bat darum, dass Brigitte zurückrufe.

Hauser forderte von Jörg Malthaner, er solle »zur Abrundung der Berichterstattung über den Mord in einem Albdorf, das keinen interessiert,« eine längere Meldung schreiben. Als Aufhänger müsse er natürlich die Verhaftung Reinhards nehmen, an der er noch einmal kurz alle Fakten auflisten solle. Ungern kam Malthaner dem Wunsch nach und begann jedoch, den Text in den Rechner zu tippen. Als der letzte Satz geschrieben war, lehnte er sich in seinem Bürostuhl zurück, die Arme verschränkt, die Beine unter der Tischplatte weit von sich gestreckt. Lange saß er nicht so. Brigitte meldete sich. Die Nachricht von der Festnahme Reinhards bescherte ihr gemischte Gefühle. Sie war froh, dass ihm nichts zugestoßen war, was ja bisher nicht hatte ausgeschlossen werden können. Andererseits bedrückte es sie, einen guten Freund im Knast zu wissen. Auch Brigitte war der Meinung, dass Reinhards Verhalten eindeutig für seine Unschuld spreche. »Außer uns scheint das niemand auf diesem Planeten zu glauben«, murmelte Malthaner ins Telefon und spielte mit einem Kugelschreiber herum. Dann fiel ihm Uwe Schlegel ein. Der konnte sich seinen Vorgesetzten auch nicht gut als Mörder vorstellen, hatte er in dem Gespräch gestern betont.

Reinhard bräuchte einen guten Anwalt, das war klar. Ob er bereits einen engagiert hatte, ob das in seiner derzeitigen Situation überhaupt möglich war – Malthaner wusste es nicht. Im Fernsehen wurden den Verdächtigen immer ihre Rechte vorgelesen und sie durften telefonieren. Zumindest in amerikanischen Krimis. In deutschen auch? Wenn ja, entsprach das auch dem Vorgehen in der Realität? Malthaner hatte keine Ahnung und beschloss, sich bei Gelegenheit ernsthafte Gedanken über seine Halbbildung zu machen, die wohl doch nicht so solide war, wie er sich gerne einredete.

»Bist du schon einmal verhaftet worden?«, rief er Hauser über seinen Schreibtisch zu.

Der war in seine Arbeit vertieft und schaute irritiert auf, mit einem Blick der deutlich machte, was er von der Frage hielt. Nämlich nichts. »Natürlich bin ich noch nie verhaftet worden«, knurrte er zurück.

»Könnte ja sein, dass du in deiner Sturm-und-Drang-Zeit zusammen mit einem späteren Bundesminister Steine geworfen oder gegen Pershings oder sonst was demonstriert hast. Dabei konnte man doch schon mal verhaftet werden. So erzählen es zumindest die Altvorderen. Aber das mit den Pershings war ja schon lange nach deiner Zeit ...«

Hausers Körper straffte sich. Seine rechte Pranke zeigte auf Malthaner. »Manchmal legst du es wirklich drauf an, Ärger zu bekommen, Jungchen.«

Die Hände in einer Abwehrhaltung von sich streckend, redete Malthaner weiter. »Gut. Du bist also noch nie verhaftet worden. Das habe ich gefressen. Weißt du denn, wie das ist, mit Rechte vorlesen und so, wenn man verhaftet wird?«

»Also ...«, Hauser kratzte sich das kurzgeschorene Haupthaar, »... da müsste ich erst einmal nachdenken ...«

»Lass' gut sein. Ist auch nicht so wichtig«, resignierte Malthaner und warf den Kugelschreiber mit etwas zu viel Schwung auf die Schreibtischplatte, so dass er vom Tisch rutschte und in den Papierkorb fiel. Hausers Nachdenken hatte gefruchtet. Er riet, den Polizeireporter anzurufen, der so etwas wissen könne. War einen Versuch wert, also wählte Malthaner im hausinternen Netz die Nummer des Kollegen. Der vermutete, dass die Polizei einem Verdächtigen schon irgendwie die Möglichkeit geben müsse, einen Anwalt einzuschalten. Es könne aber vorkommen, dass das im Eifer des Gefechtes vergessen werde. Auch dieser Nachsatz klang für Malthaner eher nach Vermutung als nach Gewissheit. Er bedankte sich und legte auf.

Ein Rundruf bei gemeinsamen Bekannten von ihm und Reinhard brachte ihn nicht weiter. Niemand hatte eine Ahnung, welchen Rechtsanwalt Reinhard beauftragen würde.

Stöhnend erhob sich Malthaner, fischte den Kugelschreiber aus dem Papierkorb und legte ihn auf den Tisch. Anschließend lümmelte er sich wieder in seinen Stuhl und dachte nach. Ohne jede Hoffnung rief er die Nummer von Reinhards Mutter an, die er sich von der Auskunft geben ließ. Diesmal war Reinhards Mutter selbst dran, nicht die Schwester. Malthaner stellte sich vor und erntete Schweigen. Ohne Umschweife fragte er die alte Frau, ob sie sich vorstellen könne, welchen Rechtsanwalt Reinhard denn beauftragen würde, wenn er einen benötigte. Zu Malthaners Erleichterung wusste Reinhards Mutter bereits, dass ihr Sohn verhaftet worden war. Die Polizei hatte es ihr gesagt. Von einem Rechtsanwalt wusste sie nichts.

Längst war klar, dass Malthaner am kommenden Tag zur Pressekonferenz der Polizeidirektion gehen würde. Unmotiviert räumte er Papierstapel auf seinem Schreibtisch hin und her und beschloss dann zu gehen. Hauser hatte so was schon erwartet. Schließlich unterlag der freie Journalist Jörg Malthaner nicht seiner Befehlsgewalt.

Malthaner fuhr zu seiner Stuttgarter Wohnung. Zu seiner Verwunderung fand er einen Parkplatz direkt vor der schmutzigen Fassade des Mehrfamilienhauses, das eigentlich ein Vielfamilienhaus war. Seit er den Großteil seiner Zeit auf der Alb verbrachte, unterlag die großzügige Vier-Zimmer-Wohnung in der Landesmetropole einem schleichenden Verfallsprozess. Mit Schwung riss er die Fenster auf, um der abgestandenen Luft einen Fluchtweg zu ermöglichen. Es sollte dringend gesaugt werden. Er sah sich um, setzte sich auf sein Sofa und spielte mit der Idee, den Staubsauger zur Hand zu nehmen. Dann entschied er sich dafür, es bleiben zu lassen, schloss die Fenster wieder, zog die Wohnungstüre hinter sich zu, und machte sich auf den Weg nach Albstadt. Nach Hause.

Im Besprechungsraum der Polizeidirektion herrschte nicht die drangvolle Enge, die Malthaner von entsprechenden Pressekonferenzen aus Stuttgart gewöhnt war. Trotzdem: Einen solchen Medienandrang verzeichnete man hier nicht oft. Das Albblatt war vertreten, eine andere Lokalzeitung, die Blätter aus Tübingen und Reutlingen, Bild natürlich, drei lokale Radiosender und eben die Landeszeitung durch Jörg Malthaner. Neun Journalisten saßen dem Leitenden Polizeidirektor, seinem Stellvertreter, dem Leiter der Kriminalaußenstelle, dem Pressesprecher Theo Reiher und dem zuständigen Pressestaatsanwalt gegenüber. Damit war die Presse deutlich in der Überzahl, was dem Leitenden Polizeidirektor nicht gefiel, so wie Malthaner ihn einschätzte. SAT 1 habe erst zu-, dann wieder abgesagt, verkündete Theo Reiher, der den Part der Begrüßung übernommen hatte.

Das allgemeine Bedauern über diese Absage hielt sich in Grenzen. Drei Tage lang hatte der Sender die Zuschauer eines seiner Boulevardmagazine mit blutiger Hintergrundinformation zum »Rätselhaften Mord am schönen Henry« versorgt, jetzt hatte die Redaktion das Interesse verloren.

Der Leitende Polizeidirektor räusperte sich. Mit der Bemerkung, dass Reinhard Mössner verhaftet worden sei, löste er nicht gerade tumultartige Szenen aus. Längst hatte sich diese Nachricht herumgesprochen. Vor allem ein sehr junger Mensch vom Radio ließ die Anwesenden deutlich an seinem gepflegten Desinteresse teilhaben. Er gähnte und schaute gelangweilt auf die Uhr, überprüfte mit hochgezogenen Augenbrauen sein Aufnahmegerät von allen Seiten, um zum Abschluss der Vorstellung ausführlich den Zustand seiner Fingernägel zu begutachten.

Langatmig versuchte unterdessen der Leitende Polizeidirektor, die Umstände des Falles Ellwanger, so weit bekannt, noch einmal aufzurollen. Mag sein, dass er die Pressevertreter mürbe reden wollte. Bei Malthaner gelang ihm das fast. Schlagartig war der Journalist aber wieder hellwach, denn der Polizeichef hatte in der Tat noch Neuigkeiten, die er zum Schluss aus dem Ärmel schüttelte wie der Falschspieler das letzte Ass. Es gelang dem Leitenden, die versammelte Journalistenrunde mit einem einfachen rhetorischen Trick zu verblüffen. Zum Ende seiner im einschläfernden Singsang vorgetragenen Sätze wurde seine Stimme immer flacher, so als wäre alles Bedeutende gesagt. Genau in diesem Belanglosigkeit vortäuschenden Ton kam er ganz zum Schluss mit einer echten Nachricht rüber und hatte plötzlich wieder die ungeteilte Aufmerksamkeit der Medienvertreter. Selbst der junge Schnösel von der sendenden Zunft ließ für einen Augenblick seine Maske der Arroganz fallen, sein Blick spiegelte aufflackernde Neugier wider. Vielleicht war er ja doch für diesen Beruf zu retten.

Reinhard Mössner, so führte der Leitende Polizeidirektor aus, habe nie die Absicht gehabt, mit einem Flugzeug Stuttgart zu verlassen. Den Lexus habe er im Parkhaus abgestellt. Er sei dann mit der S-Bahn vom Flughafen zum Hauptbahnhof gefahren, von wo er einen Intercity nach Hamburg bestiegen habe. Nachgeprüft und zweifelsfrei belegt sei das, sagte der Polizeichef und schaute triumphierend in die Runde. Die Polizei gehe davon aus, dass Reinhards Vorgehen ein Täuschungsmanöver gewesen sei, um Spuren zu verwischen.

Was sollte man dazu sagen? Diese Neuigkeit sorgte kurz für absolute Stille im Raum. Neun Journalisten auf einem Haufen und perfekte Stille – das war in der Tat ein seltenes Erlebnis. Der paradiesische Zustand dauerte nicht lange an. Der Polizeichef hatte ihnen einen Knochen hingeworfen, und sie schnappten danach und zankten sich darum wie junge Welpen. Plötzlich hatte jeder wichtige Fragen.

»Bitte, meine Damen und Herren. Einer nach dem anderen«, unternahm Theo Reiher einen Beschwichtigungsversuch. Er bemühte sich, eine Struktur in das Wirrwarr zu bringen, indem er auf den Kollegen Vogt vom Albblatt zeigte, der sogleich seine Frage abschoss. »Was macht sie so sicher, dass der Verdächtige tatsächlich der Mörder ist? Meines Wissens hat man in seinem Auto keinerlei Blutspuren oder sonstiges Belastungsmaterial gefunden.«

»Was sie immer alles zu wissen glauben«, gab ein gereizter Leitender Polizeidirektor zurück. »Die Polizei verdächtigt niemanden voreilig. Niemand hat gesagt, dass der Verhaftete der Mörder ist. Er steht bisher lediglich unter dringendem Tatverdacht.« Die Freude über seinen Coup von vorhin war dem Polizeidirektor vergangen, wie sein angespannter Gesichtsausdruck verriet.

»Haben sie Erkenntnisse darüber, was der Täter in Hamburg gemacht hat?«, begehrte der Mann von Bild zu wissen.

»Der Täter?«, fragte der Polizeichef zurück. »Ich habe doch eben gesagt, dass hier niemand von einem Täter gesprochen hat. Wir reden von einem Tatverdächtigen.« Der Bild-Reporter bekam ob des Lapsus noch nicht einmal rote Ohren. »Ja, ja, von mir aus. Also der Verdächtige. Warum ist er nach Hamburg gefahren?«

»Er hat einen Bekannten besucht. Unangemeldet übrigens. Der Bekannte ...«, der Polizeidirektor dehnte das

Wort, »... hat das bestätigt. Er hat aber auch gesagt, dass der Besuch nicht angekündigt war und Herr Mössner vollkommen überraschend vor seiner Wohnungstüre gestanden hat.«

Um wen es sich bei der Person in Hamburg handeln konnte, wusste Malthaner nicht. Dass Reinhard jemals einen alten Freund in Hamburg erwähnt hätte, war ihm nicht in Erinnerung.

Weitere Fragen kamen, solche mit und solche ohne Substanz. Das Katz-und-Maus-Spiel brachte nicht viel. Die Journalisten wollten etwas wissen, die Polizei wollte nichts sagen, was nicht sowieso schon bekannt war. Daran war nicht zu rütteln: Es stand unentschieden und schien dabei zu bleiben. Die Veranstaltung begann zu nerven.

»Hat der Verdächtige einen Anwalt?« Es war die erste Frage, die Malthaner stellte. Der Leitende Polizeidirektor sagte nichts und blickte zum Pressestaatsanwalt, der sich bisher zurückgehalten hatte, aber seine zunehmende Verärgerung über den Ablauf der Pressekonferenz nicht verbergen wollte oder konnte. Nachdem er einmal tief eingeatmet hatte, sagte der Staatsanwalt: »Unser Rechtssystem zeichnet sich nicht zuletzt dadurch aus, dass es jedem Verdächtigen die Chance zur bestmöglichen Vertretung seiner Interessen bietet. Ja, Herr Mössner hat juristischen Beistand.«

Versuchen schadet nichts, dachte Malthaner und fragte: »Können sie mir sagen, wer sein Rechtsanwalt ist?« Mit dieser Frage erntete er ein dünnes Lächeln des Pressestaatsanwaltes, der sich in seinem Stuhl ein Stück vorbeugte. »Sie wissen genau, dass ich ihnen das nicht sage. Wenn der Rechtsbeistand von Herr Mössner es für angebracht hält, wird er mit Sicherheit von sich aus den Kontakt zu den Medien suchen.«

»Täusche ich mich, oder haben sie uns bewusst fünf Tage lang nichts Näheres über die Tatwaffe gesagt?« Wieder war es Malthaner, der die Frage stellte.

Mit einem kurzen Kopfnicken gab der Staatsanwalt dem Leitenden Polizeidirektor das Zeichen, dass er antworten soll. »Die Tatwaffe spielt in unseren Ermittlungen eine zentrale Rolle, deshalb kann ich dazu nach wie vor nichts sagen.« Das Protestgemurmel der Journalisten half nichts, die Frage nach der Waffe blieb unbeantwortet. Das Geplänkel ging noch etwas so weiter, bis der erste Zeitungs-Redakteur demonstrativ seinen Notizblock zuklappte. Das schienen alle anderen als Zeichen für den Aufbruch zu werten und taten es ihm gleich. Die drei Mikrofonträger stürmten auf die Offiziellen zu, sie brauchten noch ihre O-Töne. Pech für den Schnösel: Er war nicht schnell genug und musste sich mit Theo Reiher als Gesprächspartner begnügen, worauf er giftige Blicke in Richtung eines Kollegen vom Konkurrenzsender abschoss, der den Leitenden Polizeidirektor interviewte. Gut so, sagte sich Malthaner und grinste schadenfroh.

Vor dem Polizeigebäude blieb er eine Minute stehen und schaute in den Himmel, der längst nicht mehr so bleischwer und dunkel war wie noch gestern. Das Wetter hatte sich gemacht, vielleicht gab sich der Spätsommer doch noch nicht ganz geschlagen und versuchte noch einmal ein kurzes Comeback. In der Nacht hatte es zu regnen aufgehört und die Temperaturen schienen gegenüber den vergangenen beiden Tagen wieder etwas gestiegen zu sein. Viel, was zu Gunsten von Reinhard sprach, brachte Malthaner wahrlich nicht von der Pressekonferenz mit. Er beschloss, bei einem Cappuccino nachzudenken und ging ins Café. Am späten Vormittag war in dem Lokal nicht viel los. Um einen Tisch hatten sich Schüler gruppiert, die dort eine Freistunde verbrachten oder den Unterricht schwänzten und mit ihren Handys prahlten. Außer ihnen waren ein paar Hausfrauen, eine Oma mit ihrem kleinen Enkel und drei Business-Typen die einzigen Gäste. Ein junger Mann mit Gelfrisur kellnerte, der sich mit dem Job im Café wahrscheinlich den Jahresbeitrag fürs Fitnessstudio verdiente. Malthaner lehnte sich zurück, nachdem er Cappuccino und Wasser bestellt hatte, und schaute einen imaginären Punkt in der Ferne an. Reinhard war also ein paar Tage nach Hamburg verschwunden. War mit dem Zug hingefahren, nachdem er sein Auto am Flughafen geparkt hatte. Seltsam, wirklich. Konnte man der Polizei fast schon nicht mehr übel nehmen, dass sie sich auf Reinhard als Tatverdächtigen konzentrierte. Dass er dann aber seelenruhig wieder zurück kommt und sein Auto aus dem Parkhaus holt, wollte für Malthaner gar nicht in das Bild eines Menschen passen, der sich wenige Tage vorher alle Mühe gab, möglichst spurlos zu verschwinden.

Als die Gelfrisur die Getränke brachte, fragte Malthaner nach einem Telefonbuch. Zu seiner Überraschung bot ihm der Kellner, ohne mit der Wimper zu zucken, an, ihm sofort eines zu bringen. Tatsächlich dauerte es keine Minute und der Gegelte erschien wieder mit dem Örtlichen, das er auf einem Tablett daherbrachte. Das war nun wirklich affig. Schnell fand Malthaner die gesuchte Nummer. Mit dem Handy rief er bei Reinhards Mutter an, in der Hoffnung, dass die Schwester nicht abheben möge. Die Hoffnung erfüllte sich, er hatte Reinhards Mutter an der Strippe. Wortreich entschuldigte er sich für seinen erneuten Anruf und versicherte der alten Frau, dass er nichts Böses im Schilde führe. Ihn interessiere nur, ob sie eine Ahnung habe, welchen alten Freund ihr Sohn in Hamburg besucht haben könnte. Hatte sie nicht. Wenn doch, verbarg sie dieses Wissen vor ihm. Malthaner nannte Reinhards Mutter die Nummer von Brigittes Festnetzanschluss und bat sie anzurufen, falls ihr doch noch etwas einfallen sollte.

Diana kam ihm in den Sinn, Reinhards Ex-Frau. Sie müsste doch wissen, wen Reinhard in der Hansestadt kennt. Dann fiel ihm ein, dass Diana nach ihrer Scheidung aus Albstadt weggezogen war. In den Großraum Stuttgart, soweit er sich erinnern konnte, aber wohin, das wusste er nicht genau. Malthaner schlug die SoftData-Nummer nach, wählte und ließ sich mit Uwe Schlegel verbinden. Ihm stellte er die gleiche Frage wie zuvor der alten Frau. Auch Schlegel hatte keine Ahnung von Reinhards Kontakten nach Hamburg. Immerhin schloss er aus, dass es sich um geschäftliche Beziehungen handelte.

Ohne Vorwarnung kroch Malthaner eine Frage aus dem Mund. Der typische Fall, in dem man redet, ohne vorher nachzudenken und dann selbst über seine Worte erstaunt ist. »Könnten sie es ermöglichen, dass ich mich einmal ungestört in Reinhards Büro umschauen kann?« Warum um Himmels willen denn das? fragte er sich selbst. Was willst du in Reinhards Büro? Aber die Worte waren ausgesprochen, konnten nicht mehr zurückgenommen werden. Das Kind lag im Brunnen. Ganz unten auf dem Grund. Schweigen am anderen Ende. Weil er von seinem Verhalten selbst peinlich berührt war, schwieg auch Malthaner. Der erste, der die Sprache wiederfand, war Uwe Schlegel. »Das ist nicht ihr Ernst! Sie können unmöglich von mir erwarten, dass ich sie ins Büro meines Chefs schleuse. Ich bitte sie! Sie würden mich für verrückt erklären, wenn ich von ihnen verlangen würde, in das Büro ihres Chefredakteurs, oder wie das bei ihnen heißt, schleichen zu können.« Schlegel hatte ja Recht mit seiner Empörung. Was er da von dem Programmierer verlangte, das war halbwegs irrsinnig. Er konnte doch nicht in Reinhards Schreibtisch herumstöbern. Abgesehen davon, dass eine solche Aktion Schlegel den Job kosten könnte, wenn sie ans Tageslicht käme. Was hatte ihm sein Geist da für einen Streich gespielt! Ein fehlgelenkter Geistesblitz. Ein Rohrkrepierer. Kleinlaut stammelte Malthaner: »War nur so 'ne Idee.« Die Vertrauensbasis zwischen ihnen war durch seine dumme Äußerung zerstört.

»Mir fehlen die Worte«, hört er Schlegels Stimme, die weiter entfernt klang als noch vor einer Minute. Der schwergewichtige Programmierer klang angeschlagen, Malthaners dämliche Frage hatte ihn aus dem Gleichgewicht gebracht. Die spontane Empörung hatte sich aber schnell wieder aus Schlegels Stimme geschlichen. An ihre Stelle war Unsicherheit getreten. »Also wirklich ... ich weiß gar nicht, was ich sagen soll.«

»Das war ein ganz blöder Einfall, gebe ich ja zu.«

»Vielleicht ...« Schlegel schien um die Worte zu ringen. »Na ja ... Ich meine, wenn es Reinhard nützen könnte ...«

Die Situation wurde nicht angenehmer. »Vergessen sie's!«

»Nein, nein ...« Schlegel dachte nach. So intensiv, dass sein kilometerweit entfernter Gesprächspartner die inneren Zweifel fast schon greifen konnte. »Wissen sie, Herr Malthaner, vielleicht war das doch kein ganz so unsinniger Gedanke. Sie sind Journalist, sie denken anders als ich. Die Polizei hat sich nach dem Mord auch in unseren Büros umgesehen, aber ich könnte mir vorstellen, dass sie auch anders denken als ein Polizist ... Was ich sagen will, ist, ... ähm, ... vielleicht findet sich ein Hinweis, der Reinhard helfen könnte. Ich bin betriebsblind, sie aber nicht.« Schlegel machte ein schmatzendes Geräusch, bevor er weiterredete. »Lassen sie mich darüber nachdenken. Eine Möglichkeit, sie unbesehen in unser Büro hinein – und auch wieder hinaus zu bekommen, gäbe es schon.«

Malthaner wunderte sich und fragte: »Was sie da sagen, können ihre Kollegen mithören, oder?«

»Außer mir ist im Moment niemand in diesem Büro. Geben sie mir ihre Nummer, ich lasse mir die Sache noch mal durch den Kopf gehen und melde mich dann.«

»Wenn sie meinen ...« Es war jetzt an Malthaner, hin- und hergerissen zu sein. Sie beendeten das Gespräch schnell. Ungelenk nahm er seine Cappuccino-Tasse zum Mund und stürzte das Gebräu hinab. Was war vorhin nur in ihn gefahren? Mit dem prolligen, aber von jedem Kellner verstandenen Zeichen bestellte er die Rechnung, indem er Zeigefinger und Daumen aneinander rieb. Sich in Reinhards Büro umzusehen, würde niemandem etwas nützen, da war sich Malthaner ziemlich sicher.

Zurück in Brigittes Wohnung verfasste er schnell seinen Artikel, in dem er die Erkenntnisse der Pressekonferenz verarbeitete. Er hielt den Artikel knapp, aber Hauser würde ihn bestimmt noch weiter zusammenstreichen. Ein Mord auf der Alb interessierte nach knapp einer Woche nicht mehr viele Zeitungsleser im Land. Ausgenommen jene, die in der einen oder anderen Form damit zu tun hatten. Kaum hatte Malthaner das Mail mit dem Text per Sendebefehl abgeschickt, da machte sich sein Handy bemerkbar. Schlegel hatte nachgedacht und abgewogen. Dabei war er zum Schluss gekommen, dass Malthaner sich unverbindlich Reinhards Büro – und vielleicht auch einige andere Räume in der Firma – ansehen sollte. Gegenüber seiner ersten Reaktion hatte er einen Sinneswandel vollzogen, der eines Politikers würdig gewesen wäre. Fast schien es Malthaner, als würde Schlegel ihn nun drängen, sich bei der SoftData umzusehen. So schien seine Schnapsidee doch Realität zu werden. Inzwischen war Malthaner derjenige, der lieber Abstand von der Angelegenheit genommen hätte. Es schien ihm unanständig, in Reinhards Schubladen zu wühlen, während der bei trocken' Brot und Wasser einsaß. Dennoch sagte Malthaner zu, als Schlegel sich für den Abend um 23 Uhr mit ihm verabredete. Zu dieser Zeit, versicherte der Programmierer, sei garantiert kein Kollege mehr bei der Arbeit, und man könne sich ungestört umsehen.

Sonderlich wohl war es Malthaner bei der Sache nicht, schließlich war aber er derjenige gewesen, der sie ins Rollen gebracht hatte.

Nach kurzem Nachdenken schlüpfte er in ein Gonso-Bike-Trikot, schnappte sich den Rucksack und setzte sich auf das No Pogo. Er trieb es schnell hinauf zum Wanderparkplatz, um dort in den Wald einzutauchen, dessen herbstliches Farbenkleid ihn auch dann beeindruckte, wenn kein stahlblauer Himmel für Reiseprospekt-Idylle sorgte. Der Regen der vergangenen Tage hatte den Boden aufgeweicht. Nach wenigen Minuten war Malthaner mitsamt seinem Bike vollkommen verdreckt. Jauchzend heizte er das Centurion durch den Wald, keine Pfütze auslassend. Als es leicht bergab ging, verlagerte er das Gewicht nach hinten, um in dem weichen Untergrund nicht unvermittelt über den Lenker zu gehen. Die Arme hielt er gestreckt. Geradewegs raste er auf eine Art Schlammloch mitten im Weg zu. Ohne sein Tempo wesentlich zu drosseln, stellte er sich in die Pedale und riss das Vorderrad hoch. Im Wheelie surfte er höllisch schnell durch die schlammige Passage. Zwar spürte er, wie das Bike instabil wurde, und verkrampfte sich, doch kam er zu seiner eigenen Verwunderung ohne Sturz hindurch. Schwer schnaufend ließ er das Bike laufen. Der Ritt über den tiefen Boden kostete Kraft. Einer alten Weisheit folgend richtete er den Blick weit nach vorne. Komisch – es war, als fände das Bike auf diese Weise von alleine die perfekte Linie. Der Blick führt zum Ziel, hatte Kurt es einmal formuliert. Nach einigen weiteren Minuten ging der Weg in einen leichten Anstieg über. Längst musste Malthaner nicht mehr Schnaufen. Er hatte das mittlere Kettenblatt aufgelegt und trat kraftvoll in die Pedale. Der Anstieg wurde steiler, Malthaner langsamer. Der Regen hatte kleine und mittlere Steine ausgewaschen, die überall herumlagen. Geschickt bemühte er sich, den größeren Exemplaren auszuweichen. Die konnten einen nämlich ganz abrupt stoppen und aus dem Sattel werfen. So gleichmäßig wie möglich kurbelte er Umdrehung für Umdrehung bergauf, bis er den Scheitel des Weges erreicht hatte. Jetzt ging es ein Stück weit eben auf dem schmaler werdenden Weg durch den Wald. Steine und vereinzelte Wurzeln zwangen den Biker zur Konzentration. Längst hatte Malthaner gelernt, dass man gerade in einer solchen Situation immer entspannt bleiben sollte. Verkrampfung ging mit Sturzgefahr einher. Daher hielt er den Lenker ausgesprochen locker, so konnte das Vorderrad seinen eigenen Weg finden. Früher hatten sich seine Hände in solchen Passagen fest um den Lenker gekrallt, in der falschen Annahme, das bedeute mehr Sicherheit. Sein Puls war o.k. In mittlerem Tempo kurbelte er weiter. Immer wieder kreuzten andere Wege. Einige Male bog er ab, mal nach links, mal nach rechts. Diese Wege kannte er wie seine Westentasche. Als Kind hatte er hier gespielt. Was er jetzt als Mann in den besten Jahren tat, hatte wohl auch mit Spieltrieb zu tun. Auf dem Bike kam er sich zumindest sehr jugendlich vor. Es bereitete ihm immer wieder eine Riesenfreude, wenn er Biker abhängen konnte, die zehn oder 15 Jahre jünger waren als er. Malthaner fuhr mehr oder weniger ziellos durch den Wald, wusste aber stets genau, wo er sich befand. Zwei Stunden war er auf dem Bike unterwegs, bevor er sich auf den Heimweg machte. Schließlich musste er in der kommenden Nacht fit sein, er hatte fragwürdige Detektivarbeit mit Schlegel vor sich.

Nachdem er geduscht hatte, flegelte Malthaner sich auf das Sofa, die Fernbedienung für den Fernseher in der Hand. Fünf Minuten zappte er durch sämtliche Programme. Was er sah, war so abstoßend, dass Malthaner die Kiste angewidert wieder abschaltete. Gerade, als er beschlossen hatte, ein wenig im Stadtzentrum zu bummeln, rief Brigitte an. Sie schlug vor, abends zum Italiener zu gehen. Zunächst druckste er herum, sagte ihr dann, was er für den späteren Abend geplant hatte. Das Schweigen, das er damit erntete, war deutlich genug. Ohne ein Wort zu sagen, machte Brigitte ihm klar, was sie von seinem Vorhaben hielt. »Sieh mal ...«, setzte er zu einer Rechtfertigung an, wurde aber unwirsch unterbrochen. Überhaupt schien Brigitte in letzter Zeit gelegentlich etwas überzureagieren. Natürlich setzte sie sich durch. Sie würden zu ihrem Lieblingsitaliener gehen. Der Kompromiss, den Malthaner aushandeln konnte, bestand darin, dass Brigitte versprach, spätestens um sieben daheim zu sein. So würde ihm nach dem Essen noch genügend Zeit für seinen Besuch bei der SoftData bleiben.

Das Gespräch im Restaurant zog sich zäh dahin. Seit einiger Zeit schon schien es Malthaner, als würde ihre Beziehung auf die erste Krise zusteuern. Dabei waren sie noch nicht besonders lange zusammen. In den letzten Wochen war Brigitte immer schnell gereizt, was bei ihm wiederum dazu führte, dass er beleidigt reagierte. An diesem Abend war es auch nicht gerade das reine Vergnügen, Brigitte am Tisch gegenüber zu sitzen. Sie stocherte lustlos in ihrem Salat herum und hatte sogar an der Lasagne etwas auszusetzen. Dabei war das ihr Lieblingslokal, am liebsten wäre sie fünf- oder sechsmal die Woche hierher gekommen. »Bedrückt dich etwas?«, wagte er einen Vorstoß. Sie antwortete nicht sofort, sondern schob zuerst den Rest ihrer Lasagne sorgfältig mit der Gabel an den Rand des Tellers. »Eigentlich nicht«, antwortete sie schließlich. »Es ist nur so, dass ich mich im Moment mit mir selbst nicht so recht im Einklang befinde.« Ihre blauen Augen fixierten ihn. »Hast du nicht auch manchmal das Gefühl, dass wir unser Leben verplempern? Mach dir das doch mal bewusst: Wir sind beide in nicht allzu ferner Zukunft 40 Jahre alt. Das erschreckt mich jedes Mal, wenn ich daran denke. Zur Zeit denke ich oft daran.«

Da ging es ihm nicht anders. Hin und wieder hatte er sich selbst schon gefragt, ob die Midlife-Crisis langsam anklopft. Immer häufiger hatte er diesen Gedanken, versuchte ihn aber stets mit mehr oder weniger Erfolg zu verdrängen. Über Brigittes Worte war er trotzdem überrascht. »Das passt gar nicht nicht zu dir, mein Schatz.«

»Tatsächlich? Was passt denn dann – deiner geschätzten Meinung nach – zu mir?« Das Gespräch lief in eine Richtung, die ihm ganz und gar nicht behagte. Viel lieber hätte er den Rest seiner Pizza genossen. Brigitte führte ihn auf dünnes Eis. Solchen Diskussionen ging er sonst lieber aus dem Weg. Warum mussten Frauen immer so kompliziert sein! Er räusperte sich, wusste aber gar nicht, was er sagen sollte. Für eine Konfrontation hatte er entschieden nicht den Nerv. »Als lebenslustige Frau bist du mir lieber, nimm noch einen Schluck von dem Wein«, sagte er. Während er die Worte aussprach, bemerkte er, dass er gerade einen Fehler beging. Brigitte machte einen angriffslustigen Eindruck. »Nur keine ernsthaften Gespräche führen, das ist typisch für dich. Manchmal benimmst du dich wie ein großes Kind.« Sie schlug die Augen nieder und starrte die inzwischen kalten Lasagnereste auf ihrem Teller an. »Die Sache mit Reinhard hat mir wieder einmal deutlich gemacht, wie schnell ein vermeintlich wohlgeordnetes Leben aus den Fugen geraten kann. So etwas kann jedem von uns passieren, jeden Tag.

Stell dir das mal vor. Wenn von einem Moment auf den anderen alles anders ist als bisher. Was würdest du Dir für Vorwürfe machen, dass du dein bisheriges Leben falsch gelebt hast.« So Unrecht hatte Brigitte nicht. Malthaner rutschte in seinem Stuhl hin und her. Raus. Er wollte hier raus. Die Gesprächsatmosphäre behagte ihm nicht. Sein Magen krampfte sich zusammen. Erleichtert war er schließlich, als Brigitte selbst das Thema für beendet erklärte und wieder zu Unverfänglicherem zurückkehrte. Seinen Vorschlag, einen Verdauungsspaziergang durch das Städtle zu unternehmen, lehnte sie rundum ab.

Kapitel VIII

Malthaner kam fünf Minuten zu früh. Er fuhr langsam am Glaspalast der SoftData vorbei. Hinter zweien der Fenster im Obergeschoss, wo die beiden Privatwohnungen untergebracht waren, brannte Licht. Der klapperige Peugeot von Schlegel war nicht auf dem Firmenparkplatz zu sehen. Also ließ Malthaner den Saab weiterrollen und stellte sich 50 Meter weiter auf Höhe eines Toyota-Autohauses an den Straßenrand. So würde er Schlegel sehen, entweder von vorne oder im Rückspiegel, je nachdem, aus welcher Richtung er kommen würde. Nachdem Malthaner den Motor abgestellt hatte, zog er den Kragen der alten Lederjacke am Hals zusammen und hielt ihn mit der rechten Hand fest. Schließlich wollte er sich bei dieser schwachsinnigen Nacht-und-Nebel-Aktion keine Erkältung holen. Die Straßenlaternen im gesamten Industriegebiet waren ausgeschaltet. Ob sie überhaupt jemals Licht gaben oder nur zur Zierde herumstanden, konnte Malthaner nicht sagen. Alles wirkte wie ausgestorben. Das Industriegebiet hatte sich längst zur Nachtruhe begeben. Nirgends war eine Menschenseele in Sicht. Doch lange musste Malthaner nicht warten, denn keine drei Minuten später kam ihm Schlegel in seinem alten Kombi entgegen. Mit der Lichthupe machte Malthaner auf sich aufmerksam. Schlegel stoppte mitten auf der Straße und kurbelte bei laufendem Motor das Fenster herunter, was ihm einige Mühe bereitete. Offensichtlich klemmte irgendwas. Wieder hatte der gewichtige Mann seine unmögliche karierte Mütze auf, wie schon bei ihrem Spaziergang beim *badkap*. »Pünktlich wie die Maurer«, sagte er lachend im Mollton und schüttelte dabei das, was von seiner Lockenpracht unter dem Käppi hervorquoll. Der Motor des alten Peugeot lief nicht rund. »Lassen sie ihren Wagen hier stehen und springen sie bei mir rein«, forderte er Malthaner auf, um sich sogleich selbst zu verbessern. »Ähm, vielleicht ist es besser, ich stelle das Auto auch ab, und wir gehen die paar Meter zu Fuß. Dann hört nicht gleich jeder, dass jemand auf den Parkplatz fährt.«

»Ich dachte, um diese Zeit sei garantiert niemand mehr im Büro. Zumindest erinnere ich mich, dass sie das gesagt haben.«

»Die Kollegen meine ich damit nicht«, entgegnete der Dicke. »Aber lassen sie mich erst mal den Wagen abstellen, dann reden wir weiter.«

Er fuhr an, wobei der Peugeot sich noch etwas zu sträuben schien. Er stotterte und spuckte, erst als Schlegel einmal kräftig aufs Gaspedal drückte, ruckelte die alte Kiste los. Im Rückspiegel sah Malthaner, dass Uwe Schlegel direkt hinter ihm wendete und sein Auto hinter den Saab parkte.

»Wir müssen also doch damit rechnen, dass uns jemand sieht?«, fragte Malthaner, nachdem Schlegel ausgestiegen war und sein Auto abgeschlossen hatte. Eine Vorsichtsmaßnahme, die Malthaner angesichts des Zustandes der alten Karre überflüssig vorkam.

»Eigentlich nicht. Aber über unseren Büros sind zwei Privatwohnungen untergebracht.«

»Das weiß ich.«

»Es könnte ja sein, dass ein neugieriger Bewohner aus dem Fenster schaut, wenn er hört, dass unten ein Auto vorfährt. Wenn wir das vermeiden können, sollten wir es tun.« Sie standen neben ihren Autos. Schlegel strich sich mit der Hand durch den zotteligen Bart. Eine Geste, die Malthaner schon bei ihrem gemeinsamen Spaziergang aufgefallen war.

»Wer wohnt über den Büros?«, fragte Malthaner.

»Ein Ehepaar mittleren Alters und unser Hausmeister mit seiner Familie.«

»Drapalla? Der Riese mit der Boxernase?«, entfuhr es Malthaner, womit er Schlegel ein Lachen entlockte, das tief aus seinem Bauch zu kommen schien.

»Genau der. Eine beeindruckende Person, wenn ich so sagen darf.«

»Beeindruckend, ja. Ich hatte das Vergnügen.« Kurz erzählte er von seiner Begegnung mit Drapalla, the Ugly, was Schlegel mit anhaltendem Lachen quittierte.

»Lassen sie uns rübergehen«, sagte Schlegel und schlug Malthaner mit der linken Pranke in einer kumpelhaften Geste auf die Schulter. Das konnte Malthaner bei fremden Menschen nun gar nicht leiden. Tief einatmend sagte er: »Hoffentlich kommt uns dieser Drapalla nicht in die Quere. Man wird den Eindruck nicht los, dass mit dem nicht gut Kirschen essen ist.«

»Der wird uns nicht belästigen. Sollte er doch auftauchen, dann lassen sie mich mal machen. Der frisst mir aus der Hand. Drapalla hat insgeheim Hochachtung vor jedem, der mit einem Computer umgehen kann. Jedes Mal, wenn er in einem der Büros etwas zu erledigen hat, staunt er wie ein kleines Kind. Ich glaube, er kann noch nicht einmal einen Bildschirm ein- oder ausschalten.«

Behende, wie Malthaner es ihm kaum zugetraut hätte, schwebte sein massiger Begleiter über den Asphalt. Wieder hatte er seine weißen Sportschuhe an. Noch während sie auf das Firmengebäude zugingen, kramte Schlegel einen Schlüssel aus seiner Hosentasche. Geräuschlos schloss er auf und schob Malthaner sanft, aber bestimmt durch die Türe und zog sie hinter sich zu. Dass Schlegel ihn schon wieder angefasst hatte, behagte Malthaner überhaupt nicht. Der Mörder hatte wahrscheinlich auch einen Gebäudeschlüssel, wie Malthaner unpassenderweise in den Sinn kam.

Obwohl er mit Reinhard eng befreundet war, hatte Jörg Malthaner noch nie zuvor die Räume dieser Firma betreten, wie ihm in diesem Moment klar wurde. Schlegel dirigierte ihn durch das Dunkel. Der Dicke schien mit Radar zu fliegen, anders war die traumwandlerische Sicherheit kaum zu erklären, mit der er flugs durch einen Gang schritt, der für Malthaners Empfinden in vollkommene Dunkelheit gehüllt war. »Kommen sie«, hörte er Schlegel zwei Meter neben sich sagen. Mehr dusselig stolpernd als halbwegs würdevoll gehend bewegte sich Malthaner in die Richtung der Stimme, immer darauf gefasst, gegen einen Schrank zu laufen oder mit einem Schreibtisch zu kollidieren. Der konspirative Charakter ihres Treibens verursachte ihm ein flaues Gefühl in der Magengegend.

»Alles klar«, hört er Schlegel direkt neben sich brummen. Er spürte einen Windhauch und im nächsten Moment hörte er, wie eine Tür ins Schloss fiel. »Es werde hell«, sagte Schlegel, und es wurde hell. Licht aus einer modernen Lampengalerie an der Decke sorgte dafür, dass man wieder etwas sehen konnte. »Ich wollte nur nicht, dass man von draußen sieht, dass hier Licht brennt«, erklärte Uwe Schlegel. »Deshalb das Versteckspiel.« Malthaner sah sich um. Sie waren in einem Großraumbüro.

»Das ist der Blaue Salon.« Mit einer ausladenden Handbewegung präsentierte Schlegel den Raum. Wie ein stolzer schwäbischer Hausbesitzer, der die Schwiegereltern zum ersten Mal durch das neu erbaute Eigenheim führt. Das Büro war modern-sachlich eingerichtet, überall standen Computer herum, auf manchem Schreibtisch gleich drei Exemplare.

»Hier ist Ellwanger also zu Tode gekommen«, murmelte Malthaner. Schlegel verbesserte ihn: »Zumindest wurde er hier gefunden.« Der beleibte Programmierer machte zwei Schritte in Richtung auf einen Schreibtisch, auf dem einer der modernen Flachbildschirme stand. »Genau hier. Vor mir.« Mit dem Zeigefinger deutete er auf den Teppich. Die Auslegeware ließ die Sauerei noch deutlich erahnen. Zwar hatte man offensichtlich versucht, das Blut und was immer sonst noch aus dem eingeschlagenen Schädel Henry Ellwangers gedrungen war aufzuwischen, doch der Erfolg dieser Putzaktion war nicht überzeugend. Ein großer Fleck, der von seinem Zentrum zu den Rändern hin heller wurde, gab noch immer Zeugnis von der Tat.

»Da ist wohl ein neuer Teppich fällig«, versuchte sich Malthaner in Sarkasmus.

»Lachen sie jetzt bitte nicht. Aber zurzeit gibt es niemanden in der Firma, der autorisiert wäre, einen neuen Teppich zu bestellen.« Säuerlich lächelnd, fügte Schlegel hinzu: »Schon alleine deshalb wäre ich froh, Reinhard käme bald wieder. Schließlich sitze ich jeden Tag an diesem Schreibtisch und glotze auf den beschissenen Blutfleck auf dem Boden.«

»Ihrer Kreativität ist das sicher nicht förderlich«, bemerkte Malthaner, der aufstoßen musste. Die Hände in den Hosentaschen ging er unsicher in dem großen Raum umher. »Schauen sie sich ruhig um«, hörte er Schlegel sagen. »Wenn sie genug gesehen haben, können wir nach hinten gehen«, er deutete auf eine weitere Türe, »dann zeige ich ihnen die anderen Büros.«

Wortreich erklärte Schlegel, dass der Blaue Salon so eine Art Gemeinschaftsbüro sei, das größte in der ganzen Firma. Er selbst und ein paar Kollegen hätten ihre Arbeitsplätze fest in diesem Raum, während andere Kollegen sich nur je nach ihrer jeweiligen Aufgabenstellung im Blauen Salon blicken ließen. Schlegel erzählte etwas von den einzelnen Arbeitsstationen. Er redete viel über Businessplattformen, Bytes, optische Netze und anderes Zeugs, das Malthaner nicht verstand. Es gebe weitere Büros, in denen Programmierer, Systemingenieure und Webmaster säßen. Malthaner wollte nicht fragen, was man sich unter einem Webmaster vorzustellen hat. Außerdem, führte Schlegel aus, hätten die wenigen Verwaltungsmitarbeiter des Unternehmens noch ein etwas kleineres Büro.

Während er sich am Hinterkopf kratzte, sagte Malthaner: »Am meisten interessieren mich die Büros von Ellwanger und Reinhard.«

»Hier, bitte.« Schlegel, der noch immer sein Käppi auf dem Kopf sitzen hatte, lotste ihn durch eine weitere Türe aus dem Blauen Salon. Ob er die Mütze Tag und Nacht aufhatte? Links und rechts eines Ganges, der mit dem gleichen braunen Teppich ausgelegt war wie das Großraumbüro, gingen Türen ab. Büros abzuschließen schien bei SoftData nicht üblich zu sein. Eine davon riss Schlegel auf und machte Licht. »Bitte, das Büro von Reinhard.«

Chaos. Das war das erste Wort, das Malthaner in den Sinn kam.

Mitten im Raum stand ein überdimensionaler moderner und vor allem vollkommen überladener Schreibtisch. Dass sich die Tischplatte unter ihrer Last nicht bog, war ein Wunder. Zentral auf dem Schreibtisch thronte ein Bildschirm, davor eine Tastatur, die sich unter einem Stapel Papieren versteckte. Ein zweiter Bildschirm in futuristischem Design stand ganz am Rand der Arbeitsfläche. Überall auf dem Tisch lagen Papiere verteilt, stapelten sich Fachzeitschriften, dazwischen mehrere aufgeschlagene Aktenordner und zwei dicke Benutzerhandbücher. Drei McDonalds-Styroporverpackungen mit geöffneten Deckeln sowie zwei leere Colaflaschen gewährten einen Einblick in Reinhards Ernährungsgewohnheiten. Eine kleine Schreibtischlampe in modernstem Design stand seitlich auf dem Tisch. Sie erinnerte Malthaner an einen Fisch, der auf dem Trockenen nach Luft schnappt. Mehrere Ausgaben des Albblattes und ein älteres Handelsblatt konnte Malthaner darüber hinaus ausmachen. Mittendrin ein Spielzeugauto, das Modell eines Porsche. Von Matchbox, wenn Malthaner sich nicht irrte.

Vermittelte der Schreibtisch den Charakter einer malerischen Müllhalde, so war das Drumherum die reinste Sondermülldeponie. Überall, wirklich überall auf dem Boden des Büros türmten sich Papierstapel, Aktenordner, Bücher, Zeitschriften, Umzugskisten. An einer Wand war ein altes Bücherregal montiert, das überhaupt nicht zu dem modernen Schreibtisch passte. Es hatte drei Böden und war übervoll mit Büchern. Diese Bücher lagen überraschenderweise nicht kreuz und quer verstreut, sondern sie standen akkurat im Regal, mit den Buchrücken jeweils nach vorne zeigend. Die Titel sagten Malthaner nichts. Fachliteratur. Links und rechts dienten auf jedem der drei Regalböden massive Elefantenfiguren als Bücherstützen. Afrikanische Kunst, vermutete Malthaner. Wahrscheinlich hatte Reinhard sie einst von einer seiner Afrikareisen mitgebracht. Neugierig nahm Malthaner eine der Tierfiguren in die Hand, vorsichtig, damit nicht das erste Buch umfiel und im Dominoeffekt alle anderen flach legte. Schlegel zuckte spürbar zusammen, als befürchte er, dass die einzige Oase der Ordnung in diesem Raum sich gleich dem allgegenwärtigen Durcheinander anschließen könnte. Kein Buch fiel um, was Schlegel aber nicht weiter zu beruhigen schien. Überrascht zog Malthaner die Augenbrauen nach oben. Überrascht vom Gewicht und überrascht davon, dass der Elefant keine Schnitzerei war, wie er erst vermutet hatte. Die Bücherstützen bestanden aus massivem Metall, lediglich der Anstrich sollte ihnen Holzcharakter verleihen. Eine optische Täuschung, die zugegebenermaßen gut funktionierte, bis man die Tierfiguren aus nächster Nähe in Augenschein nahm. Die Bücherstütze wog bestimmt mehrere Kilogramm. Mit einem seltsamen Blick schaute Schlegel auf die Tierfigur in Malthaners Hand, so als wolle er etwas sagen, fände aber keine Worte. Der Elefant ruhte auf einem massiven Metallboden, der ein Buch darstellte. Eine kleine Alarmklingel in den hinteren Gefilden von Malthaners Gehirn wollte sich bemerkbar machen. Doch noch bevor sie anschlagen konnte, stellte Malthaner den Elefanten wieder hin – so vorsichtig, wie er ihn vom Regal genommen hatte. Schlegel beäugte ihn weiter misstrauisch, redete Malthaner sich ein, der sich vom Bücherregal ab- und der Unordnung im Büro zuwandte. Mehrere Computerbildschirme, Tastaturen und Rechner standen mitten im Raum auf dem Boden. »Hat ein Einbrecher dieses Büro durchwühlt?«, wollte Malthaner wissen. »Nee, nur die Polizei«, meinte Schlegel, auf dessen Stirn Schweiß glänzte, und zupfte an seinem Bart. »So sieht es hier eigentlich immer aus.« Er schaute sich um. »Stimmt nicht. Normalerweise ist nicht so penibel aufgeräumt.« Er grinste leicht, als Malthaner einen prüfenden Blick zu ihm sandte. »Das nennt man dann wohl kreatives

Chaos«, sagte der Journalist und schüttelte sich unmerklich. »Wie kann ein Mensch es hier nur aushalten?«

»Sie kennen doch Reinhard. Er braucht so ein Umfeld, um zur Höchstform aufzulaufen. Selbst die Reinigungskräfte sind von ihm angehalten, einen Bogen um sein Büro zu machen, um ja nichts durcheinander zu bringen.« Durcheinander zu bringen? Malthaner kratzte sich den linken Handrücken. Reinhard, das schlampige Genie, dachte er einmal mehr und versuchte, die Eindrücke auf sich wirken zu lassen. Sie wirkten tief. Vorsichtig war er bemüht, sich in dem Raum zu bewegen, ohne auf Gegenstände zu treten. Langsam arbeitete er sich an den Schreibtisch heran. Er nahm willkürlich einige der Papiere zur Hand, die überall verstreut herumlagen. Was er darauf lesen konnte, sagte ihm nichts. Kyrillische Schriftzeichen konnten nicht verwirrender sein als dieses Fachchinesisch.

»Was heißt das in meiner Sprache?«, wandte er sich an Schlegel und hielt ihm ein Din-A4-Blatt unter die Nase. Der blickte kurz drauf und wandte sich dann desinteressiert ab. »Das ist ein Entwurf für eine vereinfachte Erklärung eines kleinen Grafikprogrammes, das Reinhard zum Spaß entwickelt hat. Eine Spielerei, mehr nicht.« Schlegel schien sich wieder im Griff zu haben, hatte das fahrige Gehabe der vergangenen Minuten wieder vollständig abgelegt. Ein Schiffspassagier, der nach schwankenden Planken wieder festen Boden unter den Füßen hatte.

»Spielerei. Aha.« Mehr fiel Malthaner dazu nicht ein. Im Büro seines verschwundenen Freundes fühlte er sich unwohl, was nicht in erster Linie daran lag, dass es sich um einen Saustall handelte. Ihm war, als würde er Reinhard hintergehen. Reinhard, der in diesem Moment noch immer im Knast saß. Trotzdem zog er die oberste Schublade des Schreibtisches auf. Unordnung pur. Obenauf ein Teppich aus wild verstreuten Visitenkarten, darunter Berge von Disketten und CD-Roms. Ein ähnliches Bild bot sich in den anderen Schubladen.

Der Zustand des Büros löste in Malthaner Ratlosigkeit gepaart mit mildem Entsetzen aus.

»Sind die Bürotüren nie abgeschlossen?«, fragte er.

»Nie«, bestätigte Schlegel, schränkte aber gleich ein: »Außer der Türe von Ellwanger. Er hat gerne Geheimniskrämerei betrieben.«

»Danke für das Stichwort. Wenn sein Büro nicht abgeschlossen ist, sollten wir uns darin umsehen.«

»Es ist nicht abgeschlossen. Nicht mehr, seit er tot ist«, sagte Schlegel, der Mann mit der Mütze. Er zog die Türe von Reinhards Kreativwerkstatt hinter ihnen zu und öffnete die gegenüberliegende. Was für ein Unterschied! Das Büro von Ellwanger wirkte auf den ersten Blick geradezu aseptisch. Strenge Ordnung überall. Wandschränke, die Exklusivität atmeten. Der Schreibtisch wirkte extrem teuer und extrem aufgeräumt. Die Möbel von Ellwanger waren so komplett anders als alle anderen, die Malthaner bisher hier gesehen hatte. Der Raum hatte die gleiche Größe und den gleichen Zuschnitt wie der von Reinhard. Hier hätten aber getrost zwei Fußballmannschaften gegeneinander antreten können, während man bei Reinhard auf Schritt und Tritt über irgendetwas stolperte. Ein zugeklapptes Notebook auf Ellwangers Schreibtisch schien nur darauf zu warten, in Betrieb genommen zu werden. In einem kleinen Gitterkorb lagen einige Papiere. Sonst nichts. So musste das Musterbüro in einem Möbelhaus aussehen, in dem die Dekoration vergessen worden war. Das einzige, was sich von dieser teuren Trostlosigkeit abhob, war eine schön gewachsene große Yukka-Palme, die in einer Ecke stand, so weit wie nur möglich vom Arbeitsplatz des Henry Ellwanger entfernt. Malthaner konnte sich nicht entscheiden, welcher der beiden Büroräume ihm abstoßender vorkam: Dieser keimfreie, der nicht vermuten ließ, dass sich jemals ein Mensch freiwillig hier aufgehalten hatte, oder die Rumpelkammer von Reinhard.

Malthaner schaute Schlegel an. »Hat hier jemand aufgeräumt, nachdem die Polizei da war?«

»Nicht, dass ich wüsste.«

»Das heißt, hier sieht es immer so aus?«

»Ja. Wie geschleckt. Ellwanger legte Wert auf Ordnung.« Mit einer schnellen Bewegung seiner linken Hand streifte Schlegel endlich seine karierte Mütze ab und warf sie schwungvoll auf den Schreibtisch. Da lag sie und störte den Gesamteindruck erheblich.

Mit hochgezogenen Augenbrauen schaute Malthaner auf den gewaltigen Wandschrank. Jetzt erst bemerkte er, wie abgestanden die Luft hier drinnen war.

»Darf ich?«, fragte er, ohne Schlegel den Kopf zuzudrehen. Schon zog er eine Schublade auf, ohne eine Antwort abzuwarten. Nicht dass Schlegel den Eindruck machte, er würde sich daran stören. Nein, er blickte Malthaner mit unverborgenem Interesse über die Schulter. Etwas, das Malthaner interessant finden konnte, gab es nicht in dieser Schublade und auch nicht in einer der anderen, die er aufzog. Papier, Papier, Papier, dazwischen CD-Roms, die in einer Art Klarsichthüllen in Hängeregistern gesammelt waren. Malthaner ging zum Schreibtisch, wo er vergebens versuchte, eine Schublade zu öffnen. Sie war abgeschlossen. Das kam in diesem Haus nicht oft vor. Schlegel blickte ihn an und brummte dann: »Da sind Unterlagen über das Personal drin. Bewerbungen, Lebensläufe, Beurteilungen.«

»Sie sind gut informiert!«

»Wenn man jahrelang in einer Firma arbeitet, weiß man so dies und das.« Wieder strich er sich über den Bart. Ganz kurz fühlte sich Malthaner irritiert, doch dieser Gedanke entschwand so schnell wie er gekommen war.

Es war inzwischen egal. Ohne große Scheu zog er an den Schubladen und blickte von oben herab hinein. Was er darin fand war das Übliche, was man eben so in einem Schreibtisch aufbewahrt. Als er sich gerade wieder von dem gewaltigen Möbelstück abwenden wollte, fiel ihm etwas auf. Auf dem Boden, dem Teppichboden. Da lag ein Fremdkörper. Mechanisch bückt sich Malthaner danach und hob den Gegenstand auf – getrieben eher von Ordnungssinn als von Neugierde. Was er da in der Hand hielt, war ein Negativstreifen. Ein guter alter Negativstreifen, wie man ihn in Zeiten der digitalen Fotografie immer seltener zu sehen bekam, zumindest in einer Zeitungsredaktion. Ohne darüber nachzudenken, hob Malthaner den Streifen gegen das Deckenlicht und schaute ihn an. Sechs Negative. Er hielt sie näher an sein Auge. Malthaner schluckte trocken.

Auf den Bildern war Reinhard gemeinsam mit einer blondmähnigen Frau in sehr vertrauter Zweisamkeit zu sehen. Erkenntnis machte sich bei Malthaner breit. Zwar hatte er Claudia Ellwanger nur einmal für ein paar Sekunden zu Gesicht bekommen, doch die Frau war so beeindruckend, dass diese Sekunden genügt hatten. Es gab nicht den Hauch eins Zweifels, Reinhard turtelte ganz eindeutig innig mit Claudia Ellwanger.

Die Aufnahmen waren grobkörnig. Sie schienen mit einem Teleobjektiv aus einiger Entfernung aufgenommen worden zu sein. Das war selbst auf den Negativen zu erkennen.

Deshalb hatte die Polizei sich also auf Reinhard als Täter eingeschossen. Wenn die Ermittler von diesem Verhältnis-oder-was-auch-immer wussten, dann war nachvollziehbar, dass sie Reinhard für den Hauptverdächtigen halten mussten. Nicht nur, dass der heftig mit seinem Partner gestritten und sich anschließend Hals über Kopf aus dem Staub gemacht hat. Nein, schlimmer noch, er hatte auch noch was mit Ellwangers Frau. Das Soll auf Reinhards Verdachtskonto überwog zunehmend das Haben.

Malthaners Hand mit dem Negativstreifen zitterte leicht. Schlegel hatte sich an ihn herangepirscht und wollte ebenfalls einen Blick auf die Negative erhaschen. Schnell nahm Malthaner die Hand herunter.

»Und?« Schlegel fragte leise. Seine sonst so feste Stimme klang brüchig. Jeder Versuch, die Negative einzustecken, hätte Schlegels Widerspruch herausfordern müssen. Malthaner fiel einfach keine zufriedenstellende Antwort ein. »Private Fotos«, entgegnete er.

»Wie privat?«, wollte Schlegel wissen und wirkte plötzlich wie eine lauernde Klapperschlange, die das Kaninchen schon fest im Visier hat.

»Sehr privat. Sehr.« Zum Teufel, dachte sich Malthaner und versuchte es einfach. Als sei es selbstverständlich, schob er den Negativstreifen in die Jackentasche. Schlegels rechte Hand schoss vor und umfasste sein Armgelenk fest. Schlegel, der freundliche Dicke, hatte plötzlich eine extrem fiese Visage aufgesetzt. »So nicht«, zischte er und brachte sein Gesicht ganz nahe an das von Malthaner. »Schließlich habe ich sie hierher gebracht. Sie können nicht einfach diese Negative mitnehmen, ohne mir zu sagen, was darauf zu sehen ist.« Schlegel schien ein zweites Gesicht zu haben. Nichts war mehr übrig von dem kumpelhaften Typ mit Übergewicht, den der SoftData-Mitarbeiter bisher verkörpert hatte. Die Adrenalinmaschine in Malthaners Innerem hatte einen Gang raufgeschaltet und arbeitete mit hoher Drehzahl. »Es sind private Fotos, die gehen niemanden was an«, entgegnete er mit ruhiger Stimme. »Und jetzt lassen sie bitte meinen Arm los.«

Schlegel löste seinen Griff. »Aber sie, sie gehen diese Fotos was an, ja?«, rief er erregt. Eine Logik, der sich

Malthaner nicht ganz verschließen konnte. Aus Schlegels Sicht musste sein Verhalten durchaus seltsam wirken. »Hören sie ...«, setzte Malthaner an, kam aber nicht weit. Sein Gegenüber hob die Hände mit den Handflächen nach vorne und schüttelte seinen Kopf, wobei die endlich von der Mütze befreiten zotteligen Haare eine gewisse Eigendynamik entfalteten. Schlegel brummte etwas, das wie »Entschuldigung« klang.

»Was?«

»Entschuldigung.« Diesmal lauter und deutlicher. »Da habe ich ein wenig überreagiert. Liegt halt so in meiner Art. Ich gehe schnell oben raus, ich bin Hypertoniker. Das ist ...« Malthaner unterbrach ihn: »Bluthochdruckler, ich weiß. Auch ich kenne ein oder zwei Fremdworte.« Beide grinsten sich an. Als wäre nichts gewesen, markierte Schlegel wieder den Leutseligen. »Tut mir leid, echt.«

»Schon in Ordnung«, winkte Malthaner ab, der sich unbewusst das Handgelenk rieb, das Schlegel kurz zuvor gequetscht hatte. Der Programmierer räusperte sich und blickte betreten zu Boden. »Ich kann mir denken, was auf den Negativen zu sehen ist.« Noch während Malthaner nach den passenden Worten suchte, redete Schlegel weiter. »Vermutlich zeigen sie Reinhard gemeinsam mit Claudia Ellwanger. Stimmt's?«

Malthaner war baff. »Das müssen sie mir erklären.«

»Also habe ich Recht.« Schlegel schien verlegen. Um Zeit zu gewinnen, während der er sich die richtigen Worte zurechtlegen konnte, fischte er sein Käppi vom Schreibtisch und setzte es wieder auf. Erneut räusperte er sich. »Ich weiß seit kurzem, dass Reinhard was mit Ellwangers Frau hat. Fragen sie mich nicht, wie die beiden auf so eine Wahnsinnsidee kommen konnten ...«

»Wo die Liebe hinfällt.«

»... auf jeden Fall ist auch Ellwanger selbst dahinter gekommen. Es hat ihn massiv wütend gemacht. Für sich selbst hat er immer das Recht in Anspruch genommen, in fremden Gefilden zu wildern. Dass seine Frau das gleiche gemacht hat, schien ihn dann doch mehr zu treffen, als man glauben möchte. Und dann ausgerechnet mit Reinhard.« Als wolle er es selbst kaum glauben, schüttelte Schlegel den Kopf. »Er hat einen Privatdetektiv engagiert, der seiner Frau nachspüren sollte.«

»Dieser Detektiv hat also die Bilder gemacht. Ich wusste gar nicht, dass es in Albstadt Detektive gibt.«

»Der Mann stammt aus Tübingen, wo er auch ein Büro hat.«

»Ich nehme nicht an, dass Ellwanger ihnen das aufs Butterbrot geschmiert hat. Woher sind sie so gut informiert?«

»Wie sie aus ihrer beruflichen Erfahrung wissen dürften, muss man nur Augen und Ohren offen halten. Schon erfährt man viel mehr über seine Mitmenschen als man eigentlich wissen möchte. Außerdem ...«, wieder blickte er in einer Geste pubertärer Verlegenheit zu Boden, »... war ich nicht ganz passiv. Ich habe, wenn sie es so ausdrücken wollen, ein bisschen herumgeschnüffelt. Wie ich ihnen schon sagte, hatte Ellwanger mich erheblich auf dem Kieker. Ich dachte, da schadet es nicht, wenn ich vielleicht das eine oder andere weiß, was ich im Fall eines Falles anwenden kann.« Wirklich, dachte sich Malthaner, dieser Schlegel hatte zwei Gesichter.

Schlegel erzählte gerade so, als wäre er froh, sein Wissen mit jemandem zu teilen. »Reinhard und Frau Ellwanger haben sich im übrigen nicht gerade geschickt angestellt, um ihre Beziehung zu vertuschen. Wer auch nur mit leicht geöffneten Augen durch die Welt geht, konnte etwas ahnen. Dass Ellwanger darauf kam, war wirklich nur eine Frage der Zeit. Ich habe ihnen doch von dem eskalierenden Streit erzählt, den Reinhard und Ellwanger am Donnerstag hatten, kurz bevor Reinhard verschwunden ist.«

Malthaner drängte. »Ja, und ...?«

»Ich habe ihnen nicht alles erzählt. Schließlich kannten wir beide uns da noch nicht mal eine halbe Stunde. Bei der Auseinandersetzung ging es nicht nur um den möglichen Börsengang der SoftData. Ellwanger konfrontierte Reinhard damit, dass er alles über dessen Beziehung zu seiner Frau wusste. Es war ein hässliches Gespräch, glauben sie mir. Beide sind völlig ausgerastet.«

Ausgerastet. In Malthaners Magen rumpelte es. Angenommen, Reinhard wäre in dieser emotionalen Ausnahmesituation wirklich nicht mehr er selbst gewesen. Hätte er da nicht zum Mörder werden können? Sind wir nicht alle Marionetten der Umstände, fragte er sich. Wäre nicht jeder in einer extremen Ausnahmesituation zu einem Mord fähig?

Diese Gedanken behielt er für sich. Stattdessen sagte er: »Dass die Polizei diesen Negativstreifen nicht gefunden hat, kann ich mir kaum vorstellen.«

Ächzend bückte sich Schlegel unter den Schreibtisch, dort wo die Negative gelegen hatten. »Das ist in der Tat komisch.« Seine Knie hatten jetzt die ganze Last des massigen Körpers zu tragen. Schlegel streckte seinen dicken Hintern in die Luft. Das war kein schöner Anblick. Suchend tastete er die unteren Regionen des Schreibtisches ab. »Da«, hörte Malthaner die gedämpfte Stimme unter dem Schreibtisch. Er gesellte sich zu Schlegel. Der drückte seinen fleischigen Zeigefinger auf einen kaum wahrnehmbaren Spalt an einer Stelle des Unterschrankes, an der zwei Platten rechtwinklig zueinander verschraubt waren. Malthaner zog den Negativstreifen aus der Jackentasche und klemmte ihn in den Spalt. Passte. Rein theoretisch hätten die Negative tatsächlich dort herausgefallen sein können. Überzeugend schien das aber nicht. Wenn die Negative im Schreibtisch aufbewahrt worden wären, hätte die Polizei sie gefunden. Beide krochen wieder unter dem Tisch hervor. Schlegel keuchte. Mit dem Kopf stieß er von unten an die Tischplatte, wodurch ihm seine Mütze über die Augen rutschte. Er fluchte.

»Jetzt zeige ich ihnen unseren Systemraum, das Operation Centre, sozusagen das Herz der Firma«, brummte er, während er sich den Kopf rieb. Doch Malthaner hatte genug. »Mir reicht's«, erwiderte er. Früher am Abend, beim Italiener, hatte er sich unwohl gefühlt. Jetzt kam er sich vollkommen fehl am Platz vor. Wem wollte er was beweisen? Schnüffelte in Reinhards Unterlagen herum. Angesichts der Umstände kam ihm das wie die Vorstufe zur Leichenfledderei vor.

Schlegel schien fast beleidigt zu sein, nachdem Malthaner sein definitives Desinteresse am Systemraum bekundet hatte. »Ich glaube, ich sollte jetzt nach Hause fahren«, sagte Malthaner. Schlegel zuckte mit den Schultern, gab aber nach.

Keiner von beiden sprach auf dem Weg zu den Autos. Erst als sie die Wagen erreicht hatten, wollte Uwe Schlegel wissen: »Und? Haben sie etwas entdeckt, was wir für Reinhard in die Waagschale werfen könnten?«

»Nein. Eher im Gegenteil.«

»Die Negative, mh?«

»Ja. Die werden die Polizei nicht unbedingt mehr für Reinhard einnehmen als bisher.«

»Und sie selbst? Zweifeln sie jetzt an Reinhards Unschuld?«

»Ich weiß nicht, was ich dazu sagen soll«, antwortete Malthaner. Es war die Wahrheit. Nichts als die Wahrheit. Vielleicht war Reinhard doch kein so guter Freund, wie er immer vermutet hatte. Von seiner Beziehung zu Ellwangers Frau hatte Reinhard nie auch nur ein Sterbenswörtchen angedeutet.

Kapitel IX

Brigitte war schon im Bett, als er zurückkam.

Sie machte nicht unbedingt den Eindruck, als würde sie demnächst vor Neugierde platzen. Dafür konnte er seinen Mitteilungsdrang kaum zügeln. Mit der Nachricht, dass Reinhard ein Verhältnis mit Claudia Ellwanger hat, gewann er schlagartig Brigittes volle Aufmerksamkeit. Sie ließ ihn erzählen, und aus ihm sprudelte es nur so heraus. Er begann mit der Schilderung, wie Schlegel geräuschlos die Türe aufgeschlossen hatte, wie er ihn in den Blauen Salon geführt hatte. Er beschrieb den Fleck auf dem Teppich direkt vor Schlegels Schreibtisch, erklärte bildhaft das Durcheinander in Reinhards Büro, ließ dabei nichts aus, angefangen von den leeren Fast-Food-Verpackungen über den Spielzeug-Porsche bis hin zu dem Bücherregal mit den exzentrischen Elefanten-Bücherstützen; er schilderte die kalte Atmosphäre in Ellwangers Büro, den Fund der Negative und Schlegels Behauptung, jeder SoftData-Mitarbeiter habe von dem Verhältnis gewusst. Nicht ein einziges Mal unterbrach Brigitte seinen Redefluss, ihre Augen bohrten sich in seine. Aufmerksam hörte sie zu. Er konnte geradezu spüren, wie sie sich geistige Notizen machte. Nachdem er geendet hatte, meinte sie: »Du scheinst heute ein anderes Bild von diesem Schlegel bekommen zu haben.« An ihr vorbei ins Leere schauend, sagte er: »Mag sein. Erst war er unglaublich zuvorkommend, dann plötzlich sehr aggressiv, und schließlich wieder so jovial wie ich ihn bis dahin kannte.«

»Scheint ein komischer Kauz zu sein.«

»In gewisser Weise.« Er sah Schlegel vor sich, wie er sich immer wieder in dieser seltsam anmutenden Geste über den Bart strich. Etwas daran war ihm eigenartig vorgekommen, ohne dass er sagen konnte, was. Brigitte schnaufte tief durch. »Egal. Aber mal ehrlich: du hast nicht im Ernst erwarten dürfen, dass du in der Firma auf etwas stoßen würdest, das Reinhards Unschuld beweist. Da ist mal wieder deine Schnüfflerleidenschaft mit dir durchgegangen. Ich frage mich nur, warum dieser Schlegel dir unbedingt die Firmenräume zeigen wollte.« Mit ihrem letzten Satz hatte Brigitte etwas ausgesprochen, was ihn selbst beschäftigte. Eine Art Zweifel, woran auch immer. »Du darfst nicht vergessen, dass die Idee ursprünglich von mir stammte. Er hat sie lediglich aufgegriffen. Wohlgemerkt, nachdem er ihr zunächst ablehnend gegenüber gestanden hatte.«

»Seltsam finde ich das schon«, schürte Brigitte die Zweifel weiter. Sie tat das nicht ohne Absicht, wie er sie einschätzte. »Noch etwas will mir nicht in den Kopf«, fuhr sie fort, »nämlich, dass ihr diese Negative findet. Die Polizei hat sich nach dem Mord doch bestimmt sehr intensiv in Ellwangers Büro umgesehen.«

Er nickte. »Genau der Gedanke ist mir in dem Moment gekommen, als ich diese Negative vom Boden aufgehoben habe. Allerdings mache ich mir auch keine Illusionen über unsere Polizei. Dort arbeiten nicht weniger Schnarchzapfen als in jedem anderen Bereich auch. Vielleicht hatte der Beamte, der das Büro in Augenschein nahm, keine Lust oder einfach nur einen miesen Tag. Superbullen gibt es nur im Fernsehen.«

Brigitte lachte. »Lass das ja nicht deinen Freund Rudi hören.«

In dieser Nacht schlief Malthaner schlecht. Erst lag er wach, dämmerte dann irgendwann doch weg, nur um kurz darauf wieder aufzuwachen. Den Großteil der Nacht verbrachte er in einem diffusen Zustand des Halbschlafs. Traumfetzen waberten durch seinen Verstand. Ein riesenhafter Schlegel grinste ihn von oben herab an und donnerte ihm mit einer Pranke auf die Schulter. Reinhard tauchte in seinen wirren Träumen auf und zeigte mit der rechten Hand auf Schlegel. Eine Leiche ohne Kopf, trotzdem eindeutig als Ellwanger zu erkennen, lag auf der Erde im Sand. Sand überall. Wüste. Um ihn herum standen viele Computer-Bildschirme. Computer mitten in der Wüste. Dazu ein schwarzer Elefant. Schlegel lachte dröhnend, sein extrem rotes Gesicht wurde größer und größer, wie ein Luftballon, der von einem Kind aufgeblasen wird. Der Ballon platzte, das Schlegel-Gesicht wurde zur breiigen Masse. Der Elefant trompetete so laut, dass Malthaner aufwachte. Sein Herz raste, die Haare klebten ihm verschwitzt an der Stirn. Schwer atmend versuchte er, sich zu beruhigen.

Von alledem bekam Brigitte nichts mit, wie ihre gleichmäßigen Atemzüge vermuten ließen. Sie hatte keine Probleme mit dem Schlaf. Noch in keiner einzigen Nacht, seit sie sich kannten. Brigitte gehörte zu der Sorte Mensch, die sich abends ins Bett legen, einmal umdrehen und dann schlummern, bis der Wecker sie morgens aus den Träumen reißt.

Ungläubig versuchte Malthaner, die Reste seiner wirren Traumepisoden zu fassen. Der tote Ellwanger. Ein übermächtiger Schlegel. Computer. Ein Elefant. Der Elefant!

Malthaner katapultierte die Bettdecke von sich und war mit einem Satz aus dem Bett. Der Elefant mit dem massiven Metallboden! Die überraschend schwere Bücherstütze! Ein perfekter Gegenstand, um jemandem den Schädel einzuschlagen!

Die Polizei hatte immer noch nichts zur Waffe gesagt, mit der der Täter Ellwangers Lebenslicht ausgelöscht hatte. Ein stumpfer Gegenstand – so lautete die Formulierung. Vielleicht hatten die Ermittler ja überhaupt keine Ahnung, um was für einen Gegenstand es sich handelte. Malthaner spurtete ins Wohnzimmer und fummelte seinen Notizblock aus der Schrankschublade. Er notierte sich Stichworte, so als hätte er Angst, am Morgen könnten alle seine Gedanken auf Nimmerwiedersehen verschwunden sein. Er musste unbedingt bei der Polizei nachhaken, was es mit der Tatwaffe auf sich hatte. Das war eine der zentralen Fragen. Diesmal würde er sich nicht mit Nullachtfuffzehn-Aussagen abwimmeln lassen.

Der Blick auf die Wohnzimmeruhr offenbarte, dass es 20 Minuten vor drei war. So aufgekratzt wie er war, konnte Malthaner die Nachtruhe getrost vergessen. Er gönnte sich einen Whiskey. Der Aberlour rann brennend die Kehle hinunter und bereitete ihm ein angenehmes Gefühl im Magen. Langsam beruhigte sich Malthaners Puls. Der Single Malt grinste ihn bernsteinfarben aus dem Glas an und der Journalist nahm noch einen tiefen Schluck. Ein Glas Whiskey konnte nächtliches Nachdenken erleichtern oder es unmöglich machen. Malthaner hielt das Glas in der Hand und starrte es an. Schlegel hatte sich am Abend zuvor phasenweise sehr seltsam benommen. Dass Malthaners Unterbewusstsein einen Zusammenhang zwischen Reinhards Mitarbeiter, dem Metallelefanten und dem Mord konstruiert hatte, war annähernd abenteuerlich. Aber jemand, der seit mehr als anderthalb Jahrzehnten als Journalist dem Leben auf der Spur war, wusste, dass die Realität die absonderlichsten Ereignisse und Verhaltensweisen hervorbrachte. Und er wusste, dass man hin und wieder gedanklich einen Schritt zu weit gehen musste, um der Wahrheit auf den Grund zu kommen. Sich keine geistigen Fesseln anlegen. Alle Gedanken zulassen. Das Prinzip eines Brainstorming.

Als Malthaner die schwere Bücherstütze vom Regal genommen hatte, war Schlegel das höchst unangenehm gewesen, so viel war sicher. Gestern Abend hatte Malthaner dem keine Bedeutung beigemessen. Während er aber jetzt darüber nachdachte, da schien ihm Schlegels Benehmen in jenem Moment mehr als komisch. Zusammengezuckt war er, als hätte er einen elektrischen Schlag erhalten. Und noch etwas an Schlegels Verhalten hatte Malthaner irritiert, ohne dass er sagen konnte, was. Schon mehrfach hatte er dieses eigenartig abstrakte Gefühl gespürt, das nicht greifbar war.

Mit einem letzten kräftigen Schluck machte er dem Aberlour den Garaus. Dabei schloss er die Augen. Mit seinen Gedanken rückte er Schlegel mehr und mehr in die Nähe eines bösen Verdachts, das war ihm klar. Dabei benahm sich der massige Kerl von wenigen Minuten abgesehen überaus freundlich ihm gegenüber. Zugänglich, offen, redselig.

Noch einmal ließ Malthaner seinen leicht bizarren Besuch in Reinhards Unternehmen Revue passieren, konnte sich aber auf alles, was er gesehen und erlebt hatte, keinen Reim machen. Auch das nächste Glas Single Malt brachte ihn nicht weiter.

Nach dem dritten Whiskey legte er sich wieder ins Bett. Der Alkohol entfaltete seine barmherzige Wirkung und ließ ihn einschlafen. Den Rest der Nacht überstand er ohne schlechte Träume.

Brigitte stand gegen halb acht auf. Er ließ ihr eine halbe Stunde Vorsprung, bevor auch er sich aus dem Bett schälte.

Noch bevor er unter die Dusche ging, fischte er das Albblatt aus dem Briefkasten und blätterte es durch. Der Lokalteil brachte nichts Aufregendes. Kein Wort über den Fall Ellwanger. Die Wogen, die der Mord schlug, glätteten sich mit jedem weiteren Tag ein wenig mehr. Das Leben ging weiter. Für alle außer Ellwanger selbst.

Dynamisch wie an jedem Morgen rauschte Brigitte gegen halb neun aus dem Haus. Malthaner wartete, bis sie weg war, dann rief er Theo Reiher an. Der Pressesprecher der Polizeidirektion schien wenig erbaut über seinen Anruf. »Malthaner am Apparat, das bedeutet Ärger«, stieß er in einem Ton aus, der klang, als würde er die Worte genauso meinen wie er sie sagte.

»Diesen Ärger kann ich ihnen nicht ersparen«, blaffte Malthaner zurück. Der frühe Morgen – und halb neun war eindeutig sehr früh für seine Begriffe – war nun mal nicht seine bevorzugte Tageszeit. »Es geht natürlich um Ellwanger«, stellte Reiher fest.

»Darauf können sie Gift nehmen«, gab Malthaner zurück, der sofort zur Sache kam. »Erzählen sie mir etwas über die Tatwaffe, Herr Reiher.«

»Diese Frage hatten wir doch schon.«

»Genau. Aber keine Antwort. Deshalb frage ich sie heute wieder: Womit wurde Ellwanger aus dieser Welt befördert?«

»Trotz ihrer sehr blumigen Ausdrucksweise kann ich ihnen dazu heute nicht mehr sagen als gestern ...«

»... und als vorgestern und vorvorgestern und am Tag davor ...« , unterbrach Malthaner ihn unwirscher als er eigentlich wollte. Dass er sauer war, sollte der Pressesprecher ruhig spüren. »Sie machen sich doch lächerlich mit dieser Hinhaltetaktik.«

»Meinen sie mich persönlich oder eher meine Vorgesetzten oder die Polizei ganz allgemein?«

»Hören sie, Reiher. Sie wissen, dass ich sie durchaus schätze. Aber lassen sie bitte diese Spielchen. Sagen sie mir endlich etwas über den Gegenstand, mit dem Ellwanger erschlagen wurde. Das ist demnächst eine Woche her. Die Medien haben ein Recht ...«

Jetzt war es Reiher, der ihn unterbrach. »... Dann lassen sie bitte auch die Spielchen, Malthaner. Was das Medieninteresse angeht, da muss ich ihnen sagen, dass es spürbar abgeebbt ist. Kein einziges Kamerateam hat uns in den letzten Tagen belästigt. Die haben ihre Story gehabt. Das Albblatt macht jeden Abend den Routineanruf und der Berufsnachwuchs von den Lokalsendern ist auch nicht mehr mit großem Ehrgeiz hinter der Sache her.«

»Aber ich bin hinter der Sache her. Wenn sie mir nicht ein bisschen was geben, muss ich mir vielleicht öffentlich ein paar Gedanken über die Effektivität der hiesigen Polizeidirektion machen. Dass ihr Leitender Polizeidirektor auf solche landesweite Publicity scharf ist, kann ich mir kaum vorstellen.«

Falls sich Reiher ärgern sollte, ließ er sich das nicht anmerken. Er war eben doch ein Profi. »Wenn ich das Wort Erpressung für ihr Verhalten benutze, wird sie das wohl kaum beeindrucken.«

»Stimmt. Sollten sie mir ein paar brauchbare Informationen über die Tatwaffe stecken, muss das ja nicht zwangsläufig am nächsten Tag in der Zeitung stehen«, gab Malthaner ein Friedensangebot ab, mit dem er gut leben konnte.

Reiher schien zu überlegen. »Können sie mir das fest zusagen?«

»Ja. Allerdings nur, wenn die Sache unter uns bleibt und die lieben Journalistenkollegen nichts von ihnen erfahren.«

»Das liegt nicht in meiner Befugnis. Wenn der Leitende erfährt, dass ich ihnen etwas gesagt habe, wird er mir die Hölle heiß machen. Vielleicht fühlt er sich dann berufen, die Informationen an alle Medien weiterzugeben.«

»Sie müssen ihm ja nicht unbedingt mitteilen, dass sie mir etwas gesagt haben.«

»Ich stehe kurz vor dem Ruhestand. Ich will mir doch nicht durch so eine blöde Sache noch Schwierigkeiten aufhalsen.«

Malthaner versuchte, sich verschwörerisch zu geben. »Von mir wird er nichts erfahren.«

»Angenommen, ich sage ihnen etwas über die Tatwaffe. Was würden sie mit der Information anfangen, wenn sie sie nicht veröffentlichen?« Reihers Stimme hatte einen lauernden Unterton angenommen.

»Es ist immer gut, mehr zu wissen, als man schreibt, das weiß ein alter Fuchs wie sie doch nur zu gut.«

»Mit der Nummer kommen sie bei mir nicht weiter, Malthaner. Wenn ich mich dazu entschließen sollte, ihnen etwas über die Waffe zu sagen und damit – nebenbei bemerkt – ein ziemlich großes Risiko auf mich lade, dann auch ohne diese nicht ehrlich gemeinte Schmeichelei.«

Hatte er Reiher so weit? »Ich wollte ihnen nicht schmeicheln, sondern nur meine Hochachtung ausdrücken.« Malthaners Stimme triefte, Reiher lachte auf. »Passen sie auf, sonst rutschen sie noch auf ihrer eigenen Schleimspur aus. Ich sage ihnen das bisschen, was ich über die Waffe weiß, und das ist nicht viel.« Na also!

»Ich sage es ihnen nur, damit ich meine Ruhe vor ihnen habe«, fuhr er fort und schien dabei noch immer ins Telefon zu lachen.

»Sehen sie es so: sie erweisen der Polizeidirektion, in deren Lohn und Brot sie stehen, einen großen Gefallen. Niemand wird in der Landeszeitung Böses über ihren Leitenden schreiben.«

Reiher lachte jetzt noch einmal ganz offen, wurde aber schnell wieder ernst. »Die simple Wahrheit ist die, dass wir nicht mit einer Tatwaffe dienen können. Wir haben sie nicht. Der Täter war offenbar gerissen genug, diese Waffe wieder mitzunehmen. Was – auch das nur nebenbei bemerkt – nicht für eine Tat im Affekt spricht.«

»Aus ihren Worten schließe ich, dass sie bei der Durchsuchung von Herrn Mössners Gepäck und Haus definitiv keine Tatwaffe gefunden haben.«

»Das würde ich ihnen nie bestätigen«, antwortete Theo Reiher, »ich bewundere aber ihre Kombinationsgabe und die Fähigkeit, die richtigen Schlüsse zu ziehen.«

Fein formuliert, dachte sich Malthaner und sagte ein aufrichtiges »Danke«. Theo Reiher hatte es mit seinem Leitenden Polizeidirektor sicher nicht einfach. Malthaners Eindruck, dass Reiher seinen Vorgesetzten nicht besonders gut leiden konnte, schien sich zu bestätigen. Malthaner hatte in den vergangenen Tagen angezweifelt, ob er tatsächlich einen so guten Draht zu dem Pressesprecher hatte, wie er sich gerne einredete. Die letzten Minuten sprachen eindeutig dafür, trotz des vorausgehenden Wortscharmützels. Sie beide kamen miteinander klar. Diese unsichtbaren Schwingungen galt es auszunutzen.

»Wie lange wollen sie Reinhard Mössner eigentlich noch festhalten?«

»Wenn sie eine persönliche Einschätzung von mir hören wollen: Sein Anwalt wird ihn innerhalb der nächsten drei oder vier Tage raus haben, wenn sich der Verdacht nicht erhärten lässt. Aber das habe ich ihnen natürlich nicht gesagt.«

»Ich habe nichts gehört. Was wissen ihre Kollegen und der Gerichtsmediziner denn sonst noch so über den eigentlichen Tathergang?«, versuchte Malthaner es weiter.

»Warum fühle ich mich nur so ausgenutzt?«, seufzte Reiher. »Viel gibt es da nicht zu sagen. Nur, dass der Täter Rechtshänder ist. Das geht eindeutig aus der Art und Weise hervor, wie der Schlag ausgeführt worden ist. Meines Wissens sind über 90 Prozent der Bevölkerung Rechtshänder.« Er holte Luft. »Reinhard Mössner ist übrigens Rechtshänder.«

Der Täter war Rechtshänder. Noch keine Sekunde hatte Malthaner darüber nachgedacht, danach zu fragen. Das war schlampige Journalistenarbeit. Keiner der Kollegen hatte sich bei der Pressekonferenz die Mühe gemacht, sich nach diesem Detail zu erkundigen. Was waren sie allesamt nur für lausige Rechercheure.

Noch während er daran dachte, durchzuckte ihn ein Gedanke. Das war es, was ihn an Schlegel irritiert hatte! Immer wieder.

Malthaners Herz machte einen Satz und galoppierte schneller.

Die Bilder standen ihm überdeutlich vor Augen: Schlegel, der sich mehrfach über den Bart gestrichen hatte. Schon bei ihrer ersten Begegnung auf dem *badkap*-Parkplatz, und dann gestern bei der nächtlichen Aktion bei SoftData. Wie eingeübt hatte die Geste auf Malthaner gewirkt. Schlegel, der ihm jovial auf die Schulter geschlagen hatte, was Malthaner zutiefst hasste. Schlegel, wie er die Haupteingangstür der Firma aufgeschlossen hatte.

Alles das hatte er mit der linken Hand gemacht. Aber Schlegel war Rechtshänder!

Da war sich Malthaner ganz sicher. Alle Bewegungen, die man einüben konnte, führte Schlegel mit der linken Hand aus. Tat er einen Griff impulsiv und unbedacht, dann griff er stets mit rechts zu, so wie gestern, als er Malthaners Hand mit den Negativen gepackt hatte.

Ein *Warum* bohrte sich in Malthaners Hirn.

Theo Reiher schien daran gelegen zu sein, das Gespräch zu beenden. Weitere Infos waren ihm nicht mehr zu entlocken. Nachdem sie aufgelegt hatten, meldete sich Malthaner telefonisch in der Redaktion der Landeszeitung. Er wollte Hauser mitteilen, dass in den kommenden Tagen nicht mit ihm zu rechnen sei, und fragte nebenbei, ob Fotograf Zorro wieder aufgetaucht sei. Hauser polterte etwas, das man für Verwünschungen hätte halten können, wenn man ihn nicht näher kannte. Malthaner nahm den Ausbruch eher als Zuneigungsbeweis auf. Zorro war weiterhin verschwunden. Vom Erdboden verschluckt.

Als nächstes machte sich Malthaner auf in die Stadtmitte. Er wollte einen kleinen Vormittagsspaziergang durch Albstadt unternehmen und ein paar Lebensmittel einkaufen. Für solche Nebensächlichkeiten blieb seiner Karrierefrau schließlich keine Zeit.

Anschließend hatte er noch etwas anderes vor. Er war gespannt. War echt gespannt.

Schlegel staunte nicht schlecht, als plötzlich Malthaner vor ihm stand. Der schneite nach seinen Einkäufen unangemeldet bei der SoftData herein und bat darum, mit Schlegel sprechen zu können. Eine spröde Sekretärin lotste ihn ohne weitere Fragen in den Blauen Salon, wo er einen konsternierten Uwe Schlegel vorfand, dem Malthaners Besuch sichtlich unwillkommen war. Schlegel trug ein vor geraumer Zeit aus der Mode gekommenes Hawaiihemd, was ihn ähnlich wie Jürgen von der Lippe aussehen ließ. Es schien, als laste bleierne Schwere über dem Blauen Salon, was unter den gegebenen Umständen nicht weiter verwunderlich war. Die Angestellten in diesem Haus wurden vermutlich allesamt von Zukunftsangst geplagt. Während seine Kollegen sich nicht weiter um den Gast kümmerten, knurrte Schlegel gereizt: »Was wollen sie hier?« Malthaner strahlte ihn unbedarft an und sagte nicht übertrieben leise: »Mir ist etwas aufgefallen. Kann ich die Elefantenfiguren in Reinhards Büro noch mal sehen?« Schlegel zuckte zusammen, zischte »Psst« durch seine geschlossenen Lippen und schaute sich verstohlen zu seinen Kollegen um wie ein Schüler, der damit rechnen muss, beim Abschreiben erwischt zu werden. »Sind sie verrückt geworden?«, quetschte er hervor und federte seine Massen athletischer aus dem Bürostuhl, als ein unbedarfter Beobachter ihm auf den ersten Blick zugetraut hätte. Er trat ganz nahe an Malthaner heran, knurrte »Kommen sie« und nickte ihm mit dem Kopf zu.

Er wollte Malthaner möglichst schnell und unauffällig aus dem Blauen Salon haben. Keiner der anderen Mitarbeiter in diesem Büro schaute auch nur auf. Draußen auf dem Gang zügelte Schlegel seine Verärgerung nicht mehr. »Sie sind wohl von allen guten Geistern verlassen! Tauchen hier auf und schreien herum, dass sie die Figur sehen wollen. Dann können sie ja gleich eine Annonce in ihre Zeitung setzen, in der sie schreiben, dass ich ihnen die Firma gezeigt habe.« Schlegel war außer sich. Von seiner freundlichen Art war nicht mehr viel übrig geblieben.

»Na ja«, gab Malthaner überzeugend den Naiven. »Ich dachte doch nur, dass mir etwas aufgefallen sein könnte. Lassen sie mich noch mal diese Bücherstützen anschauen.« Dafür erntete er einen bösen Blick von dem Programmierer. Einen Blick, der unter anderen Umständen ehrliche Angst in Malthaner hervorgerufen hätte. Hier fühlte er sich einigermaßen sicher, so blieb es bei einem unangenehmen Gefühl.

Schlegels Blicke schienen zu brennen. Malthaner machte sich ernsthafte Sorgen, dass sie Löcher in seine alte Lederjacke projizieren könnten. »Was wollen sie mit den Bücherstützen?«, zischte Schlegel.

»Mir ist da einfach etwas eingefallen, als ich über unseren nächtlichen Besuch in diesen Büros nachgedacht habe«, sagte Malthaner und bemühte sich, nicht zu dick aufzutragen.

Schlegel zog ihn mit sich und schubste ihn in Reinhards Büro, wo er die Türe von innen zuzog. Als würde ihm die unfreundliche Behandlung gar nicht auffallen, marschierte Malthaner schnurstracks auf das Bücherregal zu und wollte nach einem der Elefanten greifen. Schlegel hielt ihn zurück: »Und was ist dem Herrn aufgefallen?«, fragte er gefährlich leise.

»Die Polizei sagt, dass sie keine Tatwaffe gefunden hat. Das hier ...«, Malthaner zeigte auf die Tierfiguren, »... wären doch potenzielle Tatwaffen. Sie stehen so offensichtlich hier herum, dass die Polizei sie vielleicht übersehen hat. Sie wissen doch, wie das ist: Das, was man direkt vor der Nase hat, sieht man nicht, weil man nach etwas Versecktem sucht. Das ist Psychologie, oder so was. Das wäre wirklich ein genialer Schachzug von dem Täter. Frechheit siegt bekanntlich.« Halte den Ball flach, rief sich Malthaner selbst zu.

»Da spinnen sie sich eine Geschichte zusammen, die sogar der Bild-Zeitung zu blöd wäre«, hört er Schlegel direkt neben sich sagen. »Das ist doch totaler Quatsch.« Wahrscheinlich hatte der Dicke Recht. Doch Malthaner wollte diesen Ballon steigen lassen. Wenn sich die Zweifel, die er seit gestern Schlegel gegenüber hegte bestätigten, dann würde der jetzt in irgend einer Art und Weise reagieren müssen. Sollte er aber völlig falsch gewickelt sein, dann müsste Malthaner sich wohl bei Schlegel entschuldigen und hätte das Vertrauen eines Menschen verspielt, der sich ihm gegenüber mehr als kooperativ gezeigt hatte.

Mit zwei Schritten war Malthaner bei Reinhards unordentlichem Schreibtisch. Was dann geschah, war ein

Impuls, keine wohlüberlegte Entscheidung. Er nahm den kleinen Spielzeug-Porsche, der ihm gestern schon aufgefallen war in die Hand und tat so, als sei er völlig in dessen Betrachtung versunken, was bei Schlegel eine irritierte Miene hervorrief. Selbstvergessen drehte Malthaner das Matchbox-Auto in der Hand, um es unvermittelt seinem Gegenüber zuzuwerfen. Schlegel tat das, was jeder in dieser Situation getan hätte, er fing das Spielzeug mit einer Reflexbewegung auf.

In dem Moment, in dem seine rechte Hand zupackte, merkte er, dass er einem uralten Trick aufgesessen war. Er starrte Malthaner wütend an.

Der fragte kalt: »Warum wollen sie mich mit aller Macht glauben machen, dass sie Linkshänder sind?«

Der Abschied erfolgte schnell und unfreundlich. Mit einer überzeugenden Erklärung konnte Schlegel nicht aufwarten. Er benutze schon immer beide Hände fast gleich häufig, außer zum Schreiben, sagte ein in die Defensive gedrängter Schlegel. Nach der Episode in Reinhards Büro wollte er Malthaner nur noch schnell aus dem Haus haben. Ob Undankbarkeit ein Wesenszug aller Journalisten sei, fragte Schlegel noch, bevor er Malthaner zum Teufel wünschte. Eine Antwort wartete er nicht ab.

Kapitel XI

Das Wetter wusste nicht so recht, was es wollte. Für eine ausgiebige Runde auf dem Bike war es allemal gut genug. Malthaner genoss das Privileg, an einem ganz normalen Arbeitstag wie diesem Donnerstag mit dem Fahrrad fahren zu dürfen. Er wusste, dass nicht wenige neidisch auf ihn waren, an denen er vorbeifuhr. Er entschied sich für eine Asphaltrunde, fuhr nach Strassberg, von dort weiter nach Kaiseringen. Ein weißer Kastenwagen nervte ihn minutenlang, indem er auf der engen Straße hinter dem Biker Malthaner blieb und sich nicht zu überholen traute, obwohl nur wenig Gegenverkehr kam. Kurz vor dem Ortsschild von Kaiseringen fuhr der Kastenwagen doch langsam an Malthaner vorbei. Der jagte auf der Hauptstraße durchs Kaff, fuhr weiter bergauf nach Frohnstetten. Von dort kurbelte er auf einer wenig befahrenen Straße nach Messstetten. Der weiße Kastenwagen kam ihm wieder langsam entgegen. Ein Lieferant wahrscheinlich, der hier oben zu tun hatte. Malthaner konnte durch die getönten Scheiben nicht in das Fahrzeug blicken. Nachdem er Messstetten hinter sich gelassen hatte, hetzte er das Pogo über Waldtrails, bis er oberhalb des Albstädter Skilifts wieder aus dem Forst auftauchte. Nach insgesamt zwei Stunden stellte er das No Pogo wieder zuhause ab. Einmal mehr war es ihm gelungen, im Sattel seines Mountainbikes den Rest der Welt zu vergessen und einfach nur die Tour zu genießen. Nach dem Duschen rief er in Brigittes Praxis an. Zu seiner Überraschung war seine

Frau Doktor ausnahmsweise direkt unter ihrer Durchwahl zu erreichen. Normalerweise hatte sie das Telefon auf ihr Vorzimmer umgestellt. Schnell erzählte er ihr, dass er Schlegel in seinem Büro aufgescheucht hatte. Sie sollte es wissen, denn ihre Worte hatten ihn in seinen aufkommenden Zweifeln an Schlegels Aufrichtigkeit bestärkt.

Nach dem Gespräch machte er sich zum wiederholten Mal an den Museums-Artikel, den er für das Reisemagazin abliefern musste. Er recherchierte telefonisch bei einem Museumsverwalter und dem Geschäftsführer der Schwäbischen Alb-Touristikgemeinschaft. Heute war er mit sich zufrieden, es lief gut. Konzentriert feilte er an der Story, die immer deutlicher Gestalt annahm. So konnte er sicher sein, die Geschichte deutlich vor Fristende abliefern zu können – eine Zuverlässigkeit, die sich im Geschäft mit dem geschriebenen Wort bezahlt machte.

Der Klingelton des Handy riss ihn aus der Arbeit. In seinem Kopf hatte Malthaner es sich schon zurecht gelegt: Insgeheim hatte er gehofft, dass Schlegel sich melden würde. Was auch immer dessen seltsames Verhalten erklären mochte, Schlegel war von dem großen Taktiker Jörg Malthaner durch den vormittäglichen Auftritt an seinem Arbeitsplatz unter Zugzwang gesetzt worden, er würde sich eine Erklärung einfallen lassen müssen, wenn bei ihm tatsächlich nicht alles mit rechten Dingen zugehen sollte. Insofern war ein Anruf des Programmierers nicht überraschend. Malthaner war gespannt, mit was für einer Geschichte Schlegel aufwarten würde.

Nicht Schlegel war am Telefon, sondern Reinhard.

Kapitel XII

Es gelang Malthaner nicht, seine vollkommene Überraschung zu verbergen. Er war überrumpelt, ergriffen, erfreut. Seine Emotionen drehten ein paar Loopings, bevor er sich wieder fassen konnte. Reinhard erklärte ihm, dass er seit dem gestrigen Abend wieder zuhause sei. Ein Mordverdächtiger zwar weiterhin, aber einer, der die spartanische Arrestzelle mit seiner Luxusbehausung getauscht hatte und gegen eine üppige Kaution vorerst auf freiem Fuß war. Als Malthaner an diesem Morgen mit Pressesprecher Theo Reiher gesprochen hatte, wusste der noch gar nicht, dass Reinhard frei war. Soviel zur Kommunikation innerhalb des Polizeiapparates. Vermutlich enthielten seine Vorgesetzten, der Leitende Polizeidirektor voran, dem armen Reiher bewusst Informationen vor. Und Reiher bekam dann später von der Journaille die Prügel ab, dabei konnte er gar nichts dafür. Somit verstand Malthaner umso besser, dass der frustrierte Polizeisprecher ihm gegenüber am Telefon viel mehr gesagt hatte, als er eigentlich dürfte. Er beschloss, Theo Reiher Gutes zu tun, wenn sich einmal die Gelegenheit dazu ergeben sollte, in welcher Form auch immer.

Reinhard versuchte, sich locker zu geben, aber Malthaner konnte ahnen, welche Mühe ihm das bereitete. Der Freund lud ihn zu sich ein, nein, er bat ihn zu kommen. »Ich möchte heute nicht unbedingt unter die Leute gehen, schließlich scheine ich in der Stadt wenig Chancen auf die Auszeichnung zum Liebling des Monats zu haben«, witzelte Reinhard bitter.

Auch Malthaner versuchte sich in betont lässiger Wortwahl. »Gerade raus aus dem Knast, und dann willst du ausgerechnet mich sehen. Du musst es ja nötig haben.«

Keine 15 Minuten später saßen sie sich in zwei Sesseln in Reinhards Wohnzimmer gegenüber, nachdem sie sich zur Begrüßung tapsig umarmt hatten. Der Raum besaß die Dimension einer mittelgroßen Dorfsporthalle und wurde von den wenigen teuren Möbeln ganz und gar nicht ausgefüllt. Genau das hatte Reinhard mit der Einrichtung bezweckt, die den Stil des Minimalismus, oder wie immer das in Fachkreisen heißen mochte, verkörperte. Im Gegensatz zu Reinhards Büro sah hier alles picobello aus. Ein Verdienst, das der Putzkolonne gebührte, die zweimal wöchentlich die exquisite Bude auf Hochglanz hielt.

Reinhard wirkte müde. Er sah aus, als sei er seit ihrer letzten Begegnung gealtert. Die Haare an den Schläfen schienen tatsächlich eine Spur grauer geworden zu sein, redete Malthaner sich ein. Und er hatte abgenommen, was unter anderen Umständen kein Fehler gewesen wäre, denn Reinhard kämpfte schon immer mit einem kleinen Figurproblem. Reinhard berichtete. Sein Anwalt, dessen Name Malthaner nichts sagte, hatte dafür gesorgt, dass die Polizei kalte Füße bekommen hatte, unter anderem indem er mit dem ganzen Repertoire von branchenüblichen Drohungen aufgetreten war. Rechtsanwalt war neben Politiker so ziemlich der mieseste Beruf, den Malthaner sich vorstellen wollte.

Reinhard erzählte, wie er vor einer Woche nach einem heftigen Streit mit seinem Kompagnon Hals über Kopf nach Hause gefahren war, einen Koffer gepackt hatte und nach Stuttgart gerast war. Erst habe er mit einem Flugzeug irgendwohin fliegen wollen, einfach so, nur weg, wie er es in der Vergangenheit schon einige Male praktiziert hatte. Während der Fahrt habe er dann wieder einen klaren Kopf bekommen. Von einer Minute auf die andere an einem Donnerstag Abend in Stuttgart einen Flug zu bekommen, würde nicht einfach sein. Da sei er auf die Idee gekommen, sich in den nächstbesten Zug zu setzen und für ein paar Tage in einer schönen Stadt vom Alltag abzuschalten. Sollte Ellwanger sich ruhig wieder einmal einige Tage alleine mit der Firma rumschlagen. Hatte er wirklich verdient. Dann sei ihm eingefallen, dass es unmöglich sein würde, den Wagen beim Hauptbahnhof in der Stuttgarter Stadtmitte für einige Tage abzustellen. Da er schon auf dem Weg zum Flughafen war, habe er sich gesagt, er könne den Lexus dort parken und dann mit der S-Bahn ins Zentrum fahren. Im Bahnhof habe er sich erkundigt: Ein Zug nach Hamburg stand auf Gleis 2 bereit. Da er schon einige Zeit nicht mehr in der Hansestadt gewesen sei, sei ihm dieses Ziel besonders verlockend vorgekommen, um für zwei oder drei Tage den Ärger zu vergessen. Am nächsten Morgen in Hamburg angekommen, habe er sich ein Hotel suchen wollen. Dann sei ihm sein alter Studienkollege Jens Eder eingefallen, mit dem er seit Jahren losen telefonischen Kontakt pflege, und er habe ihn einfach in seiner zentral gelegenen Stadtwohnung aufgesucht. »Der hat Augen gemacht«, sagte Reinhard grinsend und schien in dieser Sekunde verdrängt zu haben, in welcher Lage er sich noch immer befand. Nachdem die sprachlose Verblüffung bei Jens der Freude über das unerwartete Wiedersehen gewichen war, habe man ein paar wunderbare Abende in diversen Hamburger Kneipen verbracht und bei viel Bier von den guten alten Zeiten geschwärmt. Nach diesem mehrtägigen Intermezzo habe er sich mit sich selbst wieder im Reinen gefühlt und gut gelaunt die Rückfahrt nach Stuttgart angetreten, wo er dann verhaftet worden sei. Als die Polizei ihn damit konfrontiert habe, dass Ellwanger tot ist, sei er zunächst von einer Verwechslung oder einem üblen Scherz ausgegangen. Leider habe sich dann herausgestellt, dass es keinen Grund für Scherze gab.

Reinhards Stimme senkte sich. »Dabei habe ich Henry in den letzten Jahren mehr als nur einmal ernsthaft zur Hölle gewünscht. Aber das, was jetzt passiert ist, macht mir doch schwer zu schaffen.«

Malthaner sagte nichts, also fuhr Reinhard fort. »Ich habe deine Berichte über den Mord gelesen, und auch die meisten anderen. Leider sind die wenigsten deiner Kollegen besonders sensibel mit der Sache umgegangen.«

»Das stimmt leider. Willst du mir etwas über deinen Streit mit Ellwanger erzählen?«

Der Blick von Reinhard wich seinem aus. »Unsere Auffassungen über die weitere Entwicklung der Firma gingen in letzter Zeit immer weiter auseinander.«

»Dein Partner wollte an die Börse.« Jetzt schaute Reinhard ihn wieder unvermittelt an. »Davon weißt du? Wann habe ich dir das erzählt?«

»Gar nicht, glaube ich. Zumindest wäre es mir nicht im Gedächtnis haften geblieben. Dein Mitarbeiter Uwe Schlegel hat es mir erzählt.«

»Uwe Schlegel?« Reinhard blinzelte irritiert aus seinen müden Augen. Bewegung war in ihn gekommen, der bisher fast apathisch in seinen Sessel gelehnt saß. »Du hast mit Schlegel gesprochen?«

»Ja.« Malthaner erzählte, dass er auf den Programmierer zugegangen sei, nachdem er erfahren habe, dass der Ellwangers Leiche gefunden hatte, und dass Schlegel ihn an den Abend im Alba vor wenigen Wochen erinnert habe. »Er hat dafür gesorgt, dass ich von deinem ermordeten Partner einen nicht so guten Eindruck gewonnen habe. Übrigens war ich so frei und habe mich auch mit deinem ehemaligen Mitarbeiter Jürgen Weith unterhalten. Er hat mir ebenfalls in sehr deutlichen Worten erzählt, dass er Ellwanger nicht in sein Nachtgebet einschließt.«

»Viele hatten Grund, Henry Ellwanger zu hassen.« Mit einer fahrigen Bewegung strich Reinhard sich durch das dünne Haar. »Du warst ganz schön geschäftig. Meine Mutter und meine Schwester haben mir gesagt, dass du auch mit ihnen reden wolltest.«

»Nicht nur mit ihnen. Auch mit einem entfernten Nachbarn von dir habe ich gesprochen.« Wortreich beschrieb Malthaner den neugierigen Rentner, worauf Reinhard die Augen verdrehte. »Ich weiß, wen du meinst. Der Kerl ist eine Heimsuchung. Was man von einer ganzen Reihe von Journalisten auch behaupten kann, wie ich am eigenen Leib erfahren musste.«

Darauf fiel Malthaner nicht viel ein, was er hätte erwidern können. Er musste auch gar nicht antworten, um das Gespräch am Laufen zu halten. Reinhard war mit seiner Erzählung noch lange nicht am Ende angelangt. Er berichtete ausführlich von der unangenehmen Erfahrung der U-Haft und davon, dass er um seinen Ruf und seine Existenz fürchte. »Ich traue mich fast nicht in meine eigene Firma. Wie werden die Kollegen reagieren?«

Mit Nachdruck sagte Malthaner: »Du bist ihr Chef. Sie werden versuchen, sich dir gegenüber möglichst unbefangen zu verhalten.«

»Eben. Sie werden es versuchen, mich aber mit anderen Augen betrachten als noch vor einer Woche.« Die Stimme von Reinhard klang belegt.

»Wie ich gehört habe, bist du bei deinen Mitarbeitern außerordentlich beliebt. Ganz im Gegensatz zu Henry Ellwanger.«

In einer abwehrenden Geste schob Reinhard die Hände vor. »Bitte, Jörg. Er ist tot. Jemand hat Henry umgebracht. So ein Schicksal hat niemand verdient.«

»Sagen wir mal, fast niemand.«

Dieser Bemerkung schenkte Reinhard keine Bedeutung. Mit einem Satz katapultierte er sich aus dem Sessel und drehte sich um. Er starrte auf einen unbestimmten Punkt an der Wohnzimmerwand. Dann drehte er sich wieder um und fragte: »Glaubst du, dass ich Henry umgebracht haben könnte? Sei ehrlich!«

Aus Malthaners Hals wand sich der missglückte Versuch eines Lachens. »Blödsinn!«

Reinhard zeigte auf ihn. »Selbst du bist dir nicht sicher, stimmt's?«

Schwach entgegnete er: »Rede keinen Unsinn.« Dabei hatte Reinhard Recht. Der letzte Hauch des Zweifels ließ sich nicht einfach so wegwischen, so sehr Malthaner sich auch bemühte. Die Frage, die er nie und nimmer stellen wollte, rutschte ihm von alleine heraus: »Was hast du mit Claudia Ellwanger?«

Ohne gleich zu antworten, ließ sich Reinhard wieder in den Sessel fallen, wenig überrascht. »Das weißt du von Schlegel«, stellte er sachlich fest.

Mit einem Kopfnicken bestätigte Malthaner, der in seinem Sitzpolster tiefer gerutscht war. »Er hat mir erzählt, dass Henry Ellwanger einen Detektiv engagiert hat, der hinter euch hergespürt und Fotos geschossen hat.« Die Tatsache, dass er selbst einige Negative gesehen hatte, wollte Malthaner dem Freund nicht zumuten. Aber es war an der Zeit, Reinhard zu beichten, dass er gemeinsam mit Schlegel eine nächtliche Tour durch die Büros der SoftData unternommen hatte.

Fast hysterisch lachte Reinhard auf: »Dieses verlogene Arschloch Schlegel.«

Das kapierte Malthaner nun überhaupt nicht und glotzte Reinhard begriffsstutzig an. »Wie ...?«, stammelte er wenig intelligent.

Reinhard machte ein wegwerfende Handbewegung. »Nicht Henry hat einen Privatdetektiv engagiert, sondern Schlegel. Er hat mich mit den Bildern erpresst.«

Als hätte er einen Schlag ins Gesicht erhalten, schnappte Malthaner nach Luft. »Aber …«

Reinhard redete sich in Rage. Schlegel sei ein zwiespältiger Charakter mit großen psychischen Problemen. Er habe sich mehrfach schwerwiegende Vergehen zu Schulden kommen lassen, von denen jedes alleine für eine fristlose Kündigung ausgereicht hätte. Einmal habe er sogar einen Kollegen angegriffen und verletzt, dem er ein Verhältnis mit seiner Frau unterstellt habe. Die Frau habe sich kurz danach von Schlegel getrennt, weil es wegen seiner Eifersucht immer wieder zu Handgreiflichkeiten gekommen sei. Sein Jähzorn habe Schlegel mehrfach mit der Polizei in Kontakt gebracht. Wäre es nur nach Ellwanger gegangen, dann wäre Schlegel schon vor ein, zwei Jahren entlassen worden, sagte Reinhard unmissverständlich. Er selbst habe dagegen noch lange zu Schlegel gehalten, weil der meistens sehr gute Arbeit geleistet habe. »Ich wollte ihm helfen«, sagte Reinhard. »Und war mir sicher, auf einem guten Weg zu sein. Uwe war zeitweise sogar in Behandlung bei einem dieser Seelenklempner. Vor zwei Wochen kam er dann mit diesen blöden Fotos, die mich gemeinsam mit Claudia zeigen. Mit denen wollte er Geld aus uns herauskitzeln. Ich sage ja: Die Schaltungen haben manchmal etwas eigenartig geklickt in seinem Kopf.« Den Kopf in die Hände gestützt, redete er weiter. »Wir waren feige genug, uns darauf einzulassen. Was übrigens gar nichts gebracht hat, denn Henry war uns da schon auf die Schliche gekommen.«

Die Tatsache, dass Schlegel, der freundliche, auskunftsfreudige, übergewichtige, zottelige Schlegel, ein Erpresser war, machte Malthaner zu schaffen. Er hatte diese Nachricht noch nicht verdaut, als er Reinhard fragte: »Warum hast du dich dann darauf eingelassen? Du hättest Schlegel feuern können. Das hätte jeder an deiner Stelle getan.«

Reinhards Stimme schepperte ein wenig, als er fortfuhr. »Es gibt Gründe, es nicht zu tun. Sogar mehrere. In Personalangelegenheiten mussten Henry und ich gemeinsam entscheiden. Ich konnte bisher ohne sein Einverständnis weder jemanden einstellen noch jemanden entlassen.« Er hob den Kopf und sah Malthaner an: »Jetzt kommt der Clou: Ich bin sicher, Henry hätte Schlegel plötzlich gar nicht mehr entlassen wollen, wenn ich darauf gedrängt hätte. Das wäre so etwas wie Henrys kleine perverse Rache an mir gewesen. Ich sollte Schlegel jeden Tag in meiner eigenen Firma ertragen müssen. Einen Angestellten, der mir einen Detektiv auf den Hals geschickt hat und mich erpresste. Das war die Sorte Humor, über die ein Henry Ellwanger lachen konnte.«

»Ellwanger wusste von der Erpressung?«

»Nehme ich zumindest an. Ich vermute, dass Schlegel es ihm gesagt hat. Die beiden sind ...«, er verbesserte sich, »... waren irgendwie geistesverwandt. Und beide haben sich in den letzten Jahren zu ihrem Nachteil verändert.

Henry war zu Studienzeiten ein guter Freund.« Mit diesem müden Blick schaute Reinhard zu Boden. »Menschen ändern sich, Jörg. Nicht alle ändern sich zu ihrem Vorteil. Heute kann ich mir gut vorstellen, dass Henry und Schlegel sich gegenseitig benutzt haben, um an ihr jeweiliges Ziel zu kommen. Das ist eine Sache, die mir erst in den vergangenen Tagen im Gefängnis in den Sinn gekommen ist.«

Mühsam versuchte Malthaner, seine Gedanken zu sortieren. »Das kann ich alles kaum glauben. Mir gegenüber schien Schlegel geradezu beseelt von der Idee, dich von dem Mordverdacht rein zu waschen.«

»Quatsch. Vielleicht hat er auf dich so gewirkt. Er ist schizophren, und Schizophrene sind hervorragende Schauspieler. Früher habe ich nichts gemerkt. Nach der Trennung von seiner Frau wurde es dann so schlimm, dass auch ich nicht mehr übersehen konnte, dass Uwe Schlegel ernsthafte Probleme mit seiner Psyche hat.«

»Aber warum hat er mir so viel über Ellwanger und dich erzählt, und warum hat er mich nachts in deine Firma eingeschleust? Das gibt doch alles keinen Sinn.«

»Vielleicht, weil er sich gut dabei gefühlt hat und überlegen.«

»Warum hast du ihn wegen der Erpressung nicht bei der Polizei angezeigt? Das wäre doch das Normalste gewesen.«

»Das war natürlich auch meine erste Reaktion. Dann habe ich aber Abstand davon genommen. Auch da fehlte mir vermutlich der Mut. In erster Linie wollte ich keinen

Skandal riskieren. Außerdem tut mir Uwe Schlegel Leid, so blöd das in meiner Situation auch klingen mag. Er war viele Jahre ein wertvoller Mitarbeiter und fast schon ein Freund, der durch unglückliche Umstände irgendwann aus der Spur geraten ist. Schlegel ist kein übler Kerl von Natur aus.«

Kopfschüttelnd sagte Malthaner: »Ehrlich, ich verstehe dich nicht.«

»Ich verstehe mich ja selbst meistens nicht.«

Danach trat Stille ein. Keiner von beiden wusste noch etwas zu sagen, bis Reinhard nach längerem Überlegen das Schweigen brach. »Da gab es noch einen anderen Grund, nichts zu unternehmen. Ich war mir ziemlich sicher, dass die Erpressung sehr schnell wieder aufhören würde. Ich müsste nur eine Weile zahlen, würde nach außen hin meinen Ruf behalten, vielleicht könnte ich sogar mit Claudia zusammen bleiben und der Spuk hätte bald ein Ende. Da war ich mir ziemlich sicher, dass es so kommen würde.«

Mit hochgezogenen Augenbrauen schaute Malthaner den Freund an. Der erzählte weiter. »Schlegel schwärmt immer von Jamaika und der Aussteigerszene dort. Er reiste seit langem mehrfach jährlich nach Jamaika. Selbst wenn er nur eine Woche frei hatte, flog er manchmal hin. Früher unternahm er die Trips mit seiner Frau, nachdem die Ehe zerbrochen war, alleine. In Jamaika kannte er eine ganze Menge Leute und er redete immer wieder davon, eines Tages selbst auszusteigen. Ihm habe ich das immer zugetraut. Es war nicht nur dieses hohle Geschwätz, das jeder von uns manchmal im Munde führt. Er hat übrigens schon vor längerer Zeit Urlaub für Dezember beantragt, da will er wieder rüberfliegen.« Reinhard lachte kurz gequält auf. »Für Uwe Schlegel ist es ein Lebenstraum, dauerhaft nach Jamaika zu gehen. Er ist sogar seit Jahren finanziell an einer Ferienanlage beteiligt. Dort will er eines Tages einziehen, erzählt er immer wieder.« Malthaner erinnerte sich, dass Schlegel bei ihrer ersten Begegnung kurz von Jamaika geschwärmt hatte.

»Das Geld aus der Erpressung«, redete Reinhard weiter, »hat Uwe Schlegel mit großer Wahrscheinlichkeit als Startkapital für sein neues Leben gesehen. Auch auf die Gefahr hin, dass du mich jetzt auslachen wirst, ich hätte es ihm fast gegönnt, sich seinen Traum zu erfüllen. Selbst, wenn er mit meinem Geld bezahlen würde.«

Manchmal waren Reinhards Gedankengänge wirklich schwer nachvollziehbar. The Good, the Bad and the Ugly. Da gewann das Good eine besondere Bedeutung. Reinhard gehörte manchmal zu der Sorte Mensch, die in der Tat fast zu gut für diese Welt war. Ein Charakterzug, den Malthaner nicht vielen Unternehmern zubilligte. Mit einem unguten Gefühl fragte er unvermittelt: »Wie ernst ist die Sache zwischen dir und dieser Claudia?« Reinhard blickte ihm fest in die Augen, so wie vorhin. »Wer weiß so etwas schon. Falls du darauf hinaus willst: Henry hätte es vermutlich irgendwann akzeptiert. Die Ehe zwischen ihm und Claudia ist sowieso seit langem kaputt.«

»Angesichts der Umstände ist es nicht verwunderlich, dass die Polizei dich für den Hauptverdächtigen hält«, meinte Malthaner.

»Das hat mir mein Rechtsanwalt auch klar gemacht.« Reinhard seufzte. »Plötzlich bist du nur eine Figur auf dem Schachbrett, die darauf wartet, von jemandem bewegt zu werden. Die Erfahrung, die Dinge nicht mehr selbst in der Hand zu haben, ist nicht sehr angenehm.«

Für Malthaner war der Punkt gekommen, wo er Reinhard Mössner mit seiner vielleicht doch nicht gar so weit hergeholten Hypothese von der Mordwaffe überraschte. Die Bücherstützen in seinem Büro. Wieder lachte Reinhard ein bitteres Lachen. »Die Elefantenfiguren. Die hat mir Diana zu Beginn unserer Beziehung einmal von einem Flohmarkt mitgebracht. Sie sind eine der wenigen Erinnerungen an meine Ex-Frau, die ich nach der Scheidung nicht weggeworfen habe.« Mit einem leichten Schaudern erzählte Malthaner, wie erschrocken Schlegel reagiert hatte, als er die Tierfigur in die Hand genommen hatte. Dass Schlegel in den Mord an Ellwanger verwickelt sein könnte, wollte Reinhard nicht wahrhaben. Schlegel sei manchmal ein schwieriger Zeitgenosse, ja, sogar ein – das Wort auszusprechen, fiel ihm spürbar schwer – ein Erpresser. Trotzdem verteidigte Reinhard ihn. Er hielt tatsächlich auch noch die zweite Backe hin. Reinhard, der Gütige; Reinhard, der Samariter. The Good. Wieder sagte Malthaner: »Ich verstehe dich nicht.«

Es war an der Zeit zu erzählen, dass er einige der Negative gesehen hatte, die Schlegel so zufällig auf dem

Boden gefunden haben wollte. Reinhard schwieg und mahlte mit dem Kiefer.

»Vielleicht sollten wir das bei der Polizei zu Protokoll geben«, schlug Malthaner vor und erntete damit von Reinhard ein kategorisches Nein. Eines von der Sorte, die Widerworte nicht zuließ. Reinhard, der Zerknitterte, straffte seinen Körper und wirkte plötzlich ganz und gar entschlossen. »Ich bin derjenige, der im Knast war. Ich bin derjenige, der nach wie vor die Nummer Eins auf der Liste der Verdächtigen ist. Ich bin derjenige, der von der Polizei in der Öffentlichkeit unmöglich gemacht wurde. Es ist meine Firma. Mein Partner wurde ermordet. Ich werde erpresst. Von der Polizei erwarte ich in dieser Sache nicht viel.« Als wäre auf einen Schlag alles Leben in ihn zurückgekehrt, stemmte sich Reinhard dynamisch aus seinem Sitzmöbel - ganz der erfolgreiche Enddreißiger, der sich von Mord und anderen Widrigkeiten des Lebens nicht klein kriegen ließ. Federnden Ganges navigierte er in Richtung der Küche, was bei den Dimensionen seiner Wohnstatt nicht mit drei raumgreifenden Schritten erledigt war. In der Küche hörte Malthaner Reinhard hantieren. Ein Plopp, als würde eine Flasche entkorkt. Kein übles Geräusch, für gewöhnlich. Es war kein Wein, den Reinhard aufgemacht hatte, es war eine Whiskeyflasche. Die Whiskeys, die sich Malthaner kaufte, mussten in der Regel mit popeligen Schraubverschlüssen auskommen. Mit zwei gut gefüllten Gläsern kam Reinhard zurück. Seine Erscheinung verkörperte Selbstbewusstsein. Das war wieder der echte Reinhard.

»Inzwischen sehe ich glasklar«, sagte er. »Heute haben meine Mitarbeiter noch Schonfrist, morgen steht der Kapitän wieder auf der Kommandobrücke. Die Firma braucht mich nötiger denn je. Es ist Zeit, die Fäden wieder in die Hand zu nehmen. Und der Polizei werde ich wegen ihrer üblen Verdächtigungen ein bisschen Feuer unterm Hintern machen.« Reinhard, das Stehaufmännchen, schob das Kinn vor und gab eine überzeugende Imitation eines jüngeren Kirk Douglas. Wenn dir keiner hilft, hilf dir selbst. Etwas viel Pathos vielleicht, aber alles in allem nicht schlecht. Wie der Whiskey. Sie stießen an. Echt guter Stoff.

Zwei weitere Whiskey später machte Malthaner sich auf den Heimweg; nicht mehr ganz klar, aber beruhigt über den Wandel in Reinhards Verhalten. Zuhause bemerkte er, dass er eine Nachricht auf der Mailbox hatte. Hauser teilte ihm mit, dass die Redaktionsleitung der Landeszeitung beschlossen hatte, die Polizei von Zorros Verschwinden zu informieren. Zeitungsfotograf Zoltan Mückelgrün war jetzt offiziell ein Vermisstenfall. Und Jörg Malthaner wieder stocknüchtern.

Zum zweiten Mal an diesem Donnerstag setzte sich Malthaner in den Sattel des Pogo, diesmal zu einer abendlichen Asphaltrunde. Er montierte das Beleuchtungsset und fuhr los, hinab in die Stadt, auf dem Radweg hinein ins Zentrum, wo sich die Autos mehr stauten, als dass sie noch in Bewegung gewesen wären. Ein paar Haken führten ihn durch die Altstadt und an der Realschule und der Festhalle vorbei. Auf der schrecklich dicht von Autos befahrenen Truchtelfinger Straße bewegte er sich bis zum Stadion, vorbei am Gymnasium und am ehemaligen Freibad, auf der kleinen Straße hindurch zwischen Reithalle und Tennisplatz. Der Reitverein hatte hier einige kleine Wiesengrundstücke eingezäunt, auf denen Rösser grasten, die sich wenig um den vorbeiradelnde Jörg Malthaner kümmerten. In Truchtelfingen kreuzte er die stillgelegte alte Bahnlinie, für die es in jüngster Zeit wieder verstärkte Reaktivierungsvisionen gab, und fuhr oberhalb davon in gleichbleibend forschem Tempo nach Tailfingen. Auf der Höhe des Friedhofs am Ortsausgang entschied er sich dafür, den breiten Gehweg zu benutzen, der direkt neben der dicht befahrenen Hechinger Straße angelegt war. Mit dem notwenigen Maß an Rücksichtslosigkeit querte er die Straße. Damit sorgte er bei einigen von der Arbeit nach Hause strebenden Autofahrern für erhöhten Blutdruck. So hatten sie Gelegenheit, sich noch einmal ordentlich aufzuregen, bevor sie sich ihrem ereignislosen Feierabend hingeben konnten. Der Parkplatz der Maschinenfabrik Mayer & Cie. hatte sich schon weitgehend geleert, nur vereinzelt parkten noch Autos auf dem von einem hohen Zaun umgebenen Gelände. Drei Minuten später radelte Malthaner am Ortsschild von Onstmettingen vorbei, hielt sich einige hundert Meter auf dem parallel zur Hauptstraße verlaufenden Radweg, bevor er links in die Schwabstraße einbog. Wenig später kreuzte er die Hauptstraße und fuhr verwegen hinüber in das Baugebiet unterhalb des Allenbergs. Auf einem Feldweg entfernte sich Malthaner ein Stück von der Wohnbebauung und nahm Kurs auf das Stichwirtshaus. Dort ging es wieder auf Asphalt und die Kreisstraße bergauf. Die gut ausgebaute, kurvenreiche Straße weckte in nicht wenigen motorisierten Verkehrsteilnehmern den wilden Stier, ließ sich hier der Motor im dritten Gang doch so richtig schön ausdrehen. Bikende Zeitgenossen benötigten auf dieser Straße bisweilen ein strapazierfähiges Nervenkostüm. Der Fahrer eines Motorrollers fuhr ziemlich lange in gleich bleibendem Abstand hinter Malthaner her. Warum überholte der Bursche nicht? Malthaner drehte sich einmal kurz um, ein offensichtlich ziemlich großer Kerl drückte sich die Arschbacken auf dem Sitz des Motorrollers platt. Der Rollerfahrer blieb hinter ihm, bis ihm Malthaner mit der rechten Hand bedeutete, endlich zu überholen. Bei dem Roller handelte es sich um ein älteres Modell. Das Zweirad hatte nicht gerade einen guten Abzug und erzeugte eine stinkende Auspuffwolke, als der Mann sich endlich an Malthaners Bike vorbei mühte. Malthaners Puls schlug noch völlig gleichmäßig, als er oben auf dem Scheitelpunkt ankam, wo er wieder auf einen Rad- und Gehweg wechseln konnte. Das Sportgelände Lichtenbol lag in tiefer Ruhe. Zusammen mit dem ruhmreichen FC Tailfingen hatte es schon bessere Zeiten erlebt. Zwei Minuten später rollte Malthaners No Pogo durch das Wohngebiet Langenwand. Auf der extrem abschüssigen und für Fahrradfahrer verbotenen Jahnstraße schoss Malthaner hinab ins Tailfinger Zentrum und von dort wieder zurück nach Hause.

Die Gedanken an den spurlos verschwundenen Zorro hatten sich während der Fahrt durch die Dunkelheit mühelos vertreiben lassen. Doch als Malthaner das Fahrrad abstellte, drängten sie sich sofort wieder in seinen Sinn. Gemein und niederträchtig marterten sie ihn. Kleine piesackende Geister, die ihm Boshaftigkeiten zuriefen und ihn lähmten. Was mochte mit Zorro geschehen sein? War ihm etwas zugestoßen? Hatte ihn seine Gesundheit endgültig im Stich gelassen? Hatte er wieder gesoffen? Auch die andere, über allem drohende Frage ließ sich nicht wegwischen: War Zorro überhaupt noch am Leben, oder war das Schlimmste passiert? Die Gedanken gönnten ihm keine Ruhe. In diesem Zustand war nicht daran zu denken, den Artikel für das Reisemagazin fertig zu stellen. Malthaner ertappte sich dabei, wie er an den Fingernägeln kaute. Komisch: Als er Reinhard im Gefängnis wusste, galten dem Kollegen Zorro eindeutig nur die zweitgrößten Sorgen. Das hatte sich geändert.

Obwohl er nicht vorgehabt hatte, zum Ende dieser Woche noch einmal den Weg nach Stuttgart auf sich zu nehmen, hielt Malthaner es für besser, morgen in die Redaktion zu fahren. Natürlich konnte er dort genauso wenig für Zorro tun wie hier, aber vermutlich war es für seinen inneren Frieden wichtig.

Kapitel XIII

Wider Erwarten kam Malthaner am Morgen gut voran, so dass er nach genau einstündiger Fahrt den Saab auf dem Parkplatz vor dem Pressehaus abstellen konnte. Hausers Uralt-Daimler, ein Fahrzeug-Dinosaurier, über den jeder Witz längst gerissen war, belegte zwei Parkplätze. Der Benz musste mindestens 400.000 Kilometer auf dem Tacho haben. Malthaners Versuch, einen aktuellen Hit so zu pfeifen, dass man die Melodie erkennen konnte, war von vornherein zum Scheitern verurteilt. Also ließ er es bleiben. In den Redaktionsräumen herrschte mehr Betrieb als sonst zu dieser frühen Vormittagsstunde. Redakteur Marco Schmierer telefonierte konzentriert. Hauser hatte die Nase in dem Konkurrenzblatt von den Stadtnachrichten stecken und schlürfte ab und zu Kaffee aus seiner überdimensionalen Tasse. Gisela Straubinger, plapperte munter drauf los und verbreitete die übliche hektische Atmosphäre, die um sie herum immer herrschte. Hätte der weibliche Teil der Menschheit aus mehr Gisela Straubingers bestanden, Malthaner wäre schwul geworden. Grinsend erinnerte er sich, wie Hauser sie einmal mit einem uralten, frauenfeindlichen, gar nicht so üblen Witz für kurze Zeit zum Schweigen gebracht hatte. Der Dialog hatte sich damals in etwa so abgespielt:

Hauser (ernsthaft dreinblickend): Woran erkennt man, dass Frauen eine Hirnwindung mehr haben als Gänse?

Gisela (verwirrt schauend): Keine Ahnung.

Hauser (laut losprustend): Sonst würden sie beim Gackern immer auf die Straße scheißen!

Ja, es war Hauser gelungen, Gisela Straubinger mundtot zu machen. Zumindest für die Zeitspanne, die sie beschlossen hatte, beleidigt zu sein. Die angedrohte Beschwerde beim Personalrat hatte Gisela nie realisiert. Vielleicht hatte sie ja doch noch einen anderen Humor als ihren ureigenen.

Malthaner ließ sich nach dem morgendlichen Begrüßungsritual in den Drehstuhl vor seinem Schreibtisch fallen – es war noch immer sein Schreibtisch, auch wenn er nur noch sporadisch in der Redaktion saß. »Was Neues von Zorro?«, fragte er in die Runde. Kopfschütteln bei Hauser. »Er ist wie vom Erdboden verschluckt«, bemühte Gisela ein nun wirklich nicht sonderlich originelles Bild. Mit Zorro war Gisela nie besonders gut ausgekommen. Was eindeutig für Zorro sprach.

Ein paar Briefe für Malthaner lagen auf dem Tisch, er sah sie flüchtig durch. Nichts Aufregendes. Die Buchhaltung bat um einen Rückruf, es gebe eine Frage bezüglich des Honorars für Oktober.

»Hast du was für mich?« Die Frage von Malthaner konnte Hauser nicht dazu bewegen, die Blicke von den Stadtnachrichten zu lösen. »Nichts Konkretes«, murmelte er. »Aber wenn du ausnahmsweise mal Zeit hast, könntest du für die morgige Ausgabe einen Artikel über Analphabeten in Stuttgart schreiben.«

»Wie kommst du denn auf die Geschichte?«

»Die Agentur hat mich auf die Idee gebracht. Die haben was zu dem Thema gemacht. Mit ein paar Telefonaten könntest du die Story rund, menschlich und lokal gestalten. Was hältst du davon?«

»Ay ay, Sir. Wird gemacht.« Da er extra in die Redaktion gekommen war, freute sich Malthaner über diesen kleinen Auftrag. Er machte sich an die Arbeit, während die fest angestellten Schreibsklaven in die allmorgendliche Redaktionskonferenz strömten. Ein Ritual, auf das Malthaner längst nicht mehr scharf war. Es hatte ihm früher jeden Tag bewiesen, dass es in der Zeitungsbranche überdurchschnittlich viele Kotzbrocken gab. Da unterschied sich die Landeszeitung in nichts von anderen Blättern und Sendern.

Routiniert rief Malthaner auf dem Computer die Agenturseiten auf. In einer halben Minute hatte er das Material zum Thema Analphabetismus auf dem Bildschirm. Allgemeine Informationen, Statistiken. Er war überrascht: Mehr als vier Millionen Menschen in Deutschland hatten erhebliche Probleme mit dem Lesen und Schreiben. Verwundert hob er die rechte Augenbraue; eine Meisterleistung der Mimik, die er sich als Jugendlicher bei den James- Bond-Darstellern Connery und Moore abgeschaut hatte, und die irgendwann ein Eigenleben entwickelte. Immer wieder ertappte er sich dabei, wie er die rechte Braue hochzog. Die Leute schauten ihn manchmal komisch an, wenn er das tat.

Viele Analphabeten kommen in ihrem täglichen Leben prächtig zurecht, las Malthaner weiter, nur in ungewohnten Situationen verlieren sie ihre Selbstsicherheit. Es gibt sogar Analphabeten mit Führerschein. Die Agentur hatte einige Anlaufadressen genannt und ein so genanntes Alphatelefon, unter dem man sich informieren konnte.

Malthaner begann zu telefonieren. 25 Minuten und ein halbes Dutzend Telefonate später hatte er schon so viele Informationen zusammen, dass es für einen mehr als ordentlichen Artikel reichen würde. »Fakten, Fakten, Fakten«, murmelte er und sah dabei das feiste Gesicht eines bekannten deutschen Journalisten vor sich. Malthaner war noch nicht zufrieden. Natürlich, er hätte mit seinen Informationen einen wunderbaren Artikel schreiben können. Aber er wollte die authentische Story. Er wollte sich unbedingt mit einem Betroffenen unterhalten. Wieder nahm er den Telefonhörer in die Hand. Über die Volkshochschule, die einen Kurs für erwachsene Lese- und Schreibanfänger anbot, gelangte er an eine Kursleiterin. Er brachte sein Anliegen vor, und sie versprach ihm einen sofortigen Rückruf. Tatsächlich: Zehn Minuten später meldete sie sich wieder und triumphierte. Ein 35 Jahre alter Mann, der weder lesen noch schreiben konnte, war bereit, sich mit Malthaner zu unterhalten. Die Kursleiterin schien nur darauf gewartet zu haben, dass sich einmal eine Zeitung des Themas annahm. Sie wollte bei dem Gespräch unbedingt zugegen sein, was Malthaner zwar störte, andererseits wusste er ihre rasche Hilfe zu schätzen. Sie verabredeten sich um zwölf vor einer angesehenen Buchhandlung in der Stuttgarter Innenstadt.

Was für ein Treffpunkt angesichts des Themas. Eine Ironie, die Malthaner nicht entging.

Als Hauser und Co. aus der Redaktionskonferenz zurück kamen, sagte Malthaner Bescheid. Er würde den Artikel komplett spätestens nachmittags um vier fertig haben, versprach er. »Prima«, freute sich Hauser. »Du bekommst vier Spalten und 110 Zeilen.« In der Tat ein großzügiges Angebot, das Malthaner dankend annahm. Er würde eine wirklich gute Story liefern, davon war er überzeugt. Nachdem er mit der Buchhaltung die offenen Fragen wegen des Oktober-Honorars geklärt hatte, machte er sich auf den Weg in die Innenstadt.

Das Treffen mit der Kursleiterin und dem jungen Mann, der weder lesen noch schreiben konnte, verlief sehr angenehm. Nachdem sie sich begrüßt hatten, lud Malthaner die beiden in ein nahe gelegenes Café ein. Mit jeder Minute ihres Gespräches wurde der Analphabet offener. Er erzählte, dass er nicht in der Lage war, einen Fahrplan zu lesen, geschweige denn eine Speisekarte. Jedes amtliche Formular stellte ihn vor unüberwindliche Hürden. Wobei er sich noch glücklich schätzen konnte, dass er einen Vater hatte, der sich wenigstens ein bisschen um ihn kümmerte. Sie unterhielten sich fast eine Stunde, Malthaner notierte Seite um Seite in seinem Notizblock. Wirklich, es würde eine gute Story geben.

Nach dem Gespräch mühte er sich mit seinem Saab wieder durch den Stuttgarter Hauptstadtverkehr in die Redaktion. Er enttäuschte Hauser nicht. Die Geschichte war schon deutlich vor vier im Kasten. Eigentlich hätte sie zum Seitenaufmacher werden sollen. Doch das verdarb ein Kunstraub, der um die Mittagszeit bekannt geworden war. Diese Story ging vor, falls Gisela Straubinger was Ordentliches daraus machte. Es war Malthaner im Gegensatz zu den meisten Kollegen ziemlich egal, ob seine Geschichte oben oder unten auf der Seite stand. Für pubertäre Hahnenkämpfe um die Platzierung seiner Storys hatte er schon lange keinen Sinn mehr. In dieser Hinsicht musste er sich nichts mehr beweisen.

Für Malthaner gab es noch dies und das zu erledigen, der Nachmittag verstrich. Vor der Rückkehr nach Albstadt wollte er einen kurzen Abstecher zu seiner verwaisten Stuttgarter Wohnung machen. Er unterhielt sich gerade mit dem Kollegen Marco Schmierer über Zorros Verschwinden, als sein Telefon bimmelte. Der Klingelton schien irgendwie nichts Gutes zu verheißen, redete er sich ein und nahm ab. Reinhard. Soweit Malthaner sich erinnern konnte, hatte Reinhard in all den Jahren, die sie befreundet waren, noch nie in der Redaktion angerufen. Eine Premiere also. Er würde seine Gründe haben. »Stell dir vor«, hörte Malthaner die Stimme von Reinhard, »was ich hier in der Hand halte. Eine Krankmeldung von Uwe Schlegel.« Das war ja interessant. Reinhard berichtete, dass Schlegel vormittags nicht zur Arbeit erschienen sei. Ein Umstand, um den man zunächst kein Aufhebens gemacht habe. Schließlich kämen viele Mitarbeiter erst später, um dann bis in die Nacht zu arbeiten. Als Schlegel nachmittags um zwei immer noch nicht aufgetaucht war, habe er die Sekretärin mehrfach bei ihm zuhause anrufen lassen - erfolglos. Mit der Nachmittagspost sei dann die Krankmeldung von Schlegel gekommen, »zunächst bis einschließlich Dienstag.«

Reinhard schien beunruhigt und in Malthaner meldete sich ein ähnliches Gefühl. Sie unterhielten sich noch einige Minuten bevor sie wieder auflegten. Malthaner beschloss, seiner Wohnung keinen Besuch mehr abzustatten, sondern gleich wieder in Richtung Alb zu fahren.

Kapitel XIV

Samstag. Das Wetter war eine Spur unfreundlicher geworden. Ein unangenehmer Wind blies als Vorbote des bevorstehenden Winters, der sensibleren Naturen das Wochenende schwer machen konnte. In der Nacht hatte es wohl geregnet. Selbst nach zehn Uhr war das Straßenpflaster noch feucht. Die Menschen hatten sich auch in der Wahl ihrer Kleidung endgültig von der Hoffnung auf einen anhaltend schönen Herbst verabschiedet. Ein Pullover tat's nicht mehr, es musste schon eine gefütterte Jacke sein, die ersten Kälteempfindlichen trugen bereits Handschuhe. Die Marktleute standen dick mit Schals und Mützen vermummt hinter ihren Ständen mit Obst, Käse und Blumen. Der Morgen hatte mit einer Überraschung begonnen, denn Brigitte wollte unbedingt mit auf den Wochenmarkt, was in letzter Zeit wegen der vielen Arbeit in ihrer Praxis selten vorgekommen war. Sie machten ihre Besorgungen, trafen ein paar Bekannte. Roland Tück war an diesem Tag ohne seine Tochter in der Stadt unterwegs und freute sich über Malthaners und Brigittes Einladung ins Café. Er schien die kurze Zeit zu genießen, die er ohne die Last der Verantwortung war und gab sich für seine Verhältnisse geradezu ausgelassen. Verwundert registrierte Malthaner, wie viele Gäste zu dieser Vormittagsstunde bereits Bier oder Wein vor sich auf den Tischen stehen hatten. Jetzt ein Bier, und Malthaner wäre für den Rest des Tages zu nichts mehr zu gebrauchen. Er hatte einen Cappuccino und ein Mineralwasser geordert, Brigitte trank einen Orangensaft. Roland genehmigte sich zum Kaffee einen Grappa und dann noch einen. Sie redeten. Natürlich kam die Sprache schnell auf Reinhard. Es hatte sich bereits im Bekanntenkreis herumgesprochen, dass er wieder auf freiem Fuß war. Roland schien ehrlich erleichtert zu sein.

Nach dem Mittagessen setzte sich Malthaner auf sein Bike. Um warm zu werden, machte er ordentlich Tempo. Der Wind kam ihm teilweise frontal von vorne entgegen und schnitt ihm ins Gesicht. Malthaner fuhr in die Stadt hinab, durchquerte das Zentrum, lenkte das Pogo nach Truchtelfingen, um von dort einen Anstieg bergan zu erklimmen. Unterhalb der Sana-Klinik steuerte er auf einem breiten asphaltierten Weg in Richtung des Waldes hinauf. Ein stinkender Motorroller überholte ihn. Das schien langsam zur Gewohnheit zu werden, dass er von diesen knatternden Dingern eingenebelt wurde. Das Gefährt sah dem Roller ähnlich, der ihn bei seiner abendlichen Tour vorgestern genervt hatte, indem der Fahrer ewig hinter ihm her fuhr. Andererseits sah für Malthaner jeder Motorroller ziemlich gleich aus. Auch die große Gestalt des Fahrers, die mit dem Motorradhelm und eingepackt in eine dicke Skijacke so aussah, wie man sich landläufig einen Marsmenschen vorstellt, erinnerte von der Statur an den Fahrer von vorgestern. Vielleicht war es ja ein- und dieselbe Person. Die Welt war klein und Albstadt noch viel kleiner. Malthaner verschwendete keinen weiteren Gedanken daran, nachdem der Roller vor ihm aus seinem Gesichtsfeld verschwunden war. Der asphaltierte Weg machte eine Biegung nach rechts, die der Rollerfahrer wohl genommen haben musste. Malthaner ignorierte die Kurve und hielt sich geradeaus, kam auf eine Piste, die selbst bei wohlwollender Betrachtung nicht einmal mehr als verwilderter Weg durchging. Hier im Wald war von dem schneidenden Wind nichts mehr zu spüren. Links am Weg wucherte Unkraut. Im Sommer konnten Brennnesseln das Biken an dieser Stelle ungemütlich machen. Rechts wuchsen Felsfindlinge aus dem Boden, unter die man am liebsten Pflöcke gelegt hätte, damit sie nicht wegrollten. Beiderseits von seinem Weg stieg das Gelände steil an, so dass sich Malthaner vorkam wie in einem Kessel. Links von ihm wuchsen vor allem Laubbäume den Hang hinauf, rechts dominierten Nadelbäume, die sich in den harten Untergrund krallten und dort seit Urzeiten Wind und Wetter trotzten. Ungezähmte Landschaft. Herber Charme, den nicht jeder zu schätzen wusste. Anders Malthaner, hier kam ihm alles vertraut vor. Er fühlte sich auf wundersame Weise geborgen und es war ihm, als füge er sich mit seinem Bike wie selbstverständlich in das Bild. Spaziergänger verirrten sich selten hierher. Ab und zu nahmen ein paar Wanderer diese Strecke unter die Sohlen ihrer Schuhe. Der Untergrund war steinig und die Piste stieg zunehmend steil an. Nach und nach schaltete Malthaner die Gänge herunter. Schweiß sammelte sich unter seinem Helm und tropfte ihm aufs Trikot. Mit jedem Meter, den er zurücklegte, schienen die Steine unter seinen Reifen größer zu werden. Das schwierigste Stück des Weges lag nun die nächsten zehn Minuten lang vor ihm, das wusste er, hatte er sich hier doch schon hunderte Male mit dem Rad aufwärts gequält. Die Steine gingen in eine Ansammlung losen Gerölls über, der Weg stieg immer steiler an. Ganz nach oben würde er es nicht schaffen, er müsste die letzten 200 Meter schieben. Kaum vorstellbar, dass es irgendjemanden gab, der hier mit dem Bike bis ganz nach oben kommen konnte. Hans »No Way« Rey oder andere Helden der Mountainbike-Szene vielleicht, aber ganz sicher kein Freizeitbiker. Der Weg, der als solcher schon gar nicht mehr erkennbar war, wurde im oberen Teil einfach zu steil und der steinige Untergrund viel zu lose. Dennoch, er wollte so lange wie möglich im Sattel bleiben.

Es erwischte ihn, als er eng an einem der Felsen vorbeifuhr.

Der Schlag kam völlig unerwartet und fegte Malthaner zu Boden, als wäre eine Lawine über ihn hereingebrochen. Hart. Kompromisslos. Es gelang ihm noch irgendwie, die Schuhe aus den Pedalen zu klicken. Eine Woge aus Panik, ungläubigem Staunen und Schmerz rollte über ihn hinweg und drohte ihn zu verschlingen. Seine rechte Seite brannte vom Oberarm abwärts, wo ihn der Schlag erwischt hatte. Ungeschützt stürzte er mit der linken Schulter auf den steinigen Untergrund. Etwas Hartes bohrte sich in seine Rippen, er bekam keine Luft mehr. Sein Trikot riss in Höhe des Ellbogens. Tränen des

Schmerzes schossen ihm in die Augen. Unter dem No Pogo liegend fühlte sich Malthaner wie begraben. Verwundert registrierte er, dass ein Marsmensch mit Helm und Skijacke über ihm stand. Das war nicht das eigentlich Schlimme. Das eigentlich Schlimme bestand darin, dass der Marsmensch einen dicken Ast aus massivem Holz in den Händen schwang; ein todbringender Knüppel bei richtiger Handhabung. Der Vermummte schien etwas zwischen den Lippen hervorzupressen, das klang wie »Ich mach' dich fertig«. Diesen Vorsatz wollte er mit ziemlichem Schwung in die Tat umsetzen. Der Ast raste auf Malthaner nieder. Der versuchte, sich wegzudrehen, war aber unter dem Bike und in seinem Schmerz gefangen, und es gelang ihm nicht richtig auszuweichen. Als der Ast ihn zum zweiten Mal traf, brüllte Malthaner auf wie ein angeschossenes Tier. Wo genau der Schmerz herkam, er wusste es nicht. Wieder holte der Marsmensch aus, schwang den Knüppel über dem Kopf, um Schwung zu holen wie ein Diskuswerfer im dritten und entscheidenden Versuch. Ohne zu überlegen warum, drückte Malthaner das Bike so kraftvoll wie nur möglich mit dem rechten Fuß von sich weg, dem Marsmenschen entgegen. Der geriet tatsächlich einen Moment aus dem Tritt. Der bedrohliche oberschenkeldicke Ast kam Malthaner wieder entgegen und schien seinen Brustkorb zerschmettern zu wollen. Das anvisierte Ziel, den Kopf, verfehlte die Keule nur knapp. Ungültiger Versuch für den Diskuswerfer. Malthaner wollte schreien, wollte brüllen. Aber er hatte keine Stim-

me. Etwas schien in ihm zu bersten und Dunkelheit umfing ihn.
Die Stimme, die Jörg Malthaner wieder ins Leben zurück rief, konnte er erst mal nicht zuordnen. Sie gehörte zu einem Mädchen, das ihr langes blondes Haar zu einem Zopf verknotet hatte und an seiner Seite kniete. Sie trug eine blaue Windjacke, enge, dunkle Hosen und hohe Stiefel. Unter angenehmeren Umständen hätte Malthaner ihr Äußeres als ausgesprochen anregend empfunden. Jetzt starrte er sie nur verwirrt an und gab dabei die Karikatur eines Stummfilmschauspielers ab, der einen Irren zu spielen hatte. Die Blonde mochte Anfang zwanzig sein. Höchstens. Es dauerte eine halbe Minute, bis Malthaner registrierte, dass er auf dem Waldboden lag. Genauso lange dauerte es, bis die Erinnerung und der Schmerz zurückkamen. Mit einer hektischen Kopfbewegung sah er sich um und stöhnte dabei laut auf. Betäubender körperlicher Schmerz, dessen Zentrum nicht zu lokalisieren war. Kein Marsmensch weit und breit, und kein Diskuswerfer. Dafür – ein Pferd! Zwei Meter von ihm entfernt stand der Gaul da und glotzte teilnahmslos auf ihn herab. Ohne dass sein Gehirn es ihm befohlen hätte, versuchte Malthaners rechter Arm auf das Tier zu zeigen. Eine Schmerzwelle jagte durch den Arm, wieder stöhnte er. Zum Schreien fehlte ihm die Kraft. Das Pferd drehte den Kopf von ihm weg, als wolle es damit demonstrieren, wie gelangweilt es ob dieses entwürdigenden Anblicks war, und fraß von den Sträuchern am Wegesrand.

»Geht's ...?«, hörte er die Stimme der jungen Frau. Er reagierte mit einem Laut, der alles oder nichts bedeuten konnte.

»Es kann nicht mehr lange dauern, bis der Notarzt hier ist. Ich habe über Handy den Notruf angewählt. Gott sei Dank hat man hier draußen Netz, sonst würden die uns nie finden.« Die Blonde demonstrierte Tatkraft. »Bleiben sie liegen«, kommandierte sie, als würde sie mit ihrem Vierbeiner reden, als Malthaner unter anhaltendem Stöhnen und einem schmerzhaften Hustenanfall versuchte, seinen Oberkörper aufzurichten. »Wo kommen sie her?«, stammelte er. Immerhin, seine Worte schienen zu einem verständlichen Satz geformt zu sein, denn sie gab ihm die passende Antwort. »Ich war mit Durango unterwegs.« Sie nickte in Richtung ihres Pferdes, das sich weiterhin nicht im geringsten für die dramatischen Vorkommnisse direkt zu seinen Hufen zu interessieren schien.

»Wissen sie, wir trainieren. Wenn Durango gut drauf ist, dann nehmen wir hin und wieder diesen Anstieg in Angriff. Wir reiten manchmal Military-Rennen.« Sie lächelte den Gaul sekundenlang geradezu zärtlich an, bekam aber schnell wieder einen ernsten Gesichtsausdruck. »Als wir um die Ecke gebogen sind, lagen sie da, und ein großer Mensch mit einem Helm schlug auf sie ein. Wir sind offenbar gerade noch rechtzeitig gekommen. Durango hat heute großen Spaß am Ausritt, er war kaum zu bremsen.« Wieder schenkte sie ihrem Pferd einen versonnen Blick, um sofort darauf Malthaner ins Gesicht zu sehen. »Der Mann hätte sie, glaube ich, totgeschlagen.«

»Wo ist der Kerl?«, presste Malthaner hervor und handelte sich wieder einen Hustenanfall und rasende Schmerzen ein.

»Als er uns gesehen hat, ist er einfach davongerannt.« Die Frau schien nicht im geringsten ängstlich zu sein. »Das da hat er dagelassen«, fuhr sie fort und deutete auf einen großen Ast, der quer über dem Rahmen des Pogo ruhte. »Was wollte der Kerl von ihnen?«, fragte sie und in ihrer Frage lag kein bisschen Angst oder Besorgnis, sondern sie war reiner Neugierde entsprungen.

»Mich fertigmachen. Hat er gesagt.«

»Mindestens zur Hälfte scheint ihm das ja auch gelungen zu sein«, meinte die Reiterin unbekümmert. »Geht mich zwar nichts an, aber ich habe außer dem Notarzt auch die Polizei verständigt.« Unter den gegebenen Umständen war Jörg Malthaner dafür durchaus dankbar.

Der Notarzt traf deutlich vor der Polizei ein. Sie waren mit dem Sanka so nahe wie möglich an die Stelle herangefahren, an der Malthaner auf dem Boden lag. Trotzdem mussten sie ihn mit der Trage noch ein ganzes Stück den Pfad nach unten tragen. Die beiden Sanis, die der Notarzt bei sich hatte, beklagten sich nicht über die mehr als 80 Kilogramm schwere Last Mensch, die sie tragen mussten. Die beiden waren wohl daran gewöhnt. Malthaner stöhnte während des ganzen Weges, der Arzt hatte ihm zwei Spritzen verpasst, die nicht wirkten. Zwei Polizeibeamte, die ob des ungewöhnlichen Vorfalls nicht mehr Diensteifer an den Tag legten, als ein unerfreulicher Wochenenddienst nun mal zuließ, hatten die Personalien von dem Mädchen, der Zeugin, aufgenommen, noch während der Arzt sich um das Bündel auf dem Boden kümmerte, das zu besseren Zeiten ein erfolgreicher freier Journalist war. Dem Namen nach musste die Blonde die Tochter eines bekannten Albstädter Autohändlers sein, wie Malthaner am Rande registrierte. Durango gehörte ihrem Vater, das Pferd war in einem Stall des Reitvereins untergestellt, wie Malthaner mitbekam, obwohl er in einer Wolke von bohrendem Schmerz und nicht weniger quälenden Fragen gefangen war. Wer war der verdammte Marsmensch? Was hatte ihn dazu gebracht, ihn, Jörg Malthaner, einen harmlosen Moutainbiker, fast umzubringen? Wie konnte ein Mensch eine solche Brutalität und Rohheit an den Tag legen? Und wer kümmerte sich um das Pogo?

In der Ambulanz des Kreiskrankenhauses näherten sie sich dem Patienten Malthaner mit professioneller Gelassenheit. Die Schmerzmedikamente und Beruhigungsmittel hatten nach und nach ihre heilbringende Wirkung entfaltet. Zwar war Malthaner weit davon entfernt, einen schmerzfreien Samstag Nachmittag zu verleben, doch fühlte er sich in dem Dämmerzustand, in den ihn die vom Arzt verabreichten weiteren Medikamente versetzt hatten, wesentlich wohler als noch im Krankenwagen. Es sei erstaunlicherweise nichts gebrochen, wusste der Oberarzt zu berichten, der sich anerkennend über die außergewöhnlich gute Konstitution Malthaners ausließ. Der Doktor war ein etwa 50-jähriger Weißkittel, der erfolgreich den Eindruck vermittelte, in seinem Berufsleben alles schon mindestens zweimal gesehen zu haben. Aufgrund seiner Abgeklärtheit war anzunehmen, dass er auf ein ärztliches Dasein vor seinem Wirken in Albstadt zurückblicken konnte. Der Notarzt und die Polizei hatten ihn zuvor in knappen Worten über das Vorgefallene informiert, soweit sie im Bilde waren.

Die kommende Nacht werde Malthaner auf der Intensivstation Aufnahme finden, »nur zur Sicherheit«, kündigte der Arzt an. Ein paar Tage müsse Malthaner im Krankenhaus bleiben. Schmerzen würden den Patienten noch eine schöne Zeit lang begleiten, an Arbeit sei in den kommenden beiden Wochen mit Sicherheit nicht zu denken, und auch die Möglichkeit eines späten Schockzustands sei nicht gänzlich auszuschließen. Selbstverständlich würde der Polizeibeamte, der vor dem Behandlungszimmer wartete, erst morgen mit dem Patienten sprechen dürfen. Dass sich die Polizei überhaupt für Malthaner interessierte, schien den Doktor nicht weiter aufzuregen. Und das war Albstadt, nicht New York.

Malthaner war alles recht, was eindeutig an den offensichtlich nicht gering dosierten Medikamenten lag.

Die von der Polizei informierte Brigitte machte am Krankenbett kein glückliches Gesicht. Jörg Malthaner war trotzdem froh, seine Lebensgefährtin zu sehen. Nicht nur, weil sie die Diagnose des Krankenhausarztes bestätigte. Sie hatte mit dem Oberarzt gesprochen, vermutlich ein Gespräch unter Halbgöttern in Weiß, dessen Inhalt sich Normalsterblichen nicht erschließen konnte. Danach griff sie in die Tasche ihrer schwarzen Jeans und zog ein kleines Tablettenröhrchen hervor, das sie Malthaner in die Hand drückte, verbunden mit dem Hinweis, er solle im Falle unerträglicher Schmerzen eine der Tabletten nehmen. Auf keinen Fall dürfe er mehr als drei davon in einer Nacht schlucken, schärfte sie ihm ein. Er erzählte ihr knapp, was vorgefallen war. Brigitte stellte keine darüber hinaus gehenden Fragen nach dem Warum und Wie, das ihn in dieses Bett gebracht hatte, in dem er, an zahlreiche Apparate und Schläuche angeschlossen, fast bewegungsunfähig lag. Die Polizei hatte Malthaners Bike im Streifenwagen mitgebracht. Es könne beim Polizeirevier abgeholt werden, sobald die Ermittlungen abgeschlossen seien, war Brigitte von einem der Beamten versichert worden.

Die Nacht auf der Intensivstation wurde lang und schmerzhaft. Daran änderte auch der Luxus eines Einzelzimmers mit außergewöhnlicher Anteilnahme der Nachtschwester nichts. Mehrfach fiel Malthaner in einen kurzen, unruhigen Schlaf mit Alptraumsequenzen, der jeweils nach kurzer Zeit von heftigen Schmerzen beendet wurde. Es gab nur die Möglichkeit, auf dem Rücken zu liegen, alles andere verhinderten seine Verletzungen und die beiden Infusionsschläuche. Dem Schmerz im rechten Oberarm gab Malthaner das Adjektiv »pochend«. Für die Schmerzen im Brustbereich hatte er einfach nur das Wort »unerträglich« übrig. So quälend wie der physische Schmerz war auch die Frage nach der Person des

Angreifers sowie nach seiner Motivation, dem harmlos bikenden Jörg Malthaner aufzulauern.

Schließlich nahm die Nacht doch noch ein Ende. Malthaner musste wieder eingeschlafen sein. Als er aufwachte, schaute der Oberarzt mit seiner Gleichmut vermittelnden Miene auf seinen Patienten herab. Im Schlepptau hatte er die Nachtschwester und einen anderen Weißkittel, der seinem Aussehen nach vor nicht allzu langer Zeit dem Kindergartenalter entwachsen war. Ein Namensschild wies ihn als Dr. A. Knobloch aus. Also war das mit dem Kindergarten doch schon länger her. Musste der Oberarzt schon wieder Dienst schieben oder immer noch seit gestern? Er betrachtete vor dem Bett stehend ein paar Zettel, die er auf einem Klemmbrett vor sich her trug und schaute dann interessiert einen Computerausdruck auf Endlospapier an, den ein Drucker hinter dem Bett nicht gerade eben geräuschlos ausspuckte. Dann sah er Malthaner wortlos ins Gesicht, wobei sein Minenspiel keinerlei Rückschlüsse auf den Zustand des Patienten zuließ. Die Haut des Arztes wirkte auf Malthaner fahl. Dabei musste gerade er sich solche Gedanken machen. Sah selbst mit Sicherheit auch nicht aus wie das blühende Leben. Noch hatte der Arzt kein Wort gesagt. Seine beiden Begleitpersonen hatten sich dem Schweigegelübde angeschlossen. Verbale Kommunikation schien an einem Sonntagmorgen nicht ihre Stärke zu sein. »Gut, sehr gut«, hörte Malthaner den Oberarzt schließlich das Schweigen brechen. Der Mediziner erteilte die Auskunft, dass sich Malthaners Aufenthalt auf der Intensivstation dem

Ende zuneigte und er noch am Vormittag auf die Normalstation verlegt würde. Der Arzt schien zufrieden. »Keine Sonderbehandlung mehr«, schob er hinterher und schien dabei ein ganz klein wenig zu lächeln.

Malthaner musste sich sein neues Zimmer mit einem Mann undefinierbaren Alters teilen, der an einer Blasengeschichte litt. Der Sonntagmorgen zog sich dahin, als hätte die Erde aufgehört, sich zu drehen. Gegen 11.30 Uhr sollte Malthaner eine Pampe zu sich nehmen, die von einer freundlichen Krankenschwester als Mittagessen bezeichnet worden war. Immerhin handelte es sich um so etwas wie feste Nahrung, also konnte es nicht ganz schlimm um ihn bestellt sein, redete sich Malthaner ein, was seine Stimmung aber nicht wirklich heben konnte. Ebenso wenig wie das unergiebige Gespräch mit dem Blasenkranken.

Als erste kam Brigitte zu Besuch. Sie überbrachte Genesungswünsche von Hauser, den sie zuhause angerufen und über den Vorfall ins Licht gesetzt hatte. Brigitte wirkte nicht mehr so angespannt wie noch gestern. Dann platzten nach und nach alle herein, die von Brigitte informiert worden waren. Kurt in seiner Motorradmontur schaute kurz vorbei. Er war zu so etwas wie einem Rendezvous unterwegs, wenn Malthaner seine chiffrierten Äußerungen richtig interpretierte. Kaum hatte Kurt die Tür des Krankenzimmers hinter sich geschlossen, klopfte es schon wieder und Reinhard machte seine Aufwartung. Danach kam Malthaners Mutter, die gramzerfurcht aussah und etwas in dem Sinn andeutete, dass erwachsene Kinder noch viel anstrengender seien als kleine Hosenscheißer. Die nächsten, die sich blicken ließen, waren Petra und Roland Tück mit der kleinen Marga, die verschüchtert zwischen all den unbekannten Erwachsenen hin und her blickte. Brigittes Vater machte einen kurzen Besuch. Er konnte es nicht lassen, selbst so eine Art medizinischer Untersuchung an dem bettlägrigen Malthaner vorzunehmen, und ließ sich von dessen schwachem Protest in seinem Eifer nicht bremsen. Vier Jahrzehnte als niedergelassener Arzt gingen eben nicht spurlos an einem vorüber. Die unkonventionelle Untersuchung schien zu seiner Zufriedenheit ausgefallen zu sein. Hansi Schneider kam plötzlich ins Krankenzimmer, ein alter Freund, dem Reinhard Bescheid gesagt hatte. Alle redeten durcheinander. Alle wollten wissen, was passiert war und warum. Dann traten zwei Personen ein, die das auch wissen wollte. Aus beruflicher Neugier. Die eine war die Hälfte des Polizistenpaares, das gestern am Tatort erschienen war. Die zweite war Klaus Konz, Leiter der Albstädter Kriminalaußenstelle. Kriminalhauptkommissar, wenn Malthaner sich richtig erinnerte. Vor einiger Zeit hatte Malthaner in einer unangenehmen Sache mit Konz zu tun gehabt und ihn dabei ehrlich schätzen gelernt. Der Schnauzbart, den Konz damals getragen hatte, war verschwunden, was den Kriminalbeamten jünger erscheinen ließ. »Sie sehen jünger aus als bei unserem letzten Zusammentreffen«, begrüßte ihn Malthaner. Der Kriminaler schaute mitleidvoll auf das Bett hinab und meinte: »Sie sehen ziemlich alt aus, wenn sie mir die Bemerkung gestatten.« Konz bat alle Anwesenden, kurz das Zimmer zu verlassen, um die kriminalpolizeiliche Untersuchung zu vereinfachen. »Routinesache. Nur ein paar Fragen«, gab er in die Runde. Malthaners Zimmer leerte sich. Mit der rechten Hand angelte Konz nach einem Stuhl, einem von der Sorte, wie sie in allen Krankenzimmern zu finden sind, in denen Pflichtversicherte untergebracht werden. Der Uniformierte musste stehen bleiben. Hierarchien.

»Dann wollen wir mal«, sagte Konz und zog einen Mini-Notizblock aus der Innentasche seines dicken Wollsakkos. Der Patient im Bett nebenan war plötzlich ganz Ohr. Nachdem Konz sich vergewissert hatte, dass die Blase des Mannes keinen hemmenden Einfluss auf seine Beine ausübte, schickte er auch ihn auf den Gang. Wenn das der Oberarzt gewusst hätte.

»Erzählen sie mir, was gestern vorgefallen ist«, bat Konz und wirkte sehr ernst dabei.

»Das meiste dürften sie schon gehört haben«, antwortete Malthaner mit einem Seitenblick auf den Polizisten in Uniform. »Viel mehr weiß ich auch nicht. Plötzlich steht der Kerl mit dem Helm da, aufgetaucht aus dem Nichts. Er prügelt wie besessen auf mich ein, ich trete weg, und als ich wieder aufwache glaube ich, dass ich im Himmel bin, weil ein blonder Engel mit mir spricht.«

»Wenn sie bitte sachlich bleiben könnten und ihren Zynismus zügeln würden«, mahnte ihn Konz, ganz deutscher Beamter. Machte wohl auch nicht gerne Sonntagsdienst. Konz ließ sich alles noch einmal aus Malthaners Sicht schildern und notierte Stichworte. Jörg Malthaner erwähnte unter anderem, dass ihn der Mensch mit dem Helm und dem Anorak kurz zuvor auf einem Motorroller überholt hatte. »Das erklärt, wie er sich so schnell aus dem Staub machen konnte«, dachte Konz laut. Er ließ sich den Mann, seinen Skianorak, den Helm und den Motorroller genau beschreiben. Malthaner tat sein Möglichstes. Dann stellte Klaus Konz die Frage, an deren Beantwortung Malthaner selbst seit gestern immer wieder scheiterte: »Haben sie irgendeine Ahnung, wer es auf sie abgesehen haben könnte?«

In einer spontanen Geste wollte Malthaner mit den Schultern zucken. Der Schmerz ließ ihn aufstöhnen. »Keinen blassen Schimmer«, presste er hervor.

»Gibt es jemanden, den sie als ihren Feind bezeichnen würden?«

Vorsichtig schüttelte Malthaner den Kopf. Uwe Schlegel wollte ihm seit gestern nicht mehr aus dem Sinn gehen. Schlegel, der Mann mit den zwei Gesichtern. Aber es konnte nicht Schlegel gewesen sein, der ihm aufgelauert hatte. Der Computerfachmann war viel dicker als der Schläger.

Konz insistierte. »Sind sie in letzter Zeit jemandem auf die Füße getreten? Haben sie einen Artikel geschrieben, der jemandem missfallen hat?«

»Zweiteres weiß man nie. Dass man nicht Everybodys Darling ist, bringt mein Beruf so mit sich. Wäre es anders, würde ich etwas falsch machen.«

»Man hört, dass sie ihre Nase ziemlich tief in den Fall Ellwanger stecken.«

»Hört man?«

»Man hört!«

»Der Mordfall hat mich beruflich interessiert.«

»Ich weiß, dass sie gut mit Herrn Mössner befreundet sind und dass ihr Interesse an der Angelegenheit auch einen privaten Aspekt hat. Ich frage sie ganz direkt: Glauben sie, dass der Überfall von gestern etwas mit dem Ellwanger-Mord zu tun haben könnte?« Malthaner schüttelte bedächtig den Kopf, so gut das eben ging. »Das kann ich mir nicht vorstellen. Können sie es denn?«

»Wir können es zumindest nicht ausschließen. Solange wir nichts Definitives wissen, ist das zumindest eine Option.« Dann sagte er etwas, was Bullen wohl sagen müssen. »Wir ermitteln in alle Richtungen.« Der zweite Beamte mischte sich in das Frage- und Antwortspiel ein. »Hatten sie den Eindruck, der Angreifer wollte ihnen nur eine Lektion erteilen, oder glauben sie, er hatte es auf ihr Leben abgesehen?«

Im Geiste sah Malthaner die Pressemeldung vor sich, die die Polizei heute Abend an die Medien herausgeben würde. Darin wäre vermutlich die Rede davon, dass »ein noch unbekannter Angreifer am Samstag eine Gewalttat zum Nachteil eines Fahrradfahrers durchgeführt« hatte. Ein mitleidiges Lächeln schlich sich auf sein Gesicht, als er sich den Pressesprecher der Polizeidirektion vorstellte, der gezwungen war, täglich solchen Bockmist zu formulieren, obwohl er es viel besser konnte. »Damit bin ich dann wohl ein Fall für Theo Reiher?«, fragte er Konz.

»Ganz sicher«, antwortete der Kripo-Chef und gönnte sich seinerseits den Anflug eines Grinsens.

Alle weiteren Fragen der beiden Vertreter der Staatsgewalt konnte Malthaner nicht zufriedenstellend beantworten. Er erfuhr, dass die Kriminaltechniker sich das Pogo vornehmen würden, ebenso den dicken Ast, den die beiden Uniformierten gestern vor Ort sichergestellt hatten. Die beiden waren wohl doch ausgeschlafener, als er ihnen zugetraut hatte.

Das Gespräch dauerte knapp 20 Minuten. Konz und sein Kollege waren schon an der Türe, als es doch aus Malthaner herausplatzte. »Mir ist da noch etwas eingefallen.« Und er erzählte von Uwe Schlegel und dessen komischem Verhalten. Er erzählte auch davon, dass ihm kurz der Gedanke in den Sinn gekommen war, dass Schlegel der Schläger gewesen sein könnte, was aber angesichts seines Körperbaus unmöglich war. Bei dem Kerl handelte es sich um einen kräftigen und großen Mann. Kräftig war Schlegel zweifellos in jeder Hinsicht, so groß aber bestimmt nicht.

Als es heraus war, hätte sich Malthaner die Zunge abbeißen können. Was, wenn er einen zumindest in dieser Hinsicht vollkommen unschuldigen Schlegel einem bitteren Verdacht aussetzte? Manches behielt Malthaner für sich, zum Beispiel die Sache mit der Erpressung. Reinhard war der Meinung, dass sie die Polizei nichts anging, und Reinhard war derjenige, der direkt davon betroffen war. Konz hörte sehr interessiert zu und machte sich Notizen.

Dann gingen die beiden endgültig.

Dass auch Schlegel endgültig gegangen war, sollte Jörg Malthaner am nächsten Tag erfahren.

Kapitel XV

Die zweite Nacht im Krankenhaus war für Jörg Malthaner bei weitem nicht so schlimm verlaufen wie die vorhergehende. Er hatte am Abend in einen halbwegs ruhigen Schlaf gefunden, der allerdings von einer Krankenschwester unsanft beendet wurde, die unbedingt morgens um halb sechs Malthaners Blutdruck messen wollte. Die Schmerzen waren allgegenwärtig, aber es schien Malthaner, als habe er sich halbwegs daran gewöhnt. Die Schwester hatte ihm auf seine Bitte hin die aktuelle Alb-blatt-Ausgabe gebracht. Der samstägliche Überfall auf einen Fahrradfahrer fand sich in einem einspaltigen Kasten auf der ersten Lokalseite.

Der Morgen verlief langweilig, bis gegen zehn Uhr Reinhards Anruf kam. »Uwe Schlegel ist tot.« Atemlos stieß Reinhard die Worte ins Telefon. Die Polizeibeamten hätten ihn tot in seinem Wohnzimmer gefunden. Erschlagen.

Ein Mitarbeiter von Konz habe ihn nach Malthaners gestrigen Andeutungen über Schlegel befragt. Dabei habe er erzählt, dass die Kripo Schlegel noch am Sonntagabend einen Besuch abstatten wollte. Er habe nicht geöffnet. Auch am heutigen Morgen habe niemand auf das stete Klingeln reagiert, deshalb habe sich die Kriminalpolizei entschlossen, Schlegels Wohnungstüre zu öffnen. Dabei haben sie das Unglück entdeckt.

Gut, dass die Schwester nicht in diesem Moment Malthaners Blutdruck prüfte. Das Gerät hätte den Geist aufgegeben. Zu sehr hatte die Nachricht von der Ermordung Schlegels ihn aufgewühlt. Ein neues *Warum* war hinzugekommen. Uwe Schlegel, der ihm bei ihrer ersten Begegnung noch durchaus sympathisch erschienen war, der sich danach jedoch sehr eigenartig verhalten hatte und über den ihm Reinhard düstere Dinge erzählt hatte. Schlegel, mit dem er noch vor wenigen Tagen gesprochen hatte, sollte tot sein? Sein Leben ausgelöscht, einfach so? Es schüttelte Malthaner in seinem Bett.

Hoffentlich hatte Reinhard dieses Mal ein gutes Alibi. Die Polizei würde sich sehr genau damit beschäftigen, so viel war sicher.

Erst wird Henry Ellwanger Opfer eines brutalen Mordes, dann sein Mitarbeiter Uwe Schlegel. Beide erschlagen. Ellwanger, Schlegel. Ein Zusammenhang lag auf der Hand. Niemand könnte daran zweifeln. Welche Rolle war ihm, Malthaner, in dieser undurchsichtigen Angelegenheit zugedacht? Gehörte der vordergründig so sinnlose Überfall auf ihn auch zu dieser Sache? Hatte er seine Nase tatsächlich zu tief in den Fall Ellwanger gesteckt, so wie Konz angedeutet hatte?

Reinhard musste ihm versprechen, ihn auf dem Laufenden zu halten.

Jetzt nur im Bett zu liegen und sich den quälenden Fragen hinzugeben, hätte Jörg Malthaner nicht ausgehalten. Unter Schmerzen stellte er das Kopfteil höher. Er telefonierte. Brigitte bat er, ihm bei ihrem nächsten Besuch den Laptop mitzubringen. Als er vermutete, dass die Redaktionskonferenz zu Ende sein könnte, rief er

Hauser bei der Landeszeitung an. Entgegen seiner Gewohnheit machte Hauser keine Witze, gab sich nicht sarkastisch und versuchte auch gar nicht erst, den Unbeteiligten zu spielen. Brigittes gestriger Anruf habe ihm einen schönen Schrecken eingejagt, gab er zu und zeigte echte Besorgnis. Malthaner berichtete von dem weiteren Mord, der in die Berichterstattung der Medien im Land wieder neue Dynamik bringen würde. Er kündigte eine Spur zu vollmundig an, vom Krankenbett aus an dem Fall dranbleiben zu wollen. Damit löste er bei seinem früheren Vorgesetzten und väterlichen Freund weniger Begeisterung aus, als er erwartet hatte. Man könne sich für die Berichterstattung zunächst mit dem begnügen, was dpa lieferte, sagte Hauser.

Malthaners Oberarm schmerzte. Fast hätte er angesichts seiner eigenen Situation die Frage nach dem Verbleib von Zorro vergessen. Aber nur fast. Hauser konnte wieder keine Neuigkeiten vermelden. Zorro war und blieb von der Bildfläche verschwunden, und die allgemeine Ratlosigkeit unter den Kollegen war wohl der Annahme gewichen, dass dem Fotografen etwas sehr Ernstes zugestoßen war. Offensichtlich machte die These von einem Selbstmord die Runde und schien in der Redaktion langsam, aber sicher mehrheitsfähig zu werden. Bei dem Gedanken wurde Malthaner übel.

Der Mann im Bett nebenan hörte gar nicht mehr auf, über die Aktivitäten Malthaners zu staunen. So verhielt sich ein Patient einfach nicht. Einen so ergiebigen Vormittag hatte er im Krankenhaus vermutlich noch nie erlebt. Immerhin hielt er die Klappe.

Den Pressesprecher der Polizeidirektion bekam Malthaner erst beim fünften Versuch an den Hörer. Theo Reiher hatte gut zu tun, nachdem sich die Nachricht von dem Mord an Schlegel verbreitete. Für den Nachmittag war mal wieder eine Pressekonferenz anberaumt. Die Polizei konnte sich auf kritische Fragen einstellen, denn der Zusammenhang mit dem Fall Ellwanger lag klar auf der Hand. Reiher erkundigte sich nach Malthaners Befinden und drückte seine aufrichtig wirkende Anteilnahme aus. Viel mehr interessierte ihn aber noch, wie das mit dem Überfall zugegangen war. Malthaner konnte Reiher nichts erzählen, was der nicht schon von seinen Kollegen wusste. Reiher versprach Malthaner, ihn nicht vom Informationsfluss abzuhängen, jetzt wo er im Krankenhaus lag.

Als nächstes rief Malthaner den Kollegen Volker Vogt vom Albblatt an, der die Berichterstattung über den Fall Ellwanger in Händen gehabt hatte. Vogt schaute in gewisser Weise zu dem erfolgreichen Jörg Malthaner auf, dass hatte der junge Reporter ihm einmal anvertraut. Sein berufliches Ziel sah Vogt in einer Anstellung bei der Landeszeitung, woraus er Malthaner gegenüber kein Hehl machte. Klar, sagte Vogt, würde er bei der nachmittäglichen Pressekonferenz anwesend sein. Er hatte nichts dagegen, dort für Malthaner die Augen und Ohren offen zu halten. Im Gegenzug erzählte ihm Malthaner, dass er derjenige sei, der am Samstag im Wald von einem

Schläger übel zugerichtet worden sei, jetzt im Krankenhaus liege und deshalb nicht selbst zur Pressekonferenz erscheinen könne. »Das ist eine Hintergrundinformation«, meinte Malthaner verschwörerisch, war sich aber sicher, dass Volker Vogt seinen Lesern diese Neuigkeit kaum vorenthalten würde. Und er zweifelte nicht daran, dass Vogt sich öffentlich Gedanken darüber machen würde, ob dieser zunächst so sinnlos scheinende Überfall auf den Journalisten nicht im Zusammenhang mit dem Mordfall Ellwanger stünde. Das öffentliche Interesse würde den Schläger vielleicht unter Druck setzen. Würde ihn zwingen, irgend etwas zu tun. Würde sich sozusagen hinter seine Maske, respektive seinen Motorradhelm blicken lassen. Malthaner konnte es nur hoffen. Wenn der Marsmensch nicht irgendein völlig durchgeknallter Verrückter war, der nur aus Spaß auf das nächstbeste Opfer eingedroschen hatte, wenn er es gezielt auf ihn abgesehen hatte, dann war seine Mission noch nicht beendet. Ein Gedanke, bei dem Malthaner fröstelte, obwohl das Krankenhauszimmer völlig überhitzt war.

In der Mittagspause kam Brigitte. Sie brachte den Laptop mit. Malthaners Versuch, aufzustehen und aus dem Bett zu steigen, konnte sie wenig Charme abgewinnen. Ihre Warnungen, welche Konsequenzen das für Körper und Geist haben konnte, ignorierend, quälte sich der Patient Malthaner von seiner Liegestatt hoch. Er stöhnte, ächzte, schloss im Schmerz die Augen und hielt sich den

Brustkorb. Seine zusammengepressten Lippen waren nur noch ein Strich. Aber er schaffte es. Nach einer endlos langen Minute saß Malthaner und ließ die Beine von der Bettumrandung baumeln.

»Na also«, quetschte er in erfolglos gespielter Fröhlichkeit hervor. Brigitte sah ihn strafend an. Als seine Freundin und Hausärztin musste sie doppelt um sein Wohl besorgt sein. Ärzte neigten manchmal zur Übertreibung. Lebensgefährtinnen erst recht.

Der Blasenkranke schaute interessiert herüber. Es dauerte noch einmal eine gute Minute, bis Malthaner stand. Wackelig, mit Schmerzen, die ihn von überall her gleichzeitig angriffen. Aber auf seinen eigenen Beinen. Der Triumph ließ die Pein in den Hintergrund treten. Für ein paar Sekunden wenigstens. Dann krampfte Malthaner in einer reflexartigen Bewegung die linke Hand vor seinem Brustkorb zusammen.

»Siehst du«, hört er die Stimme Brigittes. »Dein Körper will dir etwas mitteilen. Er will dir sagen, dass du ein kompletter Trottel bist, wenn du meinst, aufstehen und herumrennen zu können wie ein kerngesunder Mensch. Du brauchst Ruhe, Ruhe und nochmals Ruhe.« Aber sie ließ ihn gewähren.

Er machte ein paar Schritte. »Geht doch.« Seine Stimme klang tonlos, denn gehen und sprechen gleichzeitig war fast zuviel. Also hielt er den Mund und setzte Schritt vor Schritt. Es ging wirklich. Mit jedem Schritt besser. Er bewegte sich zu der kleinen Bad-Ecke, die nur durch einen Vorhang vom Zimmer abgetrennt war. Dort schaute er in den Spiegel, zum ersten Mal seit Samstag. Der Anblick überraschte ihn angenehm, keine sichtbaren Wunden, keine Prellungen, keine Schwellungen.

Brigitte kam hinterher und stützte ihn. Fast schien es, als wolle ihr Blick leichte Bewunderung ausdrücken. Brigittes Augen konnten verdammt viel sagen. »Besser als ich gedacht hätte«, meinte sie und ihr Ärger schien verflogen zu sein.

»Du hast doch mit deinem Kollegen von der hippokratischen Zunft gesprochen. Wann kann ich hier raus?«, wollte er wissen.

»Für diese Frage ist es viel zu früh, mein Lieber. Vor Donnerstag oder Freitag werden die dich hier nicht entlassen.«

»Ob ich hier herumliege oder zuhause, ist doch egal.«

»Nein, ist es nicht.«

»Daheim habe ich sogar die bessere Betreuung«, sagte Malthaner mit triefender Stimme und nahm Brigitte in den Arm. Ein Fehler, wie ihm sein schmerzender Brustbereich sogleich signalisierte.

Das Scharmützel zog sich eine Viertelstunde hin, bevor Brigitte in ihre Praxis zurückkehrte.

Bei der Pressekonferenz war nicht viel herausgekommen. Das sagte ihm Volker Vogt am Telefon und bestätigte damit das, was ihm Theo Reiher fünf Minuten zuvor mitgeteilt hatte. Die Polizei hatte den Pressevertretern die nackten Fakten genannt, viel mehr Informationen gab es nicht zu holen. Die Ermittlungsgruppe, die den Mord an Henry Ellwanger bearbeitete, hatte jetzt auch den Fall Schlegel am Hals; klarer Hinweis darauf, dass die Morde in den Augen der Polizei zusammenhingen.

Einer Eingebung folgend rief Malthaner bei Reinhard an, der versuchte, die Dinge in seiner Firma wieder in Ordnung zu bringen. Der Kapitän war wieder auf der Brücke, wie er selbst es nannte. Der Freund meldete sich unter der Durchwahlnummer in seinem Büro.

»Hat sich die Polizei schon um Schlegels Schreibtisch gekümmert?«

Reinhard erweckte nicht den Eindruck, als ob ihn die Frage überraschte. »Sie ist in diesem Moment dabei«, antwortete er. »Zwei Typen in Zivil, einer davon war gestern bei dir im Krankenhaus und hat uns so unhöflich aus deinem Zimmer hinauskomplementiert. Ich habe ihnen einen Kollegen zur Seite gestellt, der ein Auge auf das Wirken der Staatsgewalt hat.«

»Scheiße. Dann ist es jetzt wohl zu spät, selbst einen Blick in den Schreibtisch zu werfen. Vielleicht hätten wir irgend etwas finden können, das uns weiterhilft.«

»Weiterhilft wobei, Jörg?«

»Bei der Frage, wer Schlegel umgebracht hat, zum Beispiel.«

An diesem Punkt der Unterhaltung entstand eine Pause. Schließlich lachte Reinhard ins Telefon. »Unter uns«, sagte er. »Natürlich habe ich mich rechtzeitig um Uwes Schreibtisch gekümmert. In meinem eigenen Interesse. Genau genommen war das so ziemlich das Erste, was ich getan habe, nachdem ich von seinem gewaltsamen Tod erfahren habe.«

Lauthals zog er den Rotz durch die Nase, bevor er weitersprach. »Schließlich habe ich nach allem, was ich in den vergangenen Tagen erleben musste, nicht mehr allzu viel Zutrauen in die Unvoreingenommenheit unserer Polizei. Und ich wollte nicht mit einer unangenehmen Überraschung konfrontiert werden. Deshalb habe ich mir vorhin erlaubt, in Uwes Schreibtisch zu stöbern. Auch wenn mir das Ganze selbst sehr pietätlos vorgekommen ist. Ich habe mich fast schon gefühlt, als würde ich ein Grab schänden.« Wieder entstand eine Pause. »Wenn ich das richtig deute, was in mir in Bewegung ist, realisiere ich Uwes Tod noch gar nicht richtig.«

»Das kann ich nachfühlen«, gab Malthaner zur Antwort. »Mir geht es genauso. Und du hast ihn ja viel besser und länger gekannt als ich.«

»So ist es. Jetzt stelle dir mal vor, die Polizei erfährt, dass Uwe mich erpresst hat. Und sie erfährt, dass ich ein Verhältnis mit Claudia Ellwanger habe: Was glaubst du wohl, geht da in so einem Polizistenhirn vor?« Eine Antwort musste Reinhard nicht geben.

»Bist du in seinem Schreibtisch fündig geworden?«

»Kann man wohl sagen. Nichts, was in der Erpressungssache von Bedeutung wäre. Aber ich muss annehmen, dass Uwe vorhatte, sich aus dem Staub zu machen. Endgültig sozusagen.«

»Das ist ihm ja gelungen, wenn auch vermutlich auf eine andere Weise als geplant. Was hast du gefunden?«

»Ein Flugticket nach Kingston.«

»Was die Hauptstadt von Jamaika ist.« Malthaner pfiff leise durch die Zähne, was er nur äußerst selten tat.

»Stimmt. Und es ist nur ein Hinflug-Ticket. Abflugtag ist übermorgen.«

»Oh, Mann. Er wird nicht an Bord sein.« Nach einem Moment des Nachdenkens fragte Malthaner: »Lebt die Ex-Frau von Schlegel eigentlich noch hier in der Gegend?«

»Soweit ich weiß schon. Sie hatte nach der Trennung eine Wohnung in Onstmettingen gekauft, wie mir Uwe erzählt hat. Vermutlich wohnt sie noch dort. Sie arbeitete früher als Direktrice in einem Textilunternehmen. Wenn ich mich richtig erinnere, hat sie zu arbeiten aufgehört, als sie eine namhafte Erbschaft gemacht hat. Der sprichwörtliche Erbonkel aus Amerika, wenn ich mich recht entsinne.«

»Weißt du zufällig, ob sie nach der Scheidung ihren Nachnamen behalten hat?«

»Ich glaube schon. Warum?« Malthaner kam nicht in die Verlegenheit, antworten zu müssen, denn Reinhard sprach hastig weiter. »Ich rufe dann zurück. Die Kriminalpolizei will mich sprechen.«

Beide legten auf.

Von der Krankenschwester sich ließ Malthaner ein Telefonbuch bringen. Schlegel war ein durchaus gebräuchlicher Nachname in der Region. Er rechnete fest damit, ungefähr 100 Schlegels zu finden. Malthaner hatte Glück. In Onstmettingen waren nur eine Handvoll

Anschlüsse unter diesem Namen verzeichnet. Drei mit weiblichen Vornamen. Annegret, Gabriele und Martha. Martha schloss er aus, das klang zu sehr nach einer alten Frau. Also versuchte er es mit Gabriele. Es war schwer, eine wildfremde Frau anzurufen, die vermutlich vor wenigen Stunden vom Tod ihres Mannes erfahren hatte. Selbst wenn sie sich vor längerer Zeit von ihm getrennt hatte.

Sie meldete sich mit einer festen Stimme, die keinen Schmerz ausdrückte. Malthaner holte tief Luft, nannte seinen Namen und fragte die Frau am anderen Ende der Telefonleitung direkt, ob sie die Ex-Frau von Uwe Schlegel sei. Das Wort Witwe vermied er.

Gabriele Schlegel war die Frau, die er gesucht hatte. Er sprach sein Beileid aus. Dass die Polizei sie möglicherweise überhaupt noch nicht von dem Mord in Kenntnis gesetzt hatte, kam ihm erst später in den Sinn. Gabriele Schlegel wusste Bescheid. Und sie hatte sich in der Gewalt. Er stellte sich als Journalist vor, der noch kurz vor dem Tod ihres Ex-Mannes Kontakt zu ihm gehabt habe.

Zu Malthaners allergrößten Verblüffung entgegnete sie: »Ich weiß.«

Gabriele Schlegel war sehr gesprächig. Und sie verhehlte nicht, dass das Kapitel Uwe Schlegel für sie beendet war. Bis zum vergangenen Freitag. Da war ihr Verflossener überraschend bei ihr aufgetaucht. Um reinen Tisch zu machen, wie er sich ihrer Schilderung nach ausgedrückt hatte. Er wollte sich von ihr verabschieden, »für immer« hatte er gesagt. Nur, dass er es in einem anderen Sinn gemeint hatte als das Schicksal, das grausig mit ihm umgesprungen war. Er habe alles für seinen endgültigen Absprung in sein Traumland Jamaika vorbereitet, hatte er seiner geschiedenen Gattin erzählt. Und nicht nur das. Geradezu ausgekotzt hatte er sich, sagte seine Ex-Frau, ohne ein Blatt vor den Mund zu nehmen. Hatte vieles erzählt, was seine frühere Frau gar nicht wissen wollte. Unter anderem, dass er mit einem Journalisten namens Malthaner nachts eine konspirative Tour durch das Unternehmen seines Brötchengebers hinter sich gebracht hatte. Und vieles, vieles mehr.

Gabriele Schlegel war eine sehr offene Frau. Erstaunlich offen für den Umstand, dass sie Malthaner überhaupt nicht kannte. Sie verabredeten sich für den kommenden Tag.

Dienstag. Sein dritter Tag im Hospital. An Schmerzen schien man sich gewöhnen zu können. Malthaner brachte die Morgenvisite mit Anstand hinter sich, ebenso den gesamten Vormittag und das anschließende Mittagessen. Auf den Nachtisch verzichtete er. Farbe und Konsistenz des angeblichen Puddings lösten allerlei unappetitliche Assoziationen bei ihm aus. Das galt auch für den Artikel im Albblatt. Volker Vogt hatte seine große Story, brachte natürlich den Überfall auf ihn in Verbindung mit dem neuen und dem alten Mord, und fragte abschließend etwas melodramatisch, ob man seines Lebens auf der Alb noch sicher sei, jetzt, da sich in Albstadt offensichtlich Zustände wie in Berlin und Frankfurt etabliert hätten. Diesen Artikel sollte Vogt möglichst nicht den Arbeitsproben beifügen, mit denen er sich über kurz oder lang – davon war Malthaner überzeugt – bei der Landeszeitung bewerben würde.

Brigitte verbrachte ihre kurze Mittagspause an seinem Krankenbett. Er vermied, ihr etwas von seinen aktuellen Plänen für den Nachmittag mitzuteilen. Als sie gegangen war, bestellte er telefonisch ein Taxi, was bei seinem Zimmergenossen ungläubiges Staunen auslöste. Malthaner zwinkerte ihm zu und stachelte seine Neugierde damit nur noch an. Das Gesicht des Blasenkranken, der auf den Namen Hubert Pfefferle hörte und als Vorarbeiter in der Nadelfabrik arbeitete, wie Malthaner inzwischen von ihm wusste, war ein einziges Fragezeichen. Der Mann hatte Malthaner in den unendlich dauernden Stunden im gemeinsamen Krankenzimmer Dinge erzählt, die der gar nicht wissen wollte. Zum Beispiel, dass er beim Pissen tierische Schmerzen habe. Das Gestöhne von nebenan, wenn Pfefferle versuchte Wasser zu lassen, untermauerte diese Schilderung jedes Mal eindrucksvoll.

Pfefferle schien nicht glauben zu wollen, was er sah: Malthaner zog sich an, was mit einigem Aufwand einher ging. Vor allem der Pullover machte ihm zu schaffen. Sein Oberkörper schien zu brennen, bis er den Pullover endlich übergezogen hatte. »Was tun sie da?«, wagte Pfefferle schließlich einen verbalen Vorstoß.

»Ich gehe frische Luft schnappen«, bekam er zur Antwort. Das musste genügen. Bis zur Abendvisite konnte er wieder zurück sein, hatte sich Malthaner ausgerechnet. Sollte eine neugierige Krankenschwester nach seinem Verbleib fragen, war er eben an der frischen Luft. Wenn es sein musste, für ein paar Stunden. Daran waren sie hier doch sicher gewöhnt, dass jeder, der die Beine noch selbstständig unter die Arme nehmen konnte, so häufig wie nur möglich aus der depressiven Atmosphäre der Krankenstation raus wollte. Und wenn es nur war, um frische Luft zu schnappen.

Das Gehen funktionierte schon besser als gestern. Die Koordination seiner angeschlagenen mit den unversehrten Körperpartien klappte überraschend gut. Malthaner probte den aufrechten Gang. Er verließ das Zimmer und versuchte, möglichst schnell über den Korridor zu kommen, der ihm wie ein Minenfeld vorkam. Nach einer unfruchtbaren Diskussion mit einer Schwester oder einem Pfleger war ihm nicht zumute. Die chronische personelle Unterbesetzung in Krankenhäusern, und speziell in diesem, kam ihm zupass. Nie hätte er gedacht, dass er den diversen so genannten Gesundheitsreformen der vergangenen Jahre doch noch etwas Positives abgewinnen würde. Es war eben doch alles eine Frage des Standpunkts.

Niemand wollte ihn aufhalten. Er strebte den Aufzügen zu, so schnell er nur konnte.

Drei Minuten später stand er vor dem Haupteingang, blickte in einen trüben Himmel und sog tatsächlich frische Luft ein. Dies kam ihm nun vor, wie ein unerlaubter und unter Strafe stehender Genuss. So hatte er sich als Zwölfjähriger gefühlt, als sie im Garten bei einem Nachbarjungen namens Wolfgang Zigaretten geraucht hatten. Ihr heftiges gemeinsames Husten und Malthaners lautstarkes Kotzen hatten prompt die Mutter von Wolfgang auf den Plan gerufen, die ihnen eine heftige Standpauke angedeihen ließ. Ein schlechtes Gewissen war nicht einfach so abzustellen.

Es war kalt an diesem trüben Novembertag hier draußen vor dem Krankenhaus. Das Taxi wartete schon. Am Steuer saß ein Mordstrumm von Frau. Gut, dass sie einen Benz chauffierte. In den Fahrersitz eines Kleinwagens hätte sie kaum hineingepasst. Ächzend sank Malthaner vorsichtig in den Beifahrersitz, was ihm einige Schmerzen bereitete.

Eine Viertelstunde später rollte der Daimler vor dem Haus in Onstmettingen vor, in dem sich Gabriele Schlegels Wohnung befand. Bessere bis gute Wohnlage, direkt am Waldrand. Das Geld des von Reinhard erwähnten Erbonkels aus Amerika hatte sie gut angelegt. Eine Eigentumswohnung hier war mit Sicherheit nicht ganz billig. Unter Mühen schälte sich Malthaner aus dem Sitz.

Das Haus war vermutlich in den spätern Siebzigern oder frühen Achtzigern gebaut worden und fraß sich mit seinem rückwärtigen Teil in den Hang hinein. Ein großer Garten zog sich um das Grundstück, das von einem Jägerzaun umgeben war. Der Zaun brachte den Gesamteindruck aus dem Gleichgewicht, weil er für dieses Haus eine Spur zu rustikal wirkte. Auch wenn zu dieser Jahreszeit nichts mehr blühte, machte der Garten einen gepflegten Eindruck. Schräg unterhalb des Hauses standen vier aneinandergebaute Garagen, deren Steinmauer der des Hauses glich. Vier Wohnungen, schätzte Malthaner beim Blick auf das Haus und fühlte sich bestätigt, als er auf die Klingelanlage schaute. *Schlegel* stand auf dem obersten. Er drückte den Knopf.

Gabriele Schlegel öffnete. Sie war nicht unattraktiv. Im Gegenteil: Sie verfügte über eine Art herber Anziehungskraft, deren Malthaner sofort gewahr wurde. Um ihren Mund spielten ganz leicht verhärmte Züge. Ihre Haare hatte sie in einem modischen Ton gefärbt, der sich in einem für Modemuffel wie Malthaner undefinierbaren Bereich zwischen kastanienbraun und fuchsrot bewegte. Sie hatte Lippenstift und leichtes Rouge aufgelegt. Gabriele Schlegel trug schwarze Leggins und einen grauen Pullover. Sie bot ihm einen Platz auf der Couch an, die Teil einer geschmackvollen Polstergarnitur war. Die Wohnung strahlte Gemütlichkeit aus, genau in der richtigen Balance zwischen modern und gediegen. Zum angebotenen Kaffee sagte Malthaner nicht nein. Nach der Plörre im Krankenhaus konnte ein echter Kaffee seinem Genesungsprozess schließlich nur förderlich sein.

Gabriele Schlegel redete nicht um den heißen Brei herum, wofür Malthaner dankbar war, der sich in diesem Wohnzimmer fühlte wie ein Eindringling. Die Frau hatte sich im Griff. Unaufgefordert erzählte sie, dass das Kapitel Uwe Schlegel für sie schon lange beendet gewesen sei. Ihr früherer Ehemann habe nach der Scheidung immer wieder Kontakt zu ihr gesucht, sie hingegen habe diesen Abschnitt ihres Lebens als abgeschlossen betrachtet. »Hin und wieder haben wir uns getroffen, sind auch gemeinsam essen gegangen. Dann haben wir uns unterhalten wie zwei ganz vernünftige Menschen.« Ihr Blick glitt zu einem unbestimmten Punkt in der Ferne. »Das war in unserer Ehe nicht immer so. Uwe hatte eine Zeit lang große psychische Probleme. Er war lange in Behandlung. Nicht ohne Grund, glauben sie mir.« Ihr Kopf ruckte herum, und sie sah Malthaner wieder an. »Aber das braucht sie ja nicht zu interessieren.«

»Nein«, bestätigte er. Der Kaffee war perfekt. »Frau Schlegel, ich bin nicht nur aus beruflichem Wissensdurst hier …«, fuhr er fort, wurde aber von ihr unterbrochen.

»Ich weiß. Auch das hat mir Uwe am Freitag alles erzählt. Er hat mir gesagt, dass sie ein Freund von Reinhard Mössner sind, den die Polizei nach allem, was ich gelesen habe, als Mordverdächtigen eingesperrt hat.« Sie machte eine wegwerfende Handbewegung. »Wissen sie, ich kenne Herrn Mössner. Ihm eine solche Tat zuzutrauen, ist ...«, sie suchte nach dem passenden Wort, »... absurd.« Jetzt hatte sie das Wort gefunden. Eines, das Jörg Malthaner im Zusammenhang mit Reinhards Verhaftung selbst in den Sinn gekommen war.

Gabriele Schlegel sah ihm direkt in die Augen. »Was mich mehr interessiert, ist die Frage, wer meinen Ex-Mann umgebracht hat. Das ist auch der Grund, warum ich sie hergebeten habe. Schließlich stecken sie ja gewissermaßen selbst in der Angelegenheit drin, wie mir Uwe klar gemacht hat.« Tough, diese Frau. Wenn ihr der Tod ihres Ex nahe gehen sollte, wusste sie es gut zu überspielen.

Als hätte sie seine Gedanken gelesen, fügte sie hinzu: »Ich brauche das für meinen Seelenfrieden. Ich will, dass die scheußliche Sache aufgeklärt wird. Und dann will ich sie vergessen. Auch wenn das lange dauern wird.« Wieder musste Malthaner gar keine Fragen stellen, sie erzählte von sich aus. Erzählte, was ihr ehemaliger Mann ihr alles erzählt hatte. Wie er den ermordeten Henry Ellwanger gefunden habe. Darüber, wie er, Malthaner, in der Sache aufgetaucht sei, über die nächtliche Exkursion ins Soft-Data-Gebäude. »Und über einige andere Dinge«, sagte sie und blickte wieder in die Ferne.

»Zum Beispiel über eine Erpressung?«, schoss Malthaner eine Frage ab. Es war wieder einer jener Momente, in denen er redete, bevor er nachdachte. Das brachte hin und wieder überraschende Reaktionen. Jetzt hätte er sich aber auf die Zunge beißen können. Er erwartete eine verständnislos schauende Gabriele Schlegel. Das war nicht der Fall. »Ja. Auch über die Erpressung«, sagte sie leise. »Dann wissen sie also davon?«

Mit einem Kopfnicken bestätigt er. »Ja, Reinhard Mössner hat es mir erzählt. Nachdem ihr geschiedener Mann dafür gesorgt hatte, dass ich entsprechende Fotos zu Gesicht bekomme.« Jetzt schien sie doch überrascht zu sein, ihr Blick flackerte für eine Sekunde. Obwohl er es nicht gerne tat, wollte Malthaner diese Schwäche ausnutzen. Er fragte: »Hat ihr Ex-Mann etwas darüber gesagt, wer seiner Meinung nach Henry Ellwanger umgebracht haben könnte?«

»Jeder hätte ihn umbringen können, hat Uwe behauptet. Denn jeder im Umfeld von Henry Ellwanger hatte wohl mehr oder minder gute Gründe dafür. Ellwanger muss ein Ekel gewesen sein. Wissen sie, was Uwe gesagt hat? Er hat gesagt: ›Wer immer es auch war, er hat vielen anderen Leuten einen großen Gefallen damit getan.‹«

»Konkreteres wusste ihr Mann auch nicht?«

»Ex-Mann«, verbesserte sie ihn. »Nein. Aber über diesen Punkt haben wir nicht so intensiv gesprochen. Es ging mehr um Uwes Jamaika-Pläne. Die haben mich zwar nicht wirklich überrascht, wohl aber der Zeitpunkt. Denn nach allem, was vorgefallen war, würde er mit einem plötzlichen Verschwinden doch automatisch in Verdacht geraten. Es schien ihn nicht sehr zu stören.«

Malthaner nippte am Kaffee. »Hatte ihr ehemaliger Mann Feinde?«

Ein sympathisches Lächeln erschien auf ihrem Gesicht, um so schnell wieder zu verschwinden, wie es über sie gekommen war. »Das klingt wie eine Derrick-Frage aus dem Fernsehen. Ja, Uwe hat es ganz bestimmt verstanden, sich einige Feinde zu machen. Aber wer hat die nicht?«

»Fallen ihnen ein paar Namen dazu ein?«

»Ich vermute, dass Reinhard Mössner nach dieser Erpressungsgeschichte nicht mehr zu Uwes besten Freunden zählte. Auch mit Henry Ellwanger hatte er sich überworfen. Das hatte etwas mit Uwes rasender Eifersucht zu tun.« Sie winkte müde ab. »Und so hat er sich noch den einen oder anderen Menschen zum Gegner gemacht.«

»Konkret hat er dazu nichts gesagt, als er sie am Freitag aufgesucht hat?«

»Nein.«

Was wollte er eigentlich hier, fragte sich Malthaner zum wiederholten Mal. Er fühlte sich fehl am Platz und überlegte, ob eine geschiedene Frau offiziell als Witwe betrachtet wurde oder ob diese Bezeichnung mit all ihren rechtlichen und sonstigen Folgen nur für Frauen galt, die beim Ableben des Mannes mit diesem verheiratet waren.

»Was hat es mit den Fotos auf sich, von denen sie vorhin gesprochen haben?« Gabriele Schlegels Frage riss Malthaner aus seinen Gedanken. Er erzählte von den Negativen.

»Davon hat er mir nichts gesagt.« Von manch anderem offenbar auch nicht. Komisch, sich so zu verhalten, dachte Malthaner, aber wer weiß, vielleicht passte das alles ja in ein Raster. Schließlich hatte Uwe Schlegel auf ihn sehr sprunghaft gewirkt, ein Mann mit einem schwer einzuschätzenden Charakter.

»Was sagt die Polizei zu alledem?«, fragte Malthaner.

»Für die Polizei bin ich vermutlich nur eine mehr oder weniger trauernde Hinterbliebene. Sie hat mich nicht mit allzu vielen Fragen belästigt. Bisher zumindest.«

Jetzt war es an ihm, überrascht zu sein. »Und von sich aus haben sie all diese Dinge nicht erzählt?«

»Nein. Ich weiß nicht, ob sie sich die Situation ansatzweise vorstellen können, wenn plötzlich ein Beamter an ihrer Türe klingelt und ihnen lapidar mitteilt, dass der Mensch ermordet wurde, mit dem sie fünfzehn Jahre ihres Lebens geteilt haben. Da gibt es keinen Platz für solche Gedanken, selbst wenn ihnen dieser Mensch nicht mehr so nahe steht wie früher. Außerdem ...« Wieder drehte sie den Kopf weg. »Außerdem hatten Uwe und ich ein eher gestörtes Verhältnis zur Polizei. Besonders, nachdem wir vor Jahren mit ihr zu tun hatten.« Sie erzählte, was Reinhard bereits angedeutet hatte: Dass Uwe Schlegel leicht ausrastete und daher immer wieder in Schwierigkeiten geraten war. Das eine oder andere Mal hatten diese Schwierigkeiten auch die Polizei auf den Plan gerufen. Diese Begegnungen waren für keinen der Beteiligten angenehm, deutete Gabriele Schlegel an.

Sie zeigte sich wirklich gesprächig. Eine erstaunliche Offenheit für ein Gespräch unter Fremden. Eine selten zu findende Art von Unvoreingenommenheit, die ihm auch schon bei seinen Begegnungen mit ihrem inzwischen toten Mann aufgefallen war. Manche Leute sind eben so, dachte sich Malthaner. Vielleicht tat es ihr gut, einfach nur zu reden. Von Leuten, die sich so verhielten, hatte Malthaner in seinem Job schon oft genug profitiert. Nicht, dass er wesentlich klüger gewesen wäre als vor einer Stunde. Eigentlich hatte er wirklich keinen triftigen Grund gehabt, herzukommen und Gabriele Schlegel auf den Wecker zu gehen. Von ihrem sensationellen Kaffee wusste er vorher schließlich nichts. Wieder einmal hatte ihn seine Neugier getrieben. Berufskrankheit. Wahrscheinlich hatte er nur einen Grund gesucht, um dem Nichtstun im Krankenhaus zu entkommen.

»Und sie haben nicht versucht, ihren ehemaligen Mann davon abzuhalten, in seiner Situation nach Jamaika zu fliegen?«

»Nein, das habe ich nicht.« Der Ton in ihrer Stimme wurde für einen Moment eine Spur schärfer. Es war ganz klar, dass sie keine Lust mehr hatte, sich von Malthaner verhören zu lassen. Er steckte zurück. »Entschuldigen sie bitte meinen Tonfall, ich wollte auf keinen Fall zu aufdringlich werden.«

Sie griff nach seiner Hand und tätschelte sie. »Schon gut. Verstehen sie bitte, dass ich mich in einer emotionalen Ausnahmesituation befinde. Es ist alles so verwirrend. Darf ich noch Kaffee nachschenken?«

»Gerne.« Was ehrlich gemeint war.

Gabriele Schlegel hatte ihm ein Taxi gerufen. Er hatte ihr erklären müssen, warum er nicht mit dem eigenen Auto zu ihr gekommen war. Die Erklärung schien sie wenig zu beeindrucken. Diesmal saß ein mürrischer, dürrer Mann von schwer zu schätzendem Alter am Steuer der Droschke. Sein feines dünnes Haar schien ihm büschelweise auszugehen, und selbst sein Schnauzbart machte einen seltsam lückenhaften Eindruck. Der Chauffeur hatte es verdammt eilig, und kaum zehn Minuten später setzte er seinen Fahrgast am Krankenhaus ab. Die Rückfahrt kostete erstaunlicherweise fast zehn Mark weniger als die Fuhre auf dem Hinweg vom Krankenhaus nach Onstmettingen. Malthaner stand der Sinn nicht danach, sich ernsthafte Gedanken über das Personenbeförderungsgewerbe zu machen.

Hubert Pfefferle, der Leidgeprüfte mit der lädierten Blase, schaute ihn mit großen Augen an, als er das Krankenzimmer betrat. Aus Malthaners diversen Telefonaten und dem heutigen Artikel im Albblatt musste Pfefferle sich halbwegs die richtige Geschichte zusammengereimt haben. Dagegen kam ihm Tatort im Fernsehen bestimmt wie Kinderkram vor.

»Na, hat der Herr Detektiv etwas herausgefunden?«, begrüßte er Malthaner.

»Ja. Taxifahrer sind auch nicht mehr das, was sie mal waren.« Pfefferle begriff nicht. Wie sollte er auch? Dann erzählte er, dass vom Pflegepersonal niemandem Malthaners vorübergehende Abwesenheit aufgefallen sei. Es habe sich allerdings den ganzen langen Nachmittag über nicht eine Schwester im Zimmer sehen lassen, fügte er hinzu. Es war ihm anzusehen, dass er sich unter Full-Service etwas anderes vorstellte.

Wahrscheinlich merkten sie noch nicht einmal, wenn ihnen ein Patient vollkommen abhanden kam, sinnierte Malthaner. Man hätte es dem Pflegepersonal nicht verübeln können, so viel wie es zu tun hatte. Malthaner tauschte seine Zivilklamotten wieder gegen den Schlafanzug ein und legte sich ins Bett. Erst jetzt merkte er, wie sehr ihn sein kleiner Ausflug angestrengt hatte. Nach wenigen Minuten fiel er in einen tiefen Schlaf.

Malthaner wachte erst wieder auf, als ein türkischer Pfleger mit dem Abendessen kam. Zwei Scheiben Brot, etwas Wurst und Käse, dazu Tee. Ausgerechnet Tee. Malthaner hasste das Zeug.

Pfefferles Appetit schien unter der Blasengeschichte nicht zu leiden. Gerne nahm er Malthaners Angebot an und machte sich über dessen zweite Scheibe Brot und die klebrige Wurst her.

Der Rest des Abends verlief qualvoll ereignislos. Brigitte rief an und entschuldigte sich, dass sie nicht vorbeikommen könne. Lustlos tippte Malthaner eine Weile auf der Tastatur des Laptops herum und las zum zweiten Mal an diesem Tag den Wirtschaftsteil im Albblatt. Ein klares Zeichen für beginnende Verzweiflung. Seit einem kurzen, aber desaströsen Ausflug als Anleger an die Börse war Malthaners Interesse an Wirtschaftsthemen gegen Null gesunken.

Pfefferle zappte sich derweil durch die wenigen Programme des portablen Fernsehers, den ihm sein Sohn vergangene Woche mitgebacht hatte. Diesen Sohn hatte Malthaner noch nicht zu Gesicht bekommen, seit er in diesem Zimmer lag. Hatte wohl kein sehr großes Interesse an seinem blasengeschädigten alten Herrn. Oder war einfach durch Job und Familie überlastet, wie Pfefferle gemutmaßt hatte. Dabei klang er nicht sonderlich überzeugt.

Kapitel XVIII

Die Nacht war mittelprächtig verlaufen. Malthaner schreckte aus dem Schlaf, als in aller Herrgottsfrühe die unerträglich gut gelaunte Schwester mit dem Blutdruckmessgerät hereinschneite und das alltägliche Ritual einleitete. Der Morgen verlief wie jeder Morgen, seit er hier lag. Die Visite leitete diesmal ein Arzt, den Malthaner bisher noch nicht gesehen hatte. Auf die Frage, wann er das Krankenhaus verlassen könne, erntete Malthaner einen abschätzigen Blick und eine wenig zufriedenstellende Antwort, nach der er so klug war wie vorher.

Er wollte hier raus. *Entgegen dem ärztlichen Rat entlassen auf eigenen Wunsch. Der Patient hat unterschrieben, dass er über das Risiko einer vorzeitigen Entlassung informiert wurde und alle eventuellen Folgen selbst trägt. Die Ärzteschaft lehnt jede weitere Verantwortung für den Patienten ab. Bla.Bla. Bla.* So oder so ähnlich müsste es doch zu schaffen sein.

Natürlich würde er einen entsprechenden Wisch unterschreiben, mit dem sich Krankenhausverwaltung und Ärzte jedes Risiko vom Hals schaffen würden. Mit Brigittes Hilfe müsste er bald diesem Krankenhaus und dieser Atmosphäre des Trübsinns entkommen können, redete Malthaner sich ein. Das Problem bestand nur darin, dass Brigitte sich stur stellen könnte. Ein tiefer Seufzer entwand sich seiner Kehle. Mühsam schälte sich Malthaner aus dem Bett, um in dem improvisierten Badezimmer hinter dem altbackenen Vorhang seinen morgendlichen Verrichtungen nachzugehen. Eindeutig, das Krankenhaus war nicht der bevorzugte Aufenthaltsort eines Jörg Malthaner. Als er in den schmuck- und randlosen Spiegel über dem kleinen Waschbecken blickte, fielen ihm die Stoppeln im Gesicht unangenehm auf. Seit Samstag hatte er sich nicht mehr rasiert. Also wühlte er das Rasierzeug aus seinem Kulturbeutel. Immerhin konnte man die Zeit genauso gut mit Körperpflege totschlagen wie mit sonst einer Betätigung. Sein rechter Arm schmerzte bei weitem nicht mehr so wie in den vergangenen Tagen, doch für höhere Tätigkeiten wie das Rasieren reichte die Kraft noch nicht ganz aus. Vermutlich rasierte er sich zum ersten Mal in seinem Leben mit der linken Hand. Eine völlig neue Erfahrung, die immerhin ohne größere Verletzungen abging, obwohl er eine neue, scharfe Klinge eingelegt hatte.

Zurück aus dem Badezimmer starrte Malthaner über den in seinem Bett bereits wieder eingeschlafenen und leise schnarchenden Hubert Pfefferle hinweg zum Fenster hinaus, wo ein trüber Tag vorbeizog. Dunkle Wolken drückten auf die Landschaft. Es hätte ihn nicht gewundert, wenn bald Schneefall einsetzen würde. Wieder einmal sprachen die Auguren von einem besonders harten bevorstehenden Winter. Langsam mochte Malthaner diesen jährliche wiederkehrenden Voraussagen nicht mehr trauen. Ihm sollte es recht sein, wenn sich Wetterfrösche, tausendjähriger Kalender und Erfinder von Bauernregeln irrten. Der Winter war in Ordnung zum Skifahren. Ansonsten konnte er dieser Jahreszeit wenig Reize abgewinnen. Wenn keiner oder nur wenig Schnee lag, konnte man immerhin biken, selbst im Dezember oder Januar. Außerdem verband Malthaner mit dem in der schwäbischen Provinz noch immer hochgehaltenen Ritual des Schneeschippens nichts als pure Ablehnung. Er hasste all die kleinkarierten Idioten, die morgens um sieben Uhr mit ihren Schneeschaufeln einen Höllenlärm verursachten, indem sie den Schnee auf den Gehwegen wegschippten und damit nur umso mehr dafür sorgten, dass es auch ordentlich glatt wurde.

Drüben, auf der anderen Seite des Tales, konnte Malthaner Autos, klein wie Ameisen, erkennen, die auf der Straße nach Messstetten fuhren. Das Leben draußen bewegte sich mit unverminderter Geschwindigkeit weiter, während er hier lag, eine Last für andere, nutzlos für die Welt. Wie musste sich jemand fühlen, der ohne Perspektive auf Besserung ans Bett gefesselt war?

So lange Malthaner sich erinnern konnte, war das Gelände oberhalb der so genannten Messstetter Steige mit Bäumen bewachsen gewesen. Im letzten oder vorletzten Jahr hatte die Forstverwaltung zum großen Kahlschlag angesetzt. Fast alle der häufig sehr alten Bäume wurden gefällt. Angeblich standen sie ziemlich wackelig auf ihren kranken Wurzeln und stellten eine Gefahr für die Autos dar. Der Verkehr muss schließlich rollen. An verschiedenen Hängen in und um Albstadt waren damals zahlreiche seit Menschengedenken stehende Bäume der Säge zum Opfer gefallen. Abgesehen von ein paar umweltbewegten Leserbriefschreibern schien sich niemand über den Verlust Hunderter, wenn nicht Tausender alter Bäume aufzuregen. Es konnte wohl auch niemand die Argumentation der Forstleute ernsthaft widerlegen. Auf jeden Fall versetzte der Anblick der vielen kahlen Flächen an den Rändern der Stadt Malthaner immer wieder kleine Stiche. Ganze Waldflächen waren in wenigen Wochen verschwunden. Selbst wenn sie wieder aufforsteten, die Generation Malthaners würde auf diesen Hängen nie mehr einen dichten Wald erleben. Wenn man Ende dreißig ist, läuft die Uhr gegen einen, dachte Malthaner.

Auf dem schmalen Sims vor dem Fenster ließ sich eine Taube nieder und glotzte verständnislos ins Zimmer. Vermutlich würde sie den Fenstersims vollkacken, bevor sie weiterflog. Die dunkle Seite in Malthaners Seele wünschte sich eine Steinschleuder herbei. Besser noch ein Luftgewehr. Oder irgendwas, mit dem man eine pralle Ladung Schrot abfeuern konnte.

Das Telefon auf dem schmalen fahrbaren Beistelltisch an Malthaners Bett läutete. Das Schnarchen seines Bettnachbarn geriet kurz aus dem Rhythmus. Pfefferle drehte sich auf den Bauch und dann wieder zurück in Seitenlage, schnappte zweimal nach Luft und pennte weiter. Leise meldete sich Malthaner. Hauser war der Anrufer. Er erkundigte sich nach Malthaners Befinden. Beide plauderten eine Weile belangloses Zeug. Dabei wurde Malthaner den Eindruck nicht los, dass Hauser vor allem wissen wollte, wann er der Landeszeitung wieder zur Verfügung stehe. Aber Hauser fragte nicht. Also erhielt er auch keine Antwort. Die schon obligatorische Frage nach einem Lebenszeichen von Zorro beantwortete Hauser mit der obligatorischen Antwort. Es gab nichts Neues. Nachdem sie sich verabschiedet hatten, hievte Malthaner seinen Körper so geräuschlos wie es ihm möglich war aus dem Bett. Er wollte Pfefferles Schlaf nicht stören. Zum einen, weil er ein rücksichtsvoller Mensch war, zum anderen aber hauptsächlich aus Eigeninteresse. Ihm stand der Sinn einfach nicht nach einem weiteren Gespräch mit seinem Bettnachbarn, mit dem ihn nichts verband außer dem Umstand, dass sie beide in diesem Zimmer liegen mussten und sich jedoch lieber woanders aufhielten.

Ohne größere Probleme zog er sich den Morgenmantel über, den Brigitte am Wochenende mit all dem anderen Zeug gebracht hatte, das man nach landläufiger Meinung in einem Krankenhaus benötigte. Es erstaunte Malthaner, wie schnell er als Rechtshänder Geschick im Umgang mit seinem linken Arm entwickelte.

Sein Ziel war der Kiosk im Erdgeschoss. Beide Aufzüge waren belegt, also nahm er die Treppe, auf der reger Verkehr herrschte. Erstaunlich, wie viele Personen an einem Mittwoch Vormittag in einem Krankenhaus umherwuselten. Es war wie in einer dieser schlechten Fernsehserien. Die Leute kamen Malthaner vor, als wären sie allesamt Statisten, die sich vor einer Kamera bewegten; angewiesen vom Regisseur nach links oder rechts durch das Bild zu laufen, um so eine geschäftigte Atmosphäre zu erzeugen. In der Aufnahme im Erdgeschoss saßen zwei Dutzend Patienten oder Angehörige. Jeder starrte mehr oder weniger vor sich hin, gefangen in seinen Gedanken. Lebhaft ging es nur in einer Ecke zu, in der vier unrasierte junge Männer in den balkanüblichen Trainingsanzügen lautstark aufeinander einredeten. Alle vier qualmten Zigaretten, obwohl ein Schild an der Wand überdeutlich Rauchverbot signalisierte.

Am Kiosk kaufte Malthaner die aktuellen Ausgaben vom Albblatt und der Landeszeitung sowie des einen deutschen Nachrichtenmagazins, das er lieber und häufiger las als das andere. Wo er schon hier unten war, wollte er für eine Minute vor das Gebäude gehen, egal wie kalt es draußen sein mochte. In seinem Morgenmantel über dem Schlafanzug sah er lächerlich aus, das war ihm bewusst. Sobald er die Krankenhaus-Drehtüre hinter sich gelassen hatte, umfing ihn die kalte November-Luft, und er begann sofort, leicht zu zittern. Eine Erkältung wollte Malthaner zwar nicht riskieren, trotzdem zwang er sich, einige Schritte vor dem hässlichen Krankenhaus-Zweckbau zu tun, um sich zu beweisen, dass er noch zu dieser Welt jenseits der Hospitalmauern gehörte. Die wenigen Parkplätze, die es direkt auf dem Krankenhausgelände gab, waren natürlich belegt. Mehrere Autos parkten kreuz und quer und würden es einem großen Krankenwagen schwer machen durchzukommen. Ein weißer Lieferwagen mit getönten Scheiben stand halb auf dem asphaltierten Zufahrtsweg, halb auf dem angrenzenden Grünstreifen. Was sollte ein Fahrer auch anderes machen, der hier etwas abgeben oder abholen musste? Malthaner hielt den

Blick einige Sekunden auf den Lieferwagen gerichtet, ohne zu wissen warum. Dann machte er kehrt und ging mit einem grimmigen Gesichtsausdruck wieder ins Gebäude zurück. Immerhin musste man drinnen nicht frieren.

Hubert Pfefferle lag immer noch in tiefem Schlummer, als er in das Zimmer zurückkam.

Er lag mit dem Rücken zu Malthaner im Bett und hatte eine seltsam gekrümmte Haltung angenommen. Pfefferle hatte sich regelrecht in Kissen und Decke eingegraben. Seinen linken Arm hatte er wie schützend über seinen Kopf gelegt. In dieser Haltung schien es, als sei ihm seine Schlafanzugjacke zwei Nummern zu klein. Zum ersten Mal fiel Malthaner die Uhr mit dem goldenen Armband auf, die Pfefferle trug. Es ärgerte Malthaner, denn er hatte sich – bedingt durch eine langjährige berufliche Praxis – immer für einen außerordentlich aufmerksamen Beobachter gehalten. Vorsichtig zog Malthaner den Morgenmantel aus und warf ihn achtlos auf das Bett. Dass ihm dieses goldene Armband bisher nicht ins Auge gestochen war, konnte er nur als Nachlässigkeit werten. Er setzte sich auf sein Bett und drehte nun seinerseits dem Mitpatienten den Rücken zu. Ein guter Journalist musste ein aufmerksamer Beobachter sein, der auch kleine Details wahrnahm. Das machte sich in der Berichterstattung bezahlt, die dadurch viel an Authentizität und Glaubwürdigkeit gewann. Eine gute Reportage lebte nicht zuletzt von solchen kleinen Beobachtungen am Rande. Malthaner redete sich ein, dass ihn seine Schmerzen sowie die vielen unbeantworteten und bohrenden Fragen in den vergangenen Tagen abgelenkt hatten. Als er sich selbst bei einem theatralischen Seufzen erwischte, fiel Malthaner auf, dass das zu einer blöden Angewohnheit zu werden schien. Er würde auf sein Seufzen achten müssen.

Wieder schaute er zu Pfefferle hinüber, indem er den Kopf über seinen Körper nach rechts drehte. In dieser komischen Haltung hatte er Pfefferle noch nie in dem Bett liegen sehen. Jetzt war kein Schnarchen zu hören. Hubert Pfefferle lag im Bett wie tot.

Wie tot?

Verdammt!

Mit einem Satz, der alle Schmerzen aktivierte, die sein Körper bisher in stiller Reserve gehalten hatte, schnellte Malthaner vom Bett hoch. In seinen Schläfen pochte es. Das Adrenalin schien explosionsartig ausgeschüttet worden zu sein. Mit einem Satz war er um das untere Ende seines Bettgestells herum und eilte auf das keine zwei Meter entfernt stehende Bett seines Zimmernachbarn zu. Er beugte sich über ihn und rüttelte an seiner Schulter.

Dann taumelte er zurück.

Erschrocken.

Schockiert.

Ohne zu begreifen.

Kapitel IXX

In Hubert Pfefferles Bett lag nicht Hubert Pfefferle. In dem Bett lag ein Riese von Mann, der aussah wie ein alt gewordener Boxer mit einer unsäglichen Nase. Dies grinste ihn mit einem durch und durch gefühllosen Blick an, der nichts Freundliches hatte. Der Mann erinnerte an ein Raubtier, das sich an ein Stück Wild angeschlichen hatte, zum entscheidenden Sprung ansetzte und nur noch darauf wartete, seine tödlichen Zähne in den Hals des Opfers zu graben.

Der Mann hatte einen Namen.

Josef Drapalla.

Hausmeister Drapalla. Der Hässliche aus dem Trio The Good, the Bad and the Ugly.

Drapalla war groß und – zumindest auf den ersten Blick – athletisch gebaut. Er würde auch dann noch groß und athletisch wirken, wenn er sich mit einem Motorradhelm und einer Skijacke maskiert hätte. Jetzt lag er hier in Pfefferles Bett und trug die Schlafanzugjacke von Pfefferle, der nicht in diesem Zimmer war.

All diese Gedanken jagten Malthaner in einer einzigen Sekunde durch den Sinn.

Er hatte ein seltsam klares Bild vor Augen. Der Überfall vom Samstag. Der Kerl, der ihn mit einem großen Ast ins Jenseits befördern wollte. Die Frage nach dem *Wer* stellte sich jetzt nicht mehr. Für die Antwort auf die Frage nach dem *Warum* blieb keine Zeit.

Drapalla hatte die Bettdecke abgestreift und zu Boden geworfen. Abgeschüttelt. Wie ein Pferd mit einem kaum ernst gemeinten Schütteln seiner Mähne eine lästige Fliege loswerden möchte. Mit einer fließenden, geschmeidigen Bewegung hatte er seine 1,90 Meter mühelos aus dem Bett katapultiert. In Malthaner schrie alles nur ein Wort: Flucht. Doch Erkenntnis und Furcht hatten ihn eine Sekunde zu lange an diesem Bett festgenagelt. Um zu entkommen, war er zu schwerfällig mit seinem Handicap, den Verletzungen. Der Meter Vorsprung, den er vor Drapalla hatte, reichte nicht ganz bis zur Türe. Fast hätte Malthaner die Klinke in die Hand bekommen, aber nur fast. Dann spürte er Drapallas kraftvolle Pranke auf seiner linken Schulter. Der Griff bremste die Flucht abrupt ab. Der Kerl musste beeindruckende Kräfte haben. Trotz seines Bauchansatzes schien er in bester Form zu sein. Auf jeden Fall in besserer Form als Jörg Malthaner, dessen Körper nach links gerissen und durch den Vorhang gestoßen wurde, der den Eingang zur Nasszelle markierte. Mit einem eigenartig krachenden Geräusch rissen einige der Ringe, die den Vorhang an einer Deckenstange befestigt hielten. Der Stoff klappte an einer Seite herunter. Er bremste den Körper Malthaners ein wenig ab, der auf die Erde zustürzte wie ein außer Kontrolle geratenes Ufo. Flammender Schmerz, als er sich mit dem rechten Arm vor dem Aufprall auf den Steinboden schützen wollte. Er zwang sich, gegen die aufsteigenden Tränen des Schmerzes anzukämpfen, und hob, auf dem Bauch liegend, den Kopf. Ungläubig blickte Malthaner in die vor Schrecken aufgerissenen Augen von Hubert Pfefferle, der geknebelt und gefesselt mit entblößtem Oberkörper in einer Ecke auf dem Boden des kleinen Badezimmers saß. Wirkungsvoll verschnürt, so dass er sich fast nicht bewegen konnte. Pfefferles wirr herabhängenden Haare klebten an einer schweißnassen Stirn. Gutturale Laute zwängten sich aus seiner Kehle. Was immer Pfefferle sagen wollte, war nicht zu verstehen. Der Knebel leistete ganze Arbeit. Die Zeit, etwas von dem, was er wahrnahm, zu verarbeiten, blieb Malthaner nicht. Er spürte einen harten Stoß in seinem Rücken. Sein Blick verschwamm. Pfefferle schien schreien zu wollen. Stattdessen röchelte er eine ganze Arie.

Keuchend beugte sich Josef Drapalla zu Malthaner herunter. »Dieses Mal wird's funktionieren, glaube mir.«

»Warum ...?«

Statt einer Antwort gab es vom Hässlichen einen Schlag gegen den Hinterkopf. Unter Aufbietung aller Kräfte drehte sich Malthaner um und krabbelte rückwärts gegen die Wand, um etwas Halt zu bekommen. Er sah Drapalla an. Dessen Augen glänzten. Die Pupillen waren zusammengezogen. Gespenstisch. Auch er schwitzte. So besonders gut schien er doch nicht in Form zu sein. Aber das half Malthaner in dieser Situation auch nicht weiter. In einer Art kunstvollem Bedauern schüttelte Drapalla den Kopf. »Hättest dudich nur aus der Angelegenheit rausgehalten, Schmierfink.« Was immer er damit sagen wollte, Malthaner verstand den tieferen Sinn nicht. »Aus welcher Angelegenheit?«, fragte er keuchend und naiv. Die Antwort bestand aus einem Schlag vor die Brust. Malthaner wurde schlecht, stoßweise sog er die nach Schweiß, Angst und Gewalt riechende Luft ein. Drapalla war aufgestanden. Seine einschüchternden knapp zwei Meter Körpergröße hatte er dadurch ins rechte Licht gerückt. Von oben blickte er auf Malthaner und Pfefferle herab. Überlegen. Zu einem anderen Zeitpunkt hätte er in Hubert Pfefferles Schlafanzugjacke, die ihm deutlich zu klein und zu eng war, einfach nur lächerlich ausgesehen. Wenn einer der drei Menschen in diesem Kabuff etwas zu lachen hatte, dann war es Drapalla. Pfefferle stand kurz davor wegzutreten. In Malthaners Eingeweiden flammte es.

Mit einem Griff in die Gesäßtasche seiner Jeans beförderte Drapalla ein dünnes Stück gebogenen Draht hervor. Langsam wickelte er den Draht auseinander und zog in einer übertrieben inszeniert wirkenden Geste an den beiden Enden. Es war klar, was kommen sollte. Der Draht eignete sich hervorragend für eine Schlinge. Mit dem gleichen unwirklichen Grinsen, das er Malthaner vorhin im Bett liegend gezeigt hatte, begab sich Drapalla in die Hocke, den Draht fest in seinen Händen haltend. Der Brechreiz schien Malthaner zu übermannen.

Irgend jemand betrat das Krankenzimmer. Eine Schwester vielleicht, ein Pfleger oder ein Arzt. Die Tür ging geräuschvoll auf. Durch den halb heruntergerissenen Vorhang konnte Malthaner nicht sehen, wer es war. Das kurze Flackern in Drapallas Augen signalisierte Ablenkung. So laut er konnte, schrie Malthaner auf. Mit einer Alles-oder-nichts-Bewegung packte er Drapallas Fuß und versuchte, ihn nach oben zu stoßen, während er sich vom Boden hochrappelte. Mit dem Kopf stieß Malthaner an das Waschbecken. Eine Frauenstimme jenseits des Vorhangs rief hysterisch etwas aus, was Malthaner nicht verstand. Aus der Ecke auf dem Boden, wo der gefesselte Pfefferle saß, kamen die Laute eines Wahnsinnigen. Die Situation erschien Malthaner komplett unwirklich.

Die kräftige Pranke von Drapalla schoß vor und umklammerte seinen Hals, drückte den Kopf fest an die Wand. Etwas versuchte, den Adamsapfel zu zerquetschen. Nach Luft ringend, tastete Malthaner mit seiner linken Hand auf der Ablage über dem Waschbecken umher.

Er bekam zu fassen, wonach er gesucht hatte.

Mit aller ihm verbliebenen Kraft zog er Drapalla die Rasierklinge durchs Gesicht, mit der er sich vor weniger als zwei Stunden selbst von seinem Drei-Tage-Bart befreit hatte. Jetzt befreite er sich von seinem Angreifer. Brüllend ließ Drapalla los. Der Schnitt ging tief, in Sekundenschnelle blutete Drapalla wie ein frisch geschlachtets Schwein. Neben seiner Nase würde er in Zukunft ein zweites kosmetisches Problem im Gesicht mit sich herumtragen. So gut es ging, stieß Malthaner den überraschten Drapalla von sich weg, und taumelte aus dem kleinen Bad, wobei der lädierte Vorhang mit lautem Krachen zwei weitere Ringe verlor. Die Tür des Krankenzimmers stand weit offen. Torkelnd flüchtete Malthaner sich auf den Gang, wo ihm mehrere Personen in weißen Kitteln entgegenstürmten. Hinter sich hörte er ein Geräusch und drehte den Kopf. Das blutverschmierte und schmerzverzerrte Gesicht von Josef Drapalla tauchte im Türrahmen auf. Drei Schwestern und zwei Pfleger wichen entsetzt zurück. Drapalla, der Hässliche. Spätestens jetzt trug er seinen Beinamen zu Recht.

Drapalla ging einen Schritt auf Malthaner zu und hob kraftlos seinen rechten Arm. Dann wandte er sich ab, stieß eine der Schwestern brutal zur Seite und rannte davon. Den Gang hinab. Alle starrten ihm nach. Keuchend lehnte sich Malthaner gegen die Wand.

Kapitel XX

Die Beruhigungsspritze, die der Arzt ihm verabreichen wollte, lehnte Malthaner ab. Ganz im Gegensatz zu der Schmerzspritze, für die er dankbar war. Pfefferle, der am ganzen Körper zitterte, hatten sie hinausgebracht. Der Krankenhauspsychologe befasste sich mit ihm. Der Arme hatte Zuspruch und Beruhigung nötig.

Malthaner lag wieder im Bett. Klaus Konz, der Kripochef, hatte sich auf der Bettkante niedergelassen. Er hatte sich von Malthaner alles haarklein erzählen lassen, hatte mit der Schwester gesprochen, die gerade noch im rechten Moment ins Zimmer gekommen war und damit Malthaner und Pfefferle höchstwahrscheinlich das Leben gerettet hatte. Zum zweiten Mal in wenigen Tagen hatte ihm eine Frau das Leben gerettet, die mehr oder weniger zufällig am Ort des Geschehens vorbeigekommen war. Diesen Schnitt wollte Malthaner auf gar keinen Fall halten. Pfefferles Erklärungen waren nicht sehr ergiebig, wie Konz sich ausdrückte. Malthaners Bettnachbar stand unter Schock. Die Polizei hatte eine Fahndung nach Drapalla ausgelöst. Konz' Mitarbeiter waren bei der SoftData und in Drapallas Wohnung, sprachen mit seiner Familie, seinen Kollegen und natürlich mit Reinhard, Drapallas Chef. Zwei Stunden waren seit dem Überfall auf Pfefferle und Malthaner vergangen. Noch hatte man den Flüchtigen nicht gefunden. Doch das sei nur eine Frage der Zeit, versprühte Klaus Konz Zuversicht. Sollte man Drapalla im Lauf des Tages nicht aufgreifen, würde man in der kommenden Nacht eine Wache vor Malthaners Zimmer postieren. Man könne schließlich nie wissen, meinte Konz vielsagend. Der Apparat schien auf Hochtouren zu laufen. Konz tat sein Möglichstes, um Professionalität zu demonstrieren, was Malthaners Zweifel an der Effektivität der Polizei nicht gänzlich beseitigen konnte.

Außerdem löcherte Konz ihn mit allerlei Fragen, auf die er keine befriedigenden Antworten geben konnte. Malthaner hatte nach wie vor nicht die Spur einer Ahnung, warum Drapalla ihn offensichtlich lieber tot als lebendig sehen würde und sich einiges hatte einfallen lassen, um diesen Wunsch zu erfüllen. Auch wenn es weh tat zuckte Malthaner mit den Achseln. »Ich hätte mich nicht einmischen sollen, hat er gesagt. Fragen sie mich nicht, was er damit gemeint hat.«

Konz schaute ihn mit einem Blick an, der Zweifel signalisierte. »Na, das ist wohl klar: Den Fall Ellwanger. Ich habe ihnen schon am Sonntag gesagt, dass sie zu tief gegraben haben. Das hat Drapalla anscheinend auch so gesehen.«

»Aber warum?«

Nun zuckte Konz mit den Achseln. »Weil er selbst in irgend einer Form in der Sache drin steckt. So tief, dass er ein Tötungsdelikt in Kauf zu nehmen scheint, um wieder raus zu kommen.«

Konz meinte es, Malthaner sprach es aus: »Oder sogar ein zweites Tötungsdelikt? Oder gar ein drittes?«

»Möglicherweise. Meine Kollegen überprüfen gerade, ob Drapalla nach allem, was wir an Fakten haben, der

Mörder von Henry Ellwanger oder Uwe Schlegel gewesen sein könnte. Oder von beiden. Ich muss zugeben, dass wir ihn bisher nicht auf der Rechnung hatten. Zumindest nicht mehr oder weniger als jeden anderen aus der Firma SoftData und deren Umfeld.«

Der Versuch eines gemeinen Grinsens ging Malthaner daneben. »So viel zur Effektivität der Polizei«, sagte er.

»Es scheint ihnen schon wieder besser zu gehen.«

Das Klingeln es Telefons unterbrach sie. Konz nutzte die Gelegenheit, vom Bett aufzustehen. »Ich melde mich heute noch mal bei ihnen«, sagte er und nickte Malthaner zu, um dann das Zimmer zu verlassen. Ein leicht verstört wirkender Reinhard war am Telefon. Dass nach einem seiner Mitarbeiter gefahndet wurde, machte ihm zu schaffen. Die beiden Beamten, die ihn über Drapalla befragt hatten, waren so nett gewesen, ihn auch über den jüngsten Vorfall im Krankenhaus zu informieren. Geschwätzige Bullen.

Nachdem Malthaner Reinhard versichern musste, diesen zweiten Anschlag innerhalb von weniger als fünf Tagen einigermaßen unbeschadet überstanden zu haben, wollte der Freund alles ganz genau wissen, was passiert war. Malthaner teilte es ihm in den buntesten Bildern mit. »Information gegen Information«, sagte er schließlich und erkundigte sich bei Reinhard über seinen Hausmeister.

Drapalla arbeitete seit ein paar Jahren bei der SoftData. Er wohnte mit seiner Frau und zwei Töchtern in einer der Wohnungen im Firmengebäude. Stammte ursprünglich irgendwo aus dem Osten. »Rumänien, Bulgarien, so was in der Richtung«, wie Reinhard sich ausdrückte. Drapalla lebte seit 20 oder mehr Jahren in Deutschland. Zuverlässig sei er, der Drapalla, wenn auch nicht gerade ein Ausbund an Intelligenz. Bis vor einiger Zeit habe er zweimal die Woche beim Boxsportverein trainiert. Ob Drapallas Nase beim Boxen zu Bruch gegangen war, konnte Reinhard auf Malthaners dementsprechende Frage nicht sagen. Wenn ja, dann musste das in ferner Vorzeit passiert sein. Seit Reinhard Drapalla kannte, war der mit diesem Nasenmonstrum gesegnet. Die Nase dürfte inzwischen eines von Drapallas kleineren Problemen sein, dachte Malthaner.

Nachdem er Brigitte in ihrer Praxis angerufen hatte, war sie mit fliegenden Rockschößen ins Krankenhaus geeilt. Sie wollte nicht glauben, was Jörg ihr erzählte. Sie redeten gerade intensiv, als die Nachricht kam. Es war kurz nach fünf am Nachmittag. Klaus Konz selbst war am Telefon und überbrachte die Neuigkeiten. Dabei versuchte er gar nicht erst, seine Erleichterung zu verbergen: Sie hatten Drapalla geschnappt. Schon am frühen Nachmittag. Ein auf einem Feldweg etwas außerhalb der Stadt stehender weißer Kastenwagen mit getönten Scheiben war einer Streife aufgefallen. Als die beiden Beamten auf den Wagen zugegangen waren, sprang der Fahrer heraus, der auf die Beschreibung des Gesuchten passte. Hätten die Polizisten noch Zweifel gehabt, dann hätte sie die klaffende Wunde im Gesicht des Mannes überzeugt. Erst hatte Drapalla versucht, zu Fuß zu flüchten. Die Beamten hatten ihn schnell eingeholt. Dann hatte er heftigen Widerstand geleistet und um sich geschlagen. Dank seiner Vergangenheit als Boxer hatte er die Auseinandersetzung trotz der personellen Überlegenheit seiner Gegner minutenlang ausgeglichen gestaltet. Bis er endlich mit den Handschließen gefesselt war, hatte es zwei leicht verletzte Polizisten und einen nicht weniger in Mitleidenschaft gezogenen Drapalla gegeben. Die Polizeibeamten hatten Verstärkung angefordert, nachdem sie ihn auf dem Boden hatten, und zu sechst hatte man Drapalla schließlich ins Polizeigebäude geschafft und in eine Zelle gesteckt.

Malthaner atmete tief ein. Ein Gefühl des Triumphes oder auch nur der Erleichterung wollte sich bei ihm jedoch nicht einstellen. »Und, wissen sie, warum er es auf mich abgesehen hatte?«

»Ja.« Konz war plötzlich einsilbig geworden.

»Und ...?«

»Warten sie noch bis morgen. Dann kann ich ihnen mehr sagen.«

»Aber ich bin heute schon neugierig. Ich glaube, dass ich ein Recht darauf habe, zu erfahren ...« Konz unterbrach ihn unwirsch. »Versuchen sie, heute Nacht ein bisschen zu schlafen. Ich melde mich morgen wieder. Und halten sie bis dahin das Wasser, wenn es geht. Ihre Kollegen vom Albblatt werden heute nichts mehr von der Sache erfahren, dafür sorge ich. Schließlich wollen wir die Bevölkerung nicht verunsichern. Morgen werden wir eine Erklärung herausgeben, und ich werde dafür sorgen, dass sie diese Erklärung als erster Journalist zu Gesicht bekommen. Versprochen!« Konz hatte aufgelegt.

Ruhe ist die erste Bürgerpflicht. Aber, verdammt noch mal, nicht die erste Journalistenpflicht. Er hatte nicht die geringste Lust, sich von Konz einen Maulkorb verpassen zu lassen. Malthaner ärgerte sich über den Kripo-Mann. Andererseits hatte er nach diesem Tage einfach nicht mehr den Nerv, einen Artikel für die Landeszeitung zu schreiben. Ja, er würde sich bis morgen zurückhalten. Sollte aber eine andere Zeitung Wind von dem Vorfall bekommen, würde sich sein Ärger morgen in pure Wut verwandeln. Dann würde er nicht davor zurück schrecken, Konz mitsamt dem Leitenden Polizeidirektor öffentlich in die Pfanne zu hauen, schwor sich Malthaner.

Sein Unmut war noch nicht verraucht, als Pfefferle zur Tür hereinschlich, gestützt auf einen elegant gekleideten Mann, der etwa in Malthaners Alter war und aussah wie eine jüngere Ausgabe von Hubert Pfefferle.

»Mein Sohn«, stellte Pfefferle den Anzugträger vor und wand sich ihm zu. »Herr Malthaner, von dem ich dir erzählt habe. Und das ist Frau ...« Er sah Brigitte fragend an.

»Schick«, antwortete sie. »Brigitte Schick .« Der Anzugträger deutete eine Verbeugung an. Erst gab er Brigitte die Hand, dann Malthaner. Pfefferle senior machte einen mitgenommenen Eindruck, was mit an Sicherheit grenzender Wahrscheinlichkeit nicht an seinem Blasenleiden lag. Kein Wunder, war er heute Nachmittag doch vollkommen unvorbereitet das Abenteuer seines Lebenshineingezogen worden. Ein Abenteuer, auf das er liebend gerne verzichtet hätte. Von den Vorkommnissen im Krankenhaus würde Pfefferle im Familienkreis, am Arbeitsplatz und an seinem Stammtisch noch lange, lange zehren. Der Psychologe, den man zu Pfefferles Betreuung herangezogen hatte, war zu dem Schluss gekommen, dass Hubert Pfefferle geistig robust genug sei, um die nächste Nacht auf der Krankenstation in seinem Zimmer zu verbringen.

Die Engelszungen, mit denen Jörg Malthaner auf seine Ärztin und Geliebte einredete, verhallten ungehört. Brigitte wollte sich einfach nicht bei ihren Krankenhauskollegen dafür einsetzen, dass er am nächsten Tag auf eigenes Risiko aus dem Spital herauskam. Es war nichts zu machen. Angesichts seines Zustandes sei er nirgendwo besser aufgehoben als in diesem Krankenzimmer, versuchte sie ihm deutlich zu machen. Die Frau hatte gut reden, schließlich war nicht sie es, die ihre Zeit in diesem deprimierenden Loch verbringen musste.

Kapitel XXI

Konz hielt Wort. Er kam am nächsten Morgen sehr früh und hatte die angekündigte Erklärung dabei. Und nicht nur die. Im Gepäck hatte er außerdem eine faustdicke Überraschung. Drapalla schien sich noch in den gestrigen Abendstunden der Ausweglosigkeit seiner Lage bewusst geworden zu sein. Er hatte ein Geständnis abgelegt. Eines, das es in sich hatte.

Nicht nur Malthaner hatte eine fürchterliche Nacht hinter sich. Auch Konz hatte kaum ein Auge zugetan, wie er sagte. Dazu passten seine fahle Gesichtsfarbe sowie sein zerdrücktes Jackett. Der Beamte erzählte von der Vernehmung Drapallas, die fast die ganze Nacht gedauert hatte. Pfefferle richtete sich in seinem Bett auf und hörte gebannt zu. Der Leiter der Albstädter Kriminalaußenstelle verzichtete diesmal darauf, Pfefferle hinauszubitten.

Josef Drapalla hatte die beiden Anschläge auf Malthaner gestanden.

Und er hatte die Ermordung von Henry Ellwanger und von Uwe Schlegel gestanden. Zwei Tötungsdelikte, wie Konz betonte, der das Wort vom Mord nicht in den Mund nahm. Für Malthaner waren das in diesem Augenblick vernachlässigenswerte Detailunterschiede.

Es war eine tragische Geschichte. Eine, die dazu angetan war, Malthaner in seinem Bett frösteln zu lassen. Klaus Konz hatte erneut einen Stuhl an Malthaners Bett gestellt, so wie bei seinem ersten Besuch am Sonntag. »Am besten fange ich ganz vorne an. Zu Ihrem Part ...«, er schaute Malthaner müde an, »kommen wird dann schon noch.« Er erzählte.

Henry Ellwanger, der SoftData-Geschäftsführer, hatte vor Monaten ein Verhältnis mit der älteren der beiden Töchter von Drapalla gehabt. Zunächst hatte er sich an die 16-Jährige rangemacht, die er als eine Art Spielzeug betrachtete, nach allem was Konz erfahren hatte. Als Ellwanger von einem Tag auf den anderen den Spaß an Drapallas Tochter verloren hatte, ließ er sie fallen. Für ihn war das keine große Sache. Darin hatte er eine gewisse Übung, nur dass es sich in diesem Fall um ein junges Mädchen handelte, das dies alles nicht verkraftete. Für Drapallas Tochter brach ihre kleine Welt zusammen. Sie zog sich völlig zurück, schwänzte die Schule und zeigte an nichts mehr Interesse.«

Müdigkeit schien Konz auf die Schultern zu drücken. Eine Müdigkeit, die nicht nur mit fehlendem Schlaf zu begründen war.

»Man muss sich das vorstellen«, sagte er. »Dieses Mädchen versteht die Welt nicht mehr. Sie lebt in einer Wohnung, die dem Mann gehört, der sie so schändlich behandelt hat. Dem Mann, der ein Stockwerk tiefer täglich ein- und ausgeht. Der ihr Weiß-Gott-was erzählt und versprochen hat und sie dann wie eine heiße Kartoffel fallen lies.« Mühsam unterdrückte der Kriminalbeamte seine Wut. »Den Eltern fiel das veränderte Verhalten ihrer Tochter sofort auf. Aber es dauerte Wochen, bis sie dahinter kamen, was passiert war. Es begann ihnen zu dämmern, als sie im Zimmer ihres Kindes Rauschgift fanden. Sofort brachte Drapalla das Rauschgift mit Ellwanger in Verbindung. Ob zu Recht oder nicht, müssen wir erst nochheraus finden.«

Unbewusst hatte Konz die rechte Hand zur Faust geballt, als er weitersprach. »Drapalla war außer sich vor rasender Wut. Er prügelte auf seine Tochter ein, bis die ihm schließlich alles erzählte. Von da an war für Drapalla klar, dass alles die Schuld seines Chefs war.«

Die Finger an Konz' rechter Hand gaben ein knackendes Geräusch von sich, als er sie zusammenpresste. »Dass Drapalla in seiner blinden Wut nicht gleich auf Ellwanger losging, war schon ein kleines Wunder. Er hielt sich wochenlang in Zaum. An jenem verhängnisvollen Donnerstag Abend wollte er Ellwanger zur Rede stellen. Ellwanger war abends nach einer Gemeinderatssitzung noch einmal ins Büro zurückgekommen. Drapalla passte ihn ab. Als er Ellwanger mit der Geschichte konfrontierte, verhöhnte der ihn nur. Da schlug Drapalla zu. Er hat früher geboxt und wusste genau, wie er zuschlagen musste, um maximale Wirkung zu erzielen. Nach Drapallas Schilderung schlug er Ellwanger erst ohnmächtig. Dann holte er aus seinem Auto einen Wagenheber und besorgte den Rest.«

Also doch nicht die Elefantenfiguren, kam Malthaner blitzartig in den Sinn. Was hatte er sich da nur wieder zusammengereimt?

Aus seiner Jackentasche fischte Konz einen Kaugummi, packte ihn aus und schob ihn in den Mund. Wortlos bot er Malthaner auch einen an, der dankend ablehnte. Fasziniert hörte Pfefferle dem Kriminaler zu und wagte kaum noch zu atmen. Seine Blasenprobleme hatte er in diesem Moment vergessen.

»Das mit dem Wagenheber überprüfen die Kollegen zur Stunde«, vervollständigte Konz seine Schilderungen.

Stille im Raum. Malthaner fühlte ein Rauschen im Kopf. Dieser Josef Drapalla, der ihn umbringen wollte, war ein aus dem Gleis geratener, besorgter Familienvater, dem es um das Wohl seiner Tochter ging, so wie jedem Vater. Es gab keine einfachen Wahrheiten. Es gab kein simples Gut oder Böse. Kein eindeutiges Schwarz oder Weiß. Auch wenn wir es gerne so hätten.

»Und Schlegel?«, wollte der Journalist mit leiser Stimme von dem Kripobeamten wissen.

»Dieser Uwe Schlegel schlitterte zunächst mehr oder weniger zufällig in die Geschichte hinein und wollte dann Kapital daraus schlagen.« Den fragenden Blick Malthaners wertete Konz richtigerweise als Aufforderung weiterzusprechen. »So weit ich das nach unserem derzeitigen Kenntnisstand bewerten kann, hat Schlegel sich nicht gerade wie ein vorbildlicher Staatsbürger verhalten.« Klaus Konz warf Malthaner einen schrägen Blick zu. »Übrigens ist er schon in der Vergangenheit mehrfach aktenkundig geworden. Dabei ging es um Sachbeschädigungen und KV-Delikte.«

KV stand im Polizeijargon für Körperverletzung, wie Malthaner wusste. Er wusste auch von Uwe Schlegels Ex-Frau und von Reinhard, dass Schlegel vor Jahren wegen seiner Eifersucht mehrfach ausgerastet und mit der Polizei in Konflikt geraten war. »Aus uns noch nicht genau bekannten Gründen muss sich Schlegel just an jenem Donnerstag spät abends noch in der Firma aufgehalten haben oder eben in genau dem Moment in die Firma gekommen sein, als Drapalla seinem Chef den Garaus machte. Auf jeden Fall war die Situation so eindeutig, dass sich dieser Drapalla nicht herausreden konnte. Er hatte einen Zeugen am Hals und wusste überhaupt nicht mehr, was er machen sollte. Drapalla hat zugegeben, dass er für einen Moment nur die Lösung sah, auch Schlegel umzubringen. Aber dieser Schlegel bewahrte offensichtlich kühlen Kopf und redete beruhigend auf Drapalla ein, indem er ihm versicherte, dass er nichts ausplaudern würde. Selbst Drapalla muss bekannt gewesen sein, dass Ellwanger und Schlegel kein freundschaftliches Verhältnis verband. Das kam Schlegel in dieser Situation offensichtlich zugute. Denke ich mir.«

Die letzten Worte von Konz waren kaum zu verstehen, denn er hatte ein vermutlich bereits mehrfach gebrauchtes Taschentuch aus den Tiefen seiner Jacketttasche gefischt und schnäuzte sich lautstark. Unter anderen Umständen hätte das Malthaner zu einem bösen Kommentar gereizt, doch jetzt war ihm absolut nicht danach zu Mute. Konz steckte seine Rotzfahne lässig wieder in das Jackeninnere zurück. Er redete weiter und konnte sich der vollen Aufmerksamkeit von zwei Krankenhausinsassen sicher sein. »Jetzt folgt der Clou: Erst beruhigt Schlegel den kurz vor dem Durchdrehen stehenden Drapalla und kommt damit selbst mit heiler Haut aus dieser kniffligen Situation heraus. Einen Tag später jedoch setzt er Drapalla ganz frech mit seinem Wissen über das Tötungsdelikt unter Druck und fordert Geld von ihm, damit er den Mund hält.«

»Erpressung«, rutschte es Malthaner heraus. Auf diesem Feld hatte Schlegel ja eine gewisse Erfahrung. Doch das würde Malthaner Konz sicher nicht auf die Nase binden. Das war eine Angelegenheit zwischen Reinhard und Schlegel. Wenn die Polizei darauf kommen sollte, dann bitteschön ohne sein Zutun. Reinhard hatte ja sogar gewisses Verständnis für Schlegel aufgebracht. Etwas, was Malthaner noch immer nicht nachvollziehen konnte.

»Drapalla ist zwar kein Rockefeller, aber er hat im Lauf der Jahre doch einiges angespart. Also willigt er erst einmal in die Zahlung ein, zumal Schlegel keine Riesensumme fordert. 20.000 Euro will er. Keine Ahnung, warum gerade 20.000.« Konz zuckte die Schultern.

Ich weiß es, dachte Malthaner bei sich. Das Geld wollte er für Jamaika. Dort dürften 20.000 Euro ein schönes Stück weit reichen.

Konz sprach weiter. »Nachdem er eine erste Rate gezahlt hatte, wurde Drapalla skeptisch. Es könnte ja sein, dass Schlegel sich am Ende nicht mit 20.000 zufrieden gibt, sondern immer wieder Geld fordert. Das hätte bis in alle Ewigkeit so weiter gehen können. Natürlich kam Drapalla in den Sinn, sich des Risikos Schlegel zu entledigen. Aber Drapalla ist kein gefühlloser Mörder. Die

Tötung von Ellwanger machte seinem Gewissen bereits schwer zu schaffen. Eine weitere Tat wie diese wollte er sich nicht aufladen. Also zahlte er und war hin- und hergerissen, was er tun sollte.«

Wieder nahm Konz den im Bett liegenden Malthaner mit seinem Blick ins Visier. »Drapalla wurde immer nervöser. In dieser Situation kamen Sie ins Spiel.«

»Wie?« Etwas Intelligenteres wollte Malthaner nicht einfallen.

»Drapalla hat uns erzählt, dass sie plötzlich in einer Nacht zusammen mit Schlegel aufgetaucht seien und die Büros durchsucht haben.«

Also hatte der im SoftData-Gebäude wohnende Hausmeister damals doch etwas mitbekommen.

»Durchsucht scheint mir nicht der treffende Ausdruck zu sein«, entgegnete Malthaner unsicher und unternahm den Versuch einer Rechtfertigung. »Schlegel hatte mich eingeladen, mir ein Bild zu machen. Wie sie wissen, war zum damaligen Zeitpunkt mein guter Freund Reinhard Mössner für sie der Tatverdächtige. Mir war klar, dass Reinhard niemals in so etwas verwickelt sein könnte, und ich fühlte mich berufen, etwas für ihn zu tun.«

»Indem sie nachts in seine Firma eindringen?« Jetzt hatte Konz eindeutig den Bullenblick aufgesetzt.

»Von Eindringen kann keine Rede sein.«

»Darüber werden wir uns noch unterhalten. Wie dem auch sei, das hat Drapalla noch viel nervöser gemacht. Für ihn war von dort an klar, dass sie mit Schlegel unter einer Decke stecken. Zumal sie seiner Aussage nach schon zuvor in auffälliger Weise bei der SoftData herumgeschlichen seien.«

Die Sache auf dem Parkplatz. Malthaner dachte an seine erste Begegnung mit Drapalla, während Konz weitersprach. »Nach mehreren Nächten ohne Schlaf hatte er sich dann dazu durchgerungen, reinen Tisch zu machen. Das bedeutete, dass er Schlegel und sie ausschalten wollte. Das erschien ihm als einzige Chance, langfristig unentdeckt zu bleiben. Gewissen hin oder her. Er sah einfach keine andere Möglichkeit.«

Ein Gähnen übermannte Konz. Er riss den Mund weit auf, klappte ihn wieder zu und öffnete ihn erneut, um weiterzureden. »Dieses Moped ...«

»Roller«, unterbrach Malthaner. »Motorroller.«

»Von mir aus Motorroller. Mit diesem Roller ist er hinterher gefahren, um ihre Mountainbike-Trainingsstrecken auszukundschaften.«

Wieder unterbrach Malthaner den Polizisten. »Woher wusste er, dass ich ...«

Im Unterbrechen hatte auch Konz Übung. »Das ist nicht schwer rauszukriegen. Sie tun in ihrer Freizeit ja praktisch nichts anderes, wie sogar ich weiß.« Vermutlich eine Anspielung auf ihre frühere Begegnung in einer ähnlich unangenehmen Sache. »Wie gesagt, mit seinem Roller ist er ein-, zweimal ihnen hinterhergefahren. Einmal ist er ihnen auch in seinem weißen Kastenwagen gefolgt.« Die Bike-Tour über Kaiseringen auf den Heuberg in der vergangenen Woche. Natürlich! Der weiße Lieferwagen mit den dunklen Scheiben, der gestern so auffällig vor dem Krankenhaus geparkt hatte; der ihn bei seiner Heuberg-Tour überholt hatte. Den Zusammenhang sah Malthaner erst jetzt deutlich vor Augen.

»So war das.« Mehr hatte Konz anscheinend nicht zu berichten. Seine Worte schienen aufgebraucht. Er sprach einfach nicht weiter. Konz konnte schweigen wie ein Navajo-Indianer im Gespräch mit einem Weißen. Der Navajo wusste genau, dass der Weiße als erster unter dem Druck des Schweigens zusammenbrechen und schließlich weiterplappern würde. Wenn das Verhalten von Konz Ergebnis einer auf der Polizeischule gelernten Taktik sein sollte, dann funktionierte sie.

Wirklich, Malthaner fühlte sich berufen, das Gespräch wieder in Gang zu bringen. Mehr zu sich selbst als zu Konz sagte er: »Jetzt wissen wir also, wie es gelaufen ist. Eigentlich müsste speziell ich sehr froh darüber sein, dass die Sache zu Ende ist. Aber es verschafft mir keine Befriedigung, dass die Geschichte ganz offensichtlich geklärt ist. Zu viele Menschen wurden in den Untergang gerissen.« Drapallas Familie kam ihm in den Sinn. Für eine labile 16-Jährige würde die Nachricht von der Verhaftung ihres Vaters als zweifachem Mörder eine zusätzliche schwere Last bedeuten. Eine Last, die selbst robustere Naturen bestimmt nur schwer zu tragen imstande waren.

Langsam erhob sich Konz von dem harten Stuhl. »Wir beide werden uns in dieser Sache noch sehr intensiv unterhalten müssen«, sagte er. Es klang so, als wäre ihm das alles zuwider. Da war sie wieder spürbar, diese Müdigkeit, die ihn anscheinend umfangen hatte.

»Wann ist die PK?« Nach der KV von vorhin war es jetzt an Malthaner, eine in seinen Kreisen gebräuchliche Abkürzung zu benutzen. Tatsächlich war Konz irritiert. »PK?«

»Die Pressekonferenz; bei der sie einer nach Sensationen gierenden Journaille die Fakten geben.«

»Ah, ja. Die findet heute Nachmittag statt. 14.30 Uhr im Gebäude der PD.«

PD – die Polizeidirektion. Abkürzungsmäßig stand es zwei zu eins für Konz.

Zügig verabschiedete sich der Beamte. Als er schon an der Zimmertüre war, rief ihm Malthaner nach: »Schönen Gruß an ihren Ö!«

Ausgleich!

Auch wenn er sich nicht sicher war, ob sich der Öffentlichkeitssachbearbeiter Theo Reiher über einen Gruß von ihm freuen würde.

Versprochen ist versprochen. Sofort, nachdem Konz aus dem Zimmer war, wählte Malthaner Brigittes Nummer, um ihr alles zu erzählen, was er von dem Polizisten erfahren hatte. Obwohl Brigitte mitten im Gespräch mit einem Patienten steckte, hörte sie geschlagene zehn Minuten zu. Hörte einfach nur zu, ohne ihn ein einziges Mal zu unterbrechen. Ihr Patient saß vermutlich wie auf Kohlen und fragte sich, was da nur los war.

Anschließend rief Malthaner bei Reinhard an. Der hatte schließlich auch ein Recht darauf zu erfahren, was passiert war. Dass sein Hausmeister verhaftet worden war, hatte er schon gestern gehört. Dass Drapalla zwei Morde, »Tötungsdelikte«, gestanden hatte, haute Reinhard um, der nur noch sehr einsilbig antwortete. »Ich bin fertig«, das war der einzige vollständige Satz, den der verwirrte Kerl noch herausbrachte.

Die fixe Idee, an der Pressekonferenz teilzunehmen, verwarf Malthaner wieder. Seine Schmerzen zwangen ihn zu körperlicher Zurückhaltung. Heute würde er sich den Stress eines weiteren Ausflugs nicht zumuten. Die Story für die Landeszeitung konnte er auch so schreiben. Abends ein Anruf bei Polizeisprecher Reiher, um die Fakten noch einmal abzuklopfen. Außerdem konnte er dann gleich nachfragen, ob Konz den Gruß ausgerichtet hatte.

Mit einer Bewegung, so entschieden, wie sie ihm nur möglich war, zog er das Beistelltischchen mit dem Laptop zu sich heran und begann zu schreiben. Redakteur Hauser würde auf der Landesseite sicher gerne den Platz für einen schönen Vierspalter freischaufeln. Mord auf der Alb – die Fortsetzung und das Ende.

Leider war es ganz und gar kein Happy End.

Lange hatte die erste Flasche nicht gehalten. Das hätte er einkalkulieren müssen. Jetzt mussten sie sich an die zweite Flasche ranmachen, ohne dass dem Rotburgunder zuvor die Zeit gegönnt gewesen wäre, ausreichend zu atmen. Mit der dritten Flasche sollte das nicht passieren. Das satte Plopp-Geräusch, als der Korken den engen Flaschenhals verließ, war Musik in Malthaners Ohren. Er hatte vorgesorgt und zwei Kartons von dem verteufelt guten Tropfen besorgt. Schließlich musste seine Rückkehr unter die Lebenden gefeiert werden. Von Enthaltsamkeit war keine Rede gewesen, als ihm der Doktor in grellen Farben ausgemalt hatte, was ihm alles passieren könne, wenn er entgegen dem ärztlichen Rat die Klinik verlasse. Er hatte das Provinzkrankenhaus tatsächlich »Klinik« genannt.

Es war Brigittes Idee gewesen - nicht das mit dem vorzeitigen Abschied aus dem Krankenhaus, sondern das mit dem Essen. Entgegen sämtlichen Gewohnheiten hatte Brigitte ihre Praxis am Nachmittag dicht gemacht, ihren Arzthelferinnen und der Laborantin für den Rest des Tages freigegeben, und eine dreistündige Einkaufstour unternommen. Mit handverlesenen Leckereien war sie nach Hause gekommen und sofort in die Küche entschwunden, wo sie ein exquisites Filet mit allerlei Beilagen und Zutaten gezaubert hatte. Während dieser Zeit nutzte Malthaner die Gunst der Stunde und deckte sich beim besten Albstädter Weinhändler ein.

Reinhard ließ sich nicht zweimal bitten. Trotz der Arbeit, deren Last ihn nach eigenen Angaben unter sich zu begraben drohte, kam er zu dem Festmahl. 19 Uhr hatten sie vereinbart, und Punkt 19 Uhr klingelte er an der Türe. Dabei war Reinhard jemand, der im Privatleben für gewöhnlich ein sehr entspanntes Verhältnis zu fest vereinbarten Terminen pflegte.

Sie unterhielten sich beim Essen natürlich über die schrecklichen Ereignisse der vergangenen beiden Wochen. Malthaner erzählte, wie er den unglücklichen Schlegel verdächtigt hatte, er wolle ihm mit aller Macht den Rechtshänder vorspielen. Und wie er geglaubt hatte, dass Schlegel in Bezug auf die Elefantenfiguren etwas verbergen wollte.

Reinhard drehte nachdenklich sein Glas in der Hand. »Ich sage es dir ungern, aber da ist deine Journalistenfantasie mit dir durchgegangen. Das habe ich dir schon gesagt, als du mir deine wilde Theorie von der Tatwaffe unter die Nase gerieben hast. Damals bei unserem ersten Gespräch, nachdem ich wieder aus dem Knast raus war. Uwe Schlegel war eben ein sehr individueller Charakter. Das spiegelte sich auch in seinem Verhalten wider. Nicht alles, was er tat, ist nach unseren Denkkategorien vernünftig gewesen. Vielleicht hat er selbst das ganz anders empfunden.« Ohne seine Gastgeber mit einem leeren Glas zu belästigen, schnappte Reinhard die Flasche und goss sich von dem Roten nach. »Uwe war so etwas wie Rechts- und Linkshänder zugleich, falls es so etwas überhaupt gibt. Man konnte ihn da nicht wie andere Leute festlegen. Im Gegensatz zu uns Einarmigen benutzte er beide Hände gleich geschickt. Ich habe das immer als ein seltenes Talent bewundert.«

Genau das hatte ihm Schlegel auch gesagt, erinnerte sich Malthaner.

Als Schlegel noch lebte.

Die Gedanken versetzten ihm eine Art Stich in der Magengegend, der eindeutig nicht von seinen Schmerzen kam, sondern anderer Natur war. Trübsinnig schaute Malthaner in sein Glas, in dem lockend die dunkle Flüssigkeit schwamm.

»Ich werde Uwes Arbeitsplatz neu ausschreiben«, hörte er Reinhard mit belegter Stimme neben sich sagen. »The show must go on.«

»Wahrscheinlich ist das so«, entgegnete Malthaner und nahm einen tiefen Schluck.

Der Appetit war Reinhard trotz des schweren Gesprächs augenscheinlich nicht vergangen. Mit vollem Mund erzählte er, dass er und sein Anwalt an einer Strategie arbeiteten, mit der sie die Polizei ein bisschen ärgern und zu einer öffentlichen Entschuldigung zwingen wollten. Die Tage in der Haft hatten an Reinhard gezehrt, und er legte Wert darauf, dass sein Ruf – so weit das überhaupt noch möglich war – öffentlich wieder hergestellt werden musste.

»Was passiert mit Drapallas Familie?«

»Keine Ahnung. Ich werde ihnen die Wohnung nicht kündigen, aber ich hoffe, dass sie bald von sich aus wegziehen. Natürlich klingt das hart und herzlos, aber es ist wohl für beide Seiten das Beste.«

»Das einzig Mögliche«, sinnierte Brigitte. Bisher hatte sie kaum etwas zur Unterhaltung beigetragen.

Andächtig kauend verleibte Malthaner sich ein Stück Fleisch ein. Was für Gaumenfreuden nach fast einer Woche Aufenthalt im Hospital!

Unvermittelt klatschte Brigitte in die Hände. »Lasst uns aufhören, hier Trübsal zu blasen. Was geschehen ist, ist geschehen. Wir können es nicht mehr rückgängig machen. Wir alle müssen in unser normales Leben zurückfinden.« Seine kleine Psychologin, dachte Malthaner, und sah Brigitte von der Seite an. Sie hatte ja völlig Recht.

Sie prosteten sich zu. Alkohol konnte tatsächlich eine heilende Wirkung haben, zumindest was die Psyche anging. Man konnte es fast spüren, wie von ihnen dreien in diesem Raum die klamme Stimmung mit jeder Minute mehr abfiel. Die schrecklichen Ereignisse der vergangenen Wochen würden noch einige Zeit schmerzhaft präsent bleiben, das war ihnen allen nur zu bewusst. Und doch war sich Malthaner in diesem Moment hier in Brigittes großartigem Wohnzimmer zum ersten Mal sicher, dass die Zeit diese Wunden gnädig zudecken würde. Eines Tages würde die Erinnerung daran nur noch eine Fußnote in seiner persönlichen Geschichte sein.

Er holte die nächste Flasche aus der Küche. Das Essen, ach was, das Mahl war ein Gedicht.

Brigittes Gesicht glühte zunehmend und das lag nicht nur am Rotburgunder und der heimeligen Wärme in der

Wohnung. Eine Art Glanz, die von innen zu kommen schien. Reinhards Verhalten passte zu ihrer beiden Stimmung. Er war wieder auf dem besten Weg, er selbst zu werden, der große Junge, den so leicht nichts erschüttern kann. Mit bemerkenswerter Eleganz schaufelte er sich löffelweise Prinzessböhnchen in den Mund.

Malthaner war bereits ein gutes Stück über den Punkt hinaus, an dem höhere Einsicht Einhalt gebietet. Alles was er jetzt noch an fester und flüssiger Nahrung zu sich nahm, war eindeutig viel zu viel. Aber es war ein Genuss. Während Brigitte, die Vernunftbegabte, Messer und Gabel auf den Teller vor sich gelegt hatte, packte Malthaner noch ein Stück Filet auf seinen Teller. Von Reinhard kam ein Stöhnen, und es war ihm anzusehen, welch körperliche Anstrengung dieses Essen ihm verursachte. Er fühlte sich ganz zuhause und nahm die beiden letzten Fleischstücke von der Platte in der Mitte des Tisches. Mit vollem Mund erinnerte er ungeniert an die besten Szenen aus dem Film *Das große Fressen.* Reinhard und Malthaner konnten sich nicht einigen, ob es nun Marcello Mastroianni oder Michel Piccoli war, der in jener wirklich einprägsamen Sequenz die Klospülung bedient. Brigitte gab zu bedenken, es könne sich um Philippe Noiret handeln. Oder sogar Ugo Tognazzi? Auch wenn sie keinen gemeinsamen Nenner fanden, diskutierten sie doch ausgiebig über diesen Film, den Brigitte eher als abstoßend empfand. Ob es sich nun tatsächlich um ein cineastisches Meisterwerk handelte oder eher um kassenfüllenden Schund, konnten die beiden Kinosachverständigen Jörg Malthaner und Reinhard Mössner nicht abschließend klären.

Die Stimmung näherte sich schnell dem Punkt, wo aus Erleichterung Ausgelassenheit wurde. Geistreiche Bemerkungen wichen Kalauern, deren Niveau sich auf Augenhöhe mit dem Spätwerk von Modern Talking befand.

Was Reinhard anging, so schien er die Entscheidung über den weiteren Verlauf des Abends längst getroffen zu haben. Er schüttete mit einem bewundernswerten Maß an Konsequenz sehr große Schlucke Rotburgunder hinab und goss entsprechend regelmäßig nach.

Die Konsequenzen weiteren Rotwein-Konsums lagen ebenso wie der nächste Morgen in weiter Ferne.

Kapitel XXIII

Es hätte schlimmer kommen können.

Die Qualität des Rotburgunders bewies sich darin, dass Malthaner ohne nennenswerte Kopfschmerzen aufwachte. Keine Spur des marternden Klopfens unter der Schädeldecke, das er nach halb durchzechten Nächten immer häufiger erleiden musste. Blinzelnd schaute er zum Wecker: zwanzig nach zehn.

Na ja.

Von Brigitte war nichts zu sehen, sie war bestimmt zu ihrer üblichen Uhrzeit in die Praxis gefahren. Wenn er sich recht erinnerte, hatte Brigitte gegen Mitternacht ihn und Reinhard im Wohnzimmer zurückgelassen und war mit dem Hinweis auf den bevorstehenden Arbeitstag zu Bett gegangen. Reinhard hatte sich kurz vor vier an diesem Morgen ein Taxi gerufen. Inzwischen standen Taxen auch in der Provinz rund um die Uhr zur Verfügung. Das war endlich einmal ein Fortschritt, der Sinn machte. Nicht ganz ohne Mühe schleppte sich Malthaner ins Badezimmer. Dabei redete er sich erfolgreich ein, dass die Pein nicht vom Rotwein herrührte, sondern von den körperlichen Schmerzen, die noch immer sein ständiger Begleiter waren.

Mit der Kaffeetasse in der Hand schaute er später durch das Küchenfenster. Reinhards Jeep stand auf der Straße. Gott sei Dank war Reinhard in der vergangenen Nacht nicht auf die Idee gekommen, selbst zu fahren. Hätte durchaus passieren können. Hinter dem Jeep parkte eben ein Audi-Kombi ein. Die Fahrertür des A 6 öffnete sich und der Kriminalbeamte Klaus Konz stieg aus. Er ging ans Heck des Autos, öffnete die Heckklappe und steckte seinen Kopf mitsamt dem Oberkörper in das Innere des Wagens. Es sah aus, als würde der komplette Konz im Audi verschwinden wollen. Der Anblick amüsierte Malthaner, der einen weiteren Schluck Kaffee nahm. Konz tauchte wieder aus den Untiefen des Kofferraums auf und wuchtete ein Fahrrad heraus.

Sein Fahrrad. Das No Pogo.

Wurde auch Zeit, dass die Staatsgewalt sein geliebtes Bike zurückgab.

Kapitel XXIV

So übel war das Leben als krankgeschriebener Journalist nicht. Seine Verletzungen heilten offensichtlich bestens. Zumindest ließen die Schmerzen von Tag zu Tag nach. Jörg Malthaner verbrachte die Tage damit zu genesen. Er ließ sich Zeit. Las viel. Hörte Musik. Besuchte Freunde. Ließ sich von Freunden besuchen. Täglich drehte er, warm angezogen, seine Runden zu Fuß durch das Städtle. Der erste Schnee würde nicht mehr lange auf sich warten lassen.

Im Wohnzimmer stapelten sich die Reiseprospekte. Die Karibik wäre einen Besuch wert, oder auch nur die Kanaren – Malthaner war es eigentlich egal. Last minute oder pauschal, individuell oder mit Bedienung von A bis Z, das war zweitrangig. Sicher war nur, dass er und Brigitte noch vor Ende des Jahres dem deutschen Wetter zumindest für ein paar Wochen entfliehen wollten.

An diesem Morgen saß Malthaner am Tisch im Wohnzimmer, zufrieden und in Einklang mit sich selbst. Er studierte die Post. Der übliche Scheiß. Anscheinend störte sich kein Mensch mehr an dem Wunsch *Bitte keine Werbung*, die dick und unübersehbar auf dem Briefkasten prangte. Ein Textilgeschäft des unteren Preissegments wollte seine in Fernost gehäkelten Klamotten an den Kunden bringen und hatte einen Prospekt gedruckt, der so billig aussah wie die darin angebotene Bekleidung. Das Autohaus, das dem Vater der blonden Reiterin gehörte, die ihn im Wald vor dem Angriff Drapallas gerettet hatte, lud zum Tag der offenen Tür ein. Der Pizza-Service um die Ecke teilte mit, dass er künftig an sieben Tagen in der Woche zu liefern gedenke. Aus dem Prospekt einer bekannten Multimedia-Kette brüllten ihn schwarze Balkenüberschriften auf rotem Grund an. Ich bin doch nicht blöd, dachte sich Malthaner und warf den ganzen Stapel unnötiger Druckerzeugnisse auf den Boden.

Die Postkarte hatte er bisher nicht gesehen.

Sie musste versteckt zwischen den Prospektblättern gesteckt haben. Zwischen Anoraks für 89 Euro und unglaublich günstigen Waschmaschinen. Jetzt lugte eine Ecke der Karte aus dem Prospektstapel hervor. Neugierig zog Malthaner sie heraus. War jemand aus seinem Bekanntenkreis zurzeit im Urlaub? Die Karte zierte ein Motiv, wie es sie zu Millionen von allen touristischen Brennpunkten dieser Welt gibt. Der Himmel zu blau, die Palmen zu grün und das Wasser zu smaragdfarben, als dass alles der Realität entsprechen konnte. Und doch war ein leiser Anflug von Neid beim Blick auf die Karte nicht zu leugnen. Der Schriftzug *Dunk Island, Australia* war dazu angetan, den Neid ein wenig zu verstärken. Australien war für Malthaner ein Traumziel, besonders nachdem er vor einigen Jahren für fünf Wochen dort herumgereist war. Der Himmel war wirklich so blau, die Palmen so grün und das Wasser so smaragdfarben gewesen wie auf dieser Postkarte.

Interessiert drehte Malthaner die Karte um. Malthaners Adresse war nicht handschriftlich eingetragen. Ein Aufkleber mit maschinell erstellter Adresse klebte im Anschriftenfeld. Der kurze Text selbst stammte ebenfalls aus einem Drucker. *Mir geht es gut, aber das bleibt bitte unter uns!* stand da.

Sonst nichts.

Abgestempelt war die Karte in Cairns, der nordostaustralischen Touristenmetropole.

Irritiert hielt Malthaner die Karte zwischen Zeigefinger und Daumen fest. Der Daumen verrutschte leicht und da spürte Malthaner es.

Unter den Text war etwas eingeritzt, was mit dem Auge auf den ersten Blick nicht zu erfassen war. Er nahm den Daumen weg und hielt sich die Karte direkt vor seine Nase.

Sein Stutzen dauerte nur einen Sekundenbruchteil. Dann begriff er. Jemand hatte etwas in die Karte eingeritzt. Mit einem Messer oder einem Skalpell vermutlich. Dabei musste er sehr vorsichtig zu Werke gegangen sein.

Es war ein Buchstabe. Nur ein einziger Buchstabe.

Der letzte des Alphabets.

Ein Z.

Z wie Zorro.

Malthaner lachte leise. Schnell mischte sich Wehmut mit seiner Freude. Den Kollegen Zoltan Mückelgrün, bis vor kurzem noch Fotograf bei der Landeszeitung, würde er vermutlich nie mehr wieder sehen.

Zorro schien sein Paradies gefunden zu haben.
Jörg Malthaner gönnte es ihm.

ENDE

Gunter H a u g

Tauberschwarz

278 Seiten. 11 x 18 cm. Paperback.
ISBN 3-926633-53-0. • 9,90.

Ein Selbstmörder, der sich von Europas höchster Autobahn-Brücke – der Kochertalbrücke – stürzt. Für Polizei und Kriminalkommissar Horst Meyer ist schnell klar: Tragisches Ende eines Menschen, der immer tiefer in Depressionen verfallen ist.
Ein Trugschluss wie sich im darauffolgenden Jahr beim Radurlaub der Meyers im Hohenlohischen herausstellen soll. Merkwürdige Gestalten auf dem Campingplatz, ein Grabtuch Christi und eine im Taubertal agierende Sekte versetzen den Kommissar samt Familie in einen Strudel religiösen Wahns, finsterer Intrigen und krimineller Handlungen.

Gunter H a u g

Höllenfahrt

232 Seiten. 11 x 18 cm. Paperback.
ISBN 3-926633-49-2. • 9,90.

Kommissar Horst »Hotte« Meyer glaubt im falschen Film zu sein. Ausgerechnet bei der Zugfahrt im Regional-Express von Stuttgart nach Tuttlingen widerfährt ihm Merkwürdiges: Er befindet sich in (fast) derselben bedrückenden Situation wie vor knapp zehn Jahren eine junge Frau, die zum rätselhaften Opfer einer Bluttat geworden ist. Und was dem unermüdlichen Ermittler damals viele schlaflose Nächte bescherte, ist plötzlich wieder da. Erinnerungen, die sich vor dem Kommissar auftürmen, der inzwischen selbst regelrecht in der Klemme sitzt.